IGLA S

## ABONNEMENTS — RÉABONNEMENTS 2012

**Je souhaite m'abonner aux collections suivantes**
Merci de préciser le numéro à partir duquel vous le souhaitez

☐ BLADE, du N°…
1 an — 6 numéros 46,00 €

☐ BRIGADE MOND. du N°…
1 an — 12 numéros 80,00 €

☐ REGIOPOLICE, du N°…
1 an — 6 numéros 52,00 €

☐ L'EXÉCUTEUR, du N°… .
1 an — 12 numéros 85,00 €

☐ POLICE DES MŒURS, du N°…
1 an — 6 numéros 46,00 €

☐ FRISSONS, du N°…
1 an — 6 numéros 52,00 €

☐ SASdu N°…
1 an — 4 numéros 44,00 €

**frais de port** (par vol = 1,70 €) **et remise 5 % inclus** dans ces tarifs
port Europe (par vol = 3,50 €)

TOTALGdV =……………………………………………………€

TOTALGECEP =………………………………………………€

PAIEMENT PAR CHÈQUE À
GECEP
15, CHEMIN DES COURTILLES
92600 ASNIÈRES
TÉL. 01 47 98 31 58

**PAIEMENT PAR CHÈQUE À
ÉDITIONS GÉRARD DE
VILLIERS
14, RUE LÉONCE REYNAUD
75116 PARIS**

Nom :…………………………………Prénom……………………

Adresse…………………………………………………………

……………………………………………………………………

Code postal………………Ville…………………………………

SAS : Je souhaite recevoir

- les volumes cochés ci-dessous au prix de 7,50 € l'unité, soit :

N° ..............................................................................................................

........................................................... livres à 7,50 € = ...............€

+ frais de port = ...............€

(1 vol. : 1,70 €, 1 à 3 vol. : 3,50 €, 4 vol. et plus : 5,00 €)

TOTAL ........... (ajouter à TOTAL abonnements) .......... = ...........€

## DU MÊME AUTEUR

(* titres épuisés)

*N° 1. S.A.S. A ISTANBUL
N° 2. S.A.S. CONTRE C.I.A.
*N° 3. S.A.S. OPÉRATION APOCALYPSE
N° 4. SAMBA POUR S.A.S.
*N° 5. S.A.S. RENDEZ-VOUS A SAN FRANCISCO
*N° 6. S.A.S. DOSSIER KENNEDY
N° 7. S.A.S. BROIE DU NOIR
*N° 8. S.A.S. AUX CARAÏBES
*N° 9. S.A.S. A L'OUEST DE JERUSALEM
*N° 10. S.A.S. L'OR DE LA RIVIERE KWAI
*N° 11. S.A.S. MAGIE NOIRE A NEW YORK
N° 12. S.A.S. LES TROIS VEUVES DE HONG KONG
*N° 13. S.A.S. L'ABOMINABLE SIRÈNE
N° 14. S.A.S. LES PENDUS DE BAGDAD
N° 15. S.A.S. LA PANTHÈRE D'HOLLYWOOD
N° 16. S.A.S. ESCALE A PAGO-PAGO
N° 17. S.A.S. AMOK A BALI
N° 18. S.A.S. QUE VIVA GUEVARA
N° 19. S.A.S. CYCLONE A L'ONU
N° 20. S.A.S. MISSION A SAÏGON
N° 21. S.A.S. LE BAL DE LA COMTESSE ADLER
N° 22. S.A.S. LES PARIAS DE CEYLAN
N° 23. S.A.S. MASSACRE A AMMAN
N° 24. S.A.S. REQUIEM POUR TONTONS MACOUTES
N° 25. S.A.S. L'HOMME DE KABUL
N° 26. S.A.S. MORT A BEYROUTH
N° 27. S.A.S. SAFARI A LA PAZ
N° 28. S.A.S.L'HEROÏNE DE VIENTIANE
N° 29. S.A.S. BERLIN CHECK POINT CHARLIE
N° 30. S.A.S. MOURIR POUR ZANZIBAR
N° 31. S.A.S. L'ANGE DE MONTEVIDEO
*N° 32. S.A.S. MURDER INC. LAS VEGAS
N° 33. S.A.S. RENDEZ-VOUS A BORIS GLEB
N° 34. S.A.S. KILL HENRY KISSINGER !
N° 35. S.A.S. ROULETTE CAMBODGIENNE
N° 36. S.A.S. FURIE A BELFAST
N° 37. S.A.S. GUÊPIER EN ANGOLA
N° 38. S.A.S. LES OTAGES DE TOKYO
N° 39. S.A.S. L'ORDRE RÈGNE A SANTIAGO
*N° 40. S.A.S. LES SORCIERS DU TAGE
N° 41. S.A.S. EMBARGO
*N° 42. S.A.S. LE DISPARU DE SINGAPOUR
N° 43. S.A.S. COMPTE A REBOURS EN RHODESIE
N° 44. S.A.S. MEURTRE A ATHENES
N° 45. S.A.S. LE TRÉSOR DU NEGUS
N° 46. S.A.S. PROTECTION POUR TEDDY BEAR
N° 47. S.A.S. MISSION IMPOSSIBLE EN SOMALIE
N° 48. S.A.S. MARATHON A SPANISH HARLEM
*N° 49. S.A.S. NAUFRAGE AUX SEYCHELLES
N° 50. S.A.S. LE PRINTEMPS DE VARSOVIE
*N° 51. S.A.S. LE GARDIEN D'ISRAËL
N° 52. S.A.S. PANIQUE AU ZAÏRE
N° 53. S.A.S. CROISADE A MANAGUA
N° 54. S.A.S. VOIR MALTE ET MOURIR
N° 55. S.A.S. SHANGHAÏ EXPRESS
*N° 56. S.A.S. OPÉRATION MATADOR
N° 57. S.A.S. DUEL A BARRANQUILLA
N° 58. S.A.S. PIEGE A BUDAPEST
*N° 59. S.A.S. CARNAGE A ABU DHABI
N° 60. S.A.S. TERREUR AU SAN SALVADOR
*N° 61. S.A.S. LE COMPLOT DU CAIRE
N° 62. S.A.S. VENGEANDE ROMAINE
N° 63. S.A.S. DES ARMES POUR KHARTOUM
*N° 64. S.A.S. TORNADE SUR MANILLE
*N° 65. S.A.S. LE FUGITIF DE HAMBOURG
*N° 66. S.A.S. OBJECTIF REAGAN
*N° 67. S.A.S. ROUGE GRENADE
*N° 68. S.A.S. COMMANDO SUR TUNIS
N° 69. S.A.S. LE TUEUR DE MIAMI
*N° 70. S.A.S. LA FILIERE BULGARE
*N° 71. S.A.S. AVENTURE AU SURINAM
*N° 72. S.A.S. EMBUSCADE A LA KHYBER PASS
*N° 73. S.A.S. LE VOL 007 NE RÉPOND PLUS
N° 74. S.A.S. LES FOUS DE BAALBEK
*N° 75. S.A.S. LES ENRAGÉS D'AMSTERDAM
*N° 76. S.A.S. PUTSCH A OUAGADOUGOU
N° 77. S.A.S. LA BLONDE DE PRÉTORIA
N° 78. S.A.S. LA VEUVE DE L'AYATOLLAH
N° 79. S.A.S. CHASSE A L'HOMME AU PEROU
*N° 80. S.A.S. L'AFFAIRE KIRSANOV
N° 81. S.A.S. MORT A GANDHI
N° 82. S.A.S. DANSE MACABRE A BELGRADE
*N° 83. S.A.S. COUP D'ÉTAT AU YEMEN
*N° 84. S.A.S. LE PLAN NASSER
*N° 85. S.A.S. EMBROUILLES A PANAMA
*N° 86. S.A.S. LA MADONNE DE STOCKHOLM
N° 87. S.A.S. L'OTAGE D'OMAN

*N° 88. S.A.S. ESCALE A GIBRALTAR
N° 89. S.A.S. AVENTURE EN SIERRA LEONE
N° 90. S.A.S. LA TAUPE DE LANGLEY
*N° 91. S.A.S. LES AMAZONES DE PYONGYANG
N° 92. S.A.S. LES TUEURS DE BRUXELLES
*N° 93. S.A.S. VISA POUR CUBA
*N° 94. S.A.S. ARNAQUE A BRUNEI
*N° 95. S.A.S. LOI MARTIALE A KABOUL
*N° 96. S.A.S. L'INCONNU DE LENINGRAD
N° 97. S.A.S. CAUCHEMAR EN COLOMBIE
N° 98. S.A.S. CROISADE EN BIRMANIE
N° 99. S.A.S. MISSION A MOSCOU
*N° 100. S.A.S. LES CANONS DE BAGDAD
*N° 101. S.A.S. LA PISTE DE BRAZZAVILLE
*N° 102. S.A.S. LA SOLUTION ROUGE
N° 103. S.A.S. LA VENGEANCE DE SADDAM HUSSEIN
N° 104. S.A.S. MANIP A ZAGREB
*N° 105. S.A.S. KGB CONTRE KGB
*N° 106. S.A.S. LE DISPARU DES CANARIES
*N° 107. S.A.S. ALERTE AU PLUTONIUM
*N° 108. S.A.S. COUP D'ETAT A TRIPOLI
– N° 109. S.A.S. MISSION SARAJEVO
N° 110. S.A.S. TUEZ RIGOBERTA MENCHU
*N° 111. S.A.S. AU NOM D'ALLAH
*N° 112. S.A.S. VENGEANCE A BEYROUTH
*N° 113. S.A.S. LES TROMPETTES DE JÉRICHO
N° 114. S.A.S. L'OR DE MOSCOU
*N° 115. S.A.S. LES CROISÉS DE L'APARTHEID
N° 116. S.A.S. LA TRAQUE CARLOS
N° 117. S.A.S. TUERIE A MARRAKECH
N° 118. S.A.S. L'OTAGE DU TRIANGLE D'OR
N° 119. S.A.S. LE CARTEL DE SEBASTOPOL
*N° 120. S.A.S. RAMENEZ-MOI LA TÊTE D'EL COYOTE
*N° 121. S.A.S. LA RÉSOLUTION 687
N° 122. S.A.S. OPÉRATION LUCIFER
N° 123. S.A.S. VENGEANCE TCHÉTCHÈNE
N° 124. S.A.S. TU TUERAS TON PROCHAIN
N° 125. S.A.S. VENGEZ LE VOL 800
*N° 126. S.A.S. UNE LETTRE POUR LA MAISON BLANCHE
N° 127. S.A.S. HONG KONG EXPRESS
*N° 128. S.A.S. ZAIRE ADIEU

## AUX EDITIONS GERARD DE VILLIERS

N° 129. S.A.S. LA MANIPULATION YGGDRASIL
*N° 130. S.A.S. MORTELLE JAMAIQUE
N° 131. S.A.S. LA PESTE NOIRE DE BAGDAD
*N° 132. S.A.S. L'ESPION DU VATICAN
*N° 133. S.A.S. ALBANIE MISSION IMPOSSIBLE
*N° 134. S.A.S. LA SOURCE YAHALOM
N° 135. S.A.S. CONTRE P.K.K.
N° 136. S.A.S. BOMBES SUR BELGRADE
N° 137. S.A.S. LA PISTE DU KREMLIN
N° 138. S.A.S. L'AMOUR FOU DU COLONEL CHANG
*N° 139. S.A.S. DJIHAD
*N° 140. S.A.S. ENQUÊTES SUR UN GÉNOCIDE
*N° 141. S.A.S. L'OTAGE DE JOLO
N° 142. S.A.S. TUEZ LE PAPE
*N° 143. S.A.S. ARMAGEDDON
N° 144. S.A.S. LI SHA-TIN DOIT MOURIR
*N° 145. S.A.S. LE ROI FOU DU NEPAL
N° 146. S.A.S. LE SABRE DE BIN LADEN
*N° 147. S.A.S. LA MANIP DU « KARIN A »
N° 148. S.A.S. BIN LADEN : LA TRAQUE
*N° 149. S.A.S. LE PARRAIN DU « 17-NOVEMBRE »
N° 150. S.A.S. BAGDAD EXPRESS
*N° 151. S.A.S. L'OR D'AL-QAÏDA
*N° 152. S.A.S. PACTE AVEC LE DIABLE
N° 153. S.A.S. RAMENEZ-LES VIVANTS
N° 154. S.A.S. LE RESEAU ISTANBUL
*N° 155. S.A.S. LE JOUR DE LA TCHEKA
*N° 156. S.A.S. LA CONNEXION SAOUDIENNE
*N° 157. S.A.S. OTAGE EN IRAK
*N° 158. S.A.S. TUEZ IOUCHTCHENKO
*N° 159. S.A.S. MISSION : CUBA
*N° 160. S.A.S. AURORE NOIRE
*N° 161. S.A.S. LE PROGRAMME 111
*N° 162. S.A.S. QUE LA BÊTE MEURE
*N° 163. S.A.S. LE TRÉSOR DE SADDAM Tome I
N° 164. S.A.S. LE TRÉSOR DE SADDAM Tome II
*N° 165. S.A.S. LE DOSSIER K.
N° 166. S.A.S. ROUGE LIBAN
*N° 167. S.A.S. POLONIUM 210
N° 168. S.A.S. LE DÉFECTEUR DE PYONGYANG Tome I
N° 169. S.A.S. LE DÉFECTEUR DE PYONGYANG Tome II
*N° 170. S.A.S. OTAGE DES TALIBAN
*N° 171. S.A.S. L'AGENDA KOSOVO
N° 172. S.A.S. RETOUR A SHANGRI-LA
*N° 173. S.A.S. AL-QAÏDA ATTAQUE Tome I
*N° 174. S.A.S. AL-QAÏDA ATTAQUE Tome II
N° 175. S.A.S. TUEZ LE DALAI-LAMA
N° 176. S.A.S. LE PRINTEMPS DE TBILISSI
N° 177. S.A.S. PIRATES
N° 178. S.A.S. LA BATAILLE DES S 300 Tome I
N° 179. S.A.S. LA BATAILLE DES S 300 Tome II
N° 180. S.A.S. LE PIÈGE DE BANGKOK
N° 181. S.A.S. LA LISTE HARIRI
N° 182. S.A.S. LA FILIÈRE SUISSE
N° 183. S.A.S. RENEGADE Tome I
N° 184. S.A.S. RENEGADE Tome II
N° 185. S.A.S. FÉROCE GUINEE
N° 186. S.A.S. LE MAÎTRE DES HIRONDELLES
N° 187. BIENVENUE A NOUAKCHOTT
N° 188. DRAGON ROUGE Tome I
N° 189. DRAGON ROUGE Tome II
N° 190. CIUDAD JUAREZ
N° 191. LES FOUS DE BENGHAZI
N° 192. IGLAS S

GÉRARD DE VILLIERS

# IGLA S

Éditions Gérard de Villiers

Photographe : Christophe MOURTHÉ
Maquillage : Andréa AQUILLINO
Modèle :Inga
Armes : Kalach nikov AK 47



ISBN 978-2-360-530-502

# CHAPITRE PREMIER

Parviz Amritzar regardait sa jeune épouse Benazir, sans la voir. Son regard accroché au téléphone posé sur la table de nuit, juste derrière elle.

– Qu'est-ce que tu as ? demanda-t-elle, intriguée.

Ce n'était pas la première fois que Parviz l'emmenait à l'hôtel, mais, d'habitude, il laissait flamber son envie d'elle dès qu'ils se retrouvaient dans une chambre. Bien sûr, celle de l'hôtel Newark Liberty, située à moins d'un kilomètre des pistes d'envol du Newark International Airport, avait le charme d'une chambre d'hôpital avec ses murs crème décorés de quelques lithos et ses fenêtres doubles, condamnées à cause du bruit.

Comme, en bonne épouse, elle ne posait jamais de question, Benazir ne lui avait pas demandé pourquoi il l'avait emmenée dans cet endroit plutôt sinistre. Généralement, ils franchissaient l'Hudson River pour s'installer dans un des petits hôtels du West Side de Manhattan où ils restaient le temps d'un week-end.

Parviz Amritzar hébergeait sa vieille mère, ce qui bridait un peu sa vie sexuelle. Aussi, s'évadait-il le plus souvent possible, pour profiter sans contrainte de son épouse.

Commerçant en gros de tapis d'Orient, il gagnait bien sa vie et, à part le *zakat* [1], avait peu de dépenses.

– J'attends un coup de téléphone, expliqua-t-il à Benazir. Après, on sera tranquilles.

Cette fois, il croisa le regard sombre de Benazir et ressentit un petit choc agréable à l'épigastre. Elle était vraiment très belle. Tout en respectant les principes islamiques – un foulard couvrait ses cheveux, une tenue modeste lorsqu'elle sortait seule – se transformant pour son époux le soir, elle arborait un pull léger, très ajusté, une grosse ceinture et de fines bottes à talons aiguilles qui la grandissaient. Elle avait maquillé avec un soin particulier sa bouche pulpeuse et brossé avec une crème brillante les longs sourcils qu'elle n'épilait pas.

– Un coup de téléphone ? demanda-t-elle, étonnée. Ici ?

Si encore, cela avait été sur son portable, elle aurait compris. Mais sur la ligne de cet hôtel où ils étaient arrivés quelques minutes plus tôt et d'où ils repartiraient le lendemain…

– Oui, fit, sans commentaire, le Pakistanais.

Devant l'incompréhension visible de Benazir, il s'approcha et passa un bras autour de sa taille.

– Ce sont des affaires d'hommes, assura-t-il. Ensuite, je serai tout à toi.

La jeune femme se détendit.

– J'espère que tu vas me faire un enfant, murmura-t-elle.

Elle aussi aimait son mari. Parviz Amritzar était bel homme, avec un type oriental très prononcé, des yeux

1. Denier du culte musulman.

d'un noir profond, un nez aquilin important et une mâchoire énergique.

En plus, il la gâtait et l'entourait d'amour.

Un mari parfait.

Leurs lèvres allaient se toucher lorsque la sonnerie du téléphone les fit sursauter tous les deux.

Parviz Amritzar se précipita sur l'appareil et décrocha.

– Parviz ?

C'était une voix d'homme inconnue qui envoya le pouls du Pakistanais vers les étoiles.

– Oui, dit-il d'un ton mal assurée.

– Je suis en bas. Au bar.

Parviz Amritzar n'eut pas le temps de parler : son interlocuteur avait déjà raccroché.

– Attends-moi là, dit-il à Benazir, je n'en ai pas pour longtemps. Regarde la télé.

Il ouvrait déjà la porte. Ému comme le jour où il avait demandé la main de Benazir.

Le hall du Newark Liberty Hôtel était tout aussi impersonnel que les chambres et le bar, au fond, presque vide. À l'exception d'un homme d'une quarantaine d'années, lui aussi de type oriental, le teint très mat, portant un gros pull beige sous une canadienne. Il ne se leva pas lorsque Parviz Amritzar rejoignit sa table.

Pendant quelques instants, les deux hommes se dévisagèrent comme pour s'imprégner l'un de l'autre. Troublés par le barman venant prendre la commande. D'autorité, l'homme demanda deux Coca « Zéro ».

Lorsque le barman se fut éloigné, l'homme tendit la main à Parviz Amritzar et dit à voix basse :

– Mon frère, appelle-moi Mahmoud.

Mal à l'aise, Parviz Amritzar prit place en face de lui. Certes, ils avaient communiqué par mail, mais c'était la première fois qu'ils se voyaient.

C'est Mahmoud qui brisa le silence.

En urdu [1], il dit à voix basse.

– Je te porte le salut de ceux à qui tu as envoyé tes messages. Ils m'ont chargé de te dire qu'ils priaient Allah et son Prophète Mahomet, que son nom soit béni, pour que ton projet puisse s'accomplir, Inch Allah.

– Inch Allah ! répéta Parviz Amritzar.

Il avait soudain l'impression de passer du rêve à la réalité devant cet inconnu sûr de lui qui représentait ceux qui combattaient pour la foi et le triomphe d'Allah.

Six mois plus tôt, il avait appris qu'un tir de drone américain avait tué son oncle, ses trois frères, leurs épouses et cinq enfants, qui vivaient tous dans le village de Miramshar, dans la zone tribale entre le Pakistan et l'Afghanistan. Un regrettable dommage collatéral, dû à un mauvais renseignement.

La Coalition s'était excusée par écrit auprès du gouvernement local et proposé de régler les obsèques.

Seulement, selon la loi musulmane, tous les corps avaient été enterrés le jour même et celui qui aurait accepté des dollars des Infidèles aurait eu la main aussitôt coupée. L'Iman du village avait assuré que tous ces *Shahids* [2] étaient désormais sous la protection d'Allah jusqu'à la fin des siècles des siècles.

Et que le Djihad continuerait jusqu'à la mort du dernier Infidèle.

1. Langue du Pakistan.
2. Martyrs.

En apprenant la nouvelle, Parviz Amritzar avait été assommé, détruit. Lui, qui n'était pas un rat de bénitier, avait passé des heures dans la mosquée de Newark, essayant de parler à Dieu.

L'Iman de la mosquée lui avait assuré qu'Allah lui avait envoyé cette épreuve pour vérifier sa foi. Peu à peu, Parviz Amritzar avait émergé, sa douleur faisant place à un désir de vengeance inextinguible.

Il s'était plongé, grâce à Wikipedia, dans l'étude des drones tueurs et découvert que ceux qui opéraient en Afghanistan étaient pilotés à distance par des opérateurs installés dans une base du Nevada. Des militaires qui travaillaient huit heures par jour, rentrant ensuite tranquillement chez eux retrouver leur famille. Sans courir plus de risques qu'une indigestion d'ice-cream ou un rhume de cerveau.

Bien sûr, Parviz Amritzar avait immédiatement pensé à se venger sur eux. Hélas, ils se trouvaient sur une base militaire férocement gardée et il ignorait *qui* avait déclenché le missile qui avait exterminé sa famille. Il s'était mis à fréquenter plus régulièrement la mosquée proche de son domicile. Certes, il avait toujours été croyant, ne ratait jamais la grande prière du vendredi, mais allait rarement prier en semaine, le faisant chez lui ou à son magasin.

En dehors de l'Iman, il avait engagé des discussions avec des fidèles à qui il avait raconté son histoire et sa haine toute neuve des Américains.

L'un d'eux lui avait alors conseillé de communiquer avec un site Internet, réputé proche d'Al Qaida : www.shamikh1.net. Ce site appelait régulièrement au Djihad.

Parviz Amritzar, sans trop d'espoir, s'était alors créé une adresse I.P. sur hotmail.com, afin de pouvoir communiquer avec la boîte de dialogue islamiste de www.shamikh1.net. Gardant son prénom comme identifiant.

Il avait posté plusieurs messages exprimant son désir de participer au djihad, sans recevoir la moindre réponse. Et puis, dix jours plus tôt, il avait réceptionné un message en provenance d'un cybercafé, venant d'une boîte vocale se présentant comme « mahmoud@hotmail », avec un mot de passe, 632. L'année de la mort du Prophète.

« Mahmoud » le félicitait pour son désir de rejoindre le Djihad et lui posait quelques questions personnelles. Ils avaient « chatté » principalement sur des questions religieuses, puis, un jour, « Mahmoud » lui avait proposé un rendez-vous.

Au Newark Liberty Hôtel, vendredi à neuf heures du soir. Parviz Amritzar avait décidé d'emmener sa jeune épouse, comme il le faisait parfois pour un week-end.

Maintenant, il était en face de « Mahmoud », en chair et en os.

Celui-ci se pencha au-dessus de la table et dit à voix basse, en urdu.

– Tu ne sais pas qui je suis mais j'ai lu tous les messages que tu as postés sur shamikh1.net. Je pense que tu es un bon musulman et que tu souhaites te venger des Infidèles. As-tu un plan ?

Surpris par cette question brutale, Parviz Amritzar demeura muet quelques secondes. Puis, il scruta le regard de son interlocuteur et décida de lui faire confiance.

– Oui, avoua-t-il dans un souffle.

– Quel est-il ? demanda aussitôt « Mahmoud ». Penses-tu que les croyants qui mènent le Djihad puissent t'aider ?

– Peut-être, répondit Parviz Amritzar.

Ses pensées s'entrechoquaient devant cette perspective inespérée. Depuis des mois, il ressassait sa vengeance, persuadé qu'il n'arriverait jamais à la réaliser, il n'était qu'un marchand de tapis, assez aisé mais sans aucun contact avec ceux qui commettaient des attentats. Le peu qu'il savait, il l'avait appris sur Internet ou en lisant des magazines spécialisés. Or, l'homme en face de lui était en train de transformer un rêve en réalité.

– Comment veux-tu venger ta famille ? demanda « Mahmoud » d'une voix douce, après avoir trempé ses lèvres dans le Coca-Cola.

Comme Parviz Amritzar hésitait à répondre, « Mahmoud » insista d'une voix pressante.

– Mon Frère, nous luttons pour le triomphe du même Dieu. Tu dois me faire confiance. Comme je te l'ai dit, je suis venu ici spécialement pour sonder ton cœur. Il y a dans tes mails un authentique désir de vengeance. Cependant, il faut que tu sois prudent : les Infidèles sont très forts et très rusés.

« Si tu veux vraiment les venger, il faut que tu sois prêt à faire le sacrifice de ta vie. À devenir un « *shahid* ».

– J'y suis prêt, assura Parviz Amritzar, d'une voix qui l'étonna lui-même.

Une étrange exaltation l'avait saisi.

– Alors, dis-moi ce que tu as en tête, insista « Mahmoud ».

Parviz Amritzar se lança, d'une voix basse, presque imperceptible. Penché sur la table, « Mahmoud » l'écoutait, le visage tendu.

– J'ai besoin de me procurer un IGLA S, annonça le Pakistanais, un missile sol-air fabriqué par les Russes. Une arme mortelle pour les avions.

Mahmoud lui jeta un regard étonné.

– Tu es un spécialiste de ce genre d'armes ? Je croyais que tu vendais des tapis.

– Je vends des tapis, confirma Parviz Amritzar, mais j'ai beaucoup lu et appris de choses sur Internet. L'IGLA S est la meilleure arme actuellement contre un avion ou un hélicoptère. Un missile de 72 mm de diamètre, de 1,57 m de longueur. Il ne pèse que 20 kg, il peut être tiré de l'épaule. Il porte jusqu'à 5 000 mètres d'altitude et la vitesse est de 800 mètres/seconde. Il a déjà abattu des avions américains en Irak et en Serbie. En Tchétchénie, les IGLA S utilisés par les *boiviki*[1] ont abattu aussi des hélicoptères M.I.8 et M .I.16.

Il avait récité sa leçon d'un seul trait.

Impressionné, « Mahmoud » demanda :

– Tu as déjà tiré avec un IGLA S ?

Le Pakistanais esquissa un sourire.

– Non, bien sûr, je n'en ai vu qu'en photo. Mais je sais tout dessus. Tu as entendu parler de ce combattant de Dieu au Maroc – qu'Allah veille sur lui – qui a confectionné une bombe uniquement avec les informations recueillies sur Internet ? Il savait tout juste lire et écrire, mais il a été guidé par la main d'Allah. Sa bombe a tué dix-sept Infidèles à Marrakech et répandu la terreur chez les Mécréants.

« Mahmoud » connaissait l'histoire et parut impressionné par l'exemple.

1. Résistants tchétchènes.

Parviz Amritzar attendait, les yeux baissés.

– Que veux-tu faire avec cet IGLA ? demanda « Mahmoud ». En admettant que tu apprennes à t'en servir ?

– Abattre Air Force One, l'avion du Président des États-Unis, répondit calmement le Pakistanais. Avec lui à bord, bien entendu.

Visiblement, « Mahmoud » ne s'était pas attendu à cela. Il demeura quelques instants silencieux, but quelques gorgées de Coca et laissa tomber d'une voix grave.

– C'est un très beau projet, mon frère, mais extrêmement difficile à réaliser. Tu sais que, depuis le jour béni du 11 septembre 2001, nous n'avons jamais réussi à frapper les Américains chez eux.

– Ils sont très méfiants, reconnut Parviz Amritzar, mais j'ai un plan pour déjouer leurs précautions.

– Lequel ?

– Je ne veux pas te le dire encore. Tu connais notre proverbe : celui qui ne sait rien, ne peut rien dire. Penses-tu pouvoir m'aider ?

« Mahmoud » comprit instantanément qu'il n'avait affaire ni à un imbécile, ni à un rêveur. Il avait sollicité ce rendez-vous un peu par acquit de conscience. La plupart des apprentis terroristes se dégonflaient à la première rencontre. Celui-ci semblait différent et la lueur de haine qui brillait dans son regard sombre était de bon aloi.

Cependant, il fallait le tester un peu plus.

– Tu sais ce que tu risques ? demanda-t-il. Tu as une femme jeune et belle…

Parviz Amritzar le coupa.

– Comment le sais-tu ?

« Mahmoud » lui jeta un regard aigu.

– Nous savons beaucoup de choses de toi. Nous devons être prudents. Les Américains nous traquent sans pitié et ils ont de gros moyens. Tu pourrais être un provocateur qui veut nous attirer dans ses filets. Détruire notre organisation.

– Je ne suis pas un provocateur, protesta Parviz Amritzar.

« Mammoud » écarta sa canadienne, découvrant un épais pull marron et le souleva légèrement, révélant la crosse d'un pistolet automatique glissé dans sa ceinture.

– Si j'avais senti que tu étais un provocateur, dit-il calmement, je t'aurais emmené dehors et je t'aurais abattu avec ce pistolet.

Parviz le regarda froidement.

– Si j'étais un provocateur, on t'aurait déjà arrêté… Tu n'as pas répondu à ma question, insista-t-il : peux-tu me procurer un IGLA S en état de marche ?

« Mahmoud » demeura silencieux quelques instants avant de répondre.

– C'est une question qui me dépasse ! avoua-t-il, je vais transmettre ta demande. Donne-moi ton portable. C'est plus simple pour te recontacter.

Ce que fit Parviz Amritzar.

– Je te rappellerai pour un autre rendez-vous. Bien entendu, ne mentionne *jamais* ton projet sur le Net.

– Évidemment ! répliqua Parviz Amritzar, vexé qu'on le prenne pour un idiot.

« Mahmoud » nota le numéro de portable et les deux hommes se levèrent, s'étreignirent brièvement, puis « Mahmoud » glissa à l'oreille de son interlocuteur.

– Ne cherche pas à me suivre, cela serait dangereux pour toi.

Parviz Amritzar le regarda franchir la porte tournante et laissa un billet de cinq dollars sur la table. En marchant, il avait l'impression de ne pas toucher le sol. Ce qui avait été un vague rêve de vengeance était en train de se solidifier, de devenir un véritable projet.

Lorsqu'il poussa la porte de sa chambre, il flottait encore sur un petit nuage rose.

Il s'arrêta net.

Benazir était allongée sur le côté, en train de regarder la télé. Absorbée, elle ne tourna même pas la tête. Parviz, lui, ne regardait que sa croupe ronde moulée par le pantalon ajusté qui se fondait dans les bottes. Il avait l'impression que toute l'excitation de sa conversation avec « Mahmoud » s'était réfugiée dans son bas-ventre.

Lorsqu'il s'allongea contre sa femme, celle-ci sursauta.

– C'est toi ! murmura-t-elle.

– Qui veux-tu que ce soit ? gronda Parviz Amritzar. Tu es une chienne qui laisserait n'importe quel homme se frotter à toi ! Toi qui m'as juré fidélité devant l'Iman.

Benazir comprit qu'elle avait commis une erreur et se retourna avec douceur, posant en même temps sa main sur le bas-ventre de son mari.

– J'espère que tu vas me faire un enfant, ce soir, dit-elle. J'en ai très envie.

Parviz plaqua une main contre sa croupe, la rapprochant de lui.

– Moi aussi, avoua-t-il.

Mentant effrontément. À cette seconde, il n'avait qu'un seul désir : sodomiser sa jeune épouse, comme à l'époque où ils n'étaient que fiancés. Il tenait à l'épouser vierge.

Aussi avaient-ils pris goût simultanément à ce détournement sexuel.

Fébrilement, Benazir était en train de se débarrasser de ses bottes, puis de son pantalon, ne gardant qu'un slip noir très échancré que Parviz fit aussitôt glisser le long de ses jambes. Lui se souleva pour se débarrasser de son jean, dévoilant un slip rouge déformé par son érection.

Son sexe bondit à l'air libre comme un ressort. Benazir le fixait avec un regard trouble.

– Comme tu as un beau sexe ! dit-elle. Il est gros et dur.

Elle n'était pas encore arrivée à pratiquer la fellation comme les Américaines : c'était à ses yeux « haram ». Péché. Un sexe d'homme était fait pour s'enfoncer dans certaines ouvertures du corps d'une femme.

Pas dans sa bouche.

– Viens, dit Parviz en la prenant par les hanches.

Docilement, elle s'allongea sur le ventre, le bassin légèrement soulevé, les bras étendus devant elle. Puis, elle les ramena derrière elle pour saisir les globes de ses fesses et les écarter, de façon à dégager l'accès de ses reins.

Parviz, à genoux derrière elle, écarta brutalement ses cuisses d'un coup de genou, le regard fixe. Puis, tenant fermement son sexe dans la main gauche, il s'approcha de Benazir et en posa l'extrémité sur l'anus de sa femme.

Benazir frémit légèrement, puis poussa un léger cri lorsque le gros sexe tendu commença à s'enfoncer dans sa croupe. La première fois, c'était toujours la même chose : cela lui faisait mal. Pourtant, devant, son sexe était inondé. Parviz donna un violent coup de reins et pénétra profondément dans les reins de sa femme. Benazir poussa un cri étranglé et dit en urdu :

– Oui, enfonce ! Enfonce, mon chéri !

Parviz plongea en elle de toutes ses forces. Avec, devant les yeux, la fine silhouette d'un IGLA S, fin comme le nom qu'il portait[1] et mortel comme un dard empoisonné.

Lorsqu'il fut collé à la croupe de Benazir, il s'arrêta quelques secondes pour remercier Allah de lui donner tant de joies le même jour.

La voix de Benazir, essoufflée, troubla sa courte pause.

– Ne jouis pas, supplia-t-elle. Fais-moi un enfant quand tu auras bien profité de moi.

Parviz Amritzar se trouvait avec un de ses clients, un grossiste de Minneapolis, lorsque son portable sonna. Aucun numéro ne s'affichait. Il enclencha la communication. Une voix d'homme répondit aussitôt.

– Je t'attendrai ce soir au coin de la 42e rue et de Broadway. À neuf heures. Sur le trottoir nord-ouest.

C'était la voix de « Mahmoud », qui avait déjà raccroché. Cela faisait quinze jours qu'ils s'étaient rencontrés et Parviz Amritzar pensait qu'il n'aurait plus de ses nouvelles. Il eut du mal à reprendre sa négociation, n'ayant plus qu'une idée : gagner l'arrière-boutique où il déplierait son tapis de prière pour remercier Allah de l'aider à se venger.

Tandis qu'il frappait le tapis de son front, il se dit qu'un bonheur ne venait jamais seul. La veille, Benazir lui avait annoncé qu'elle était enceinte ! Donc, si son entreprise se passait comme prévu, il laisserait derrière lui un fils.

1. IGLA signifie aiguille en russe.

Toute la ville de Miramshar célébrerait son exploit et Benazir, sa veuve, élèverait son enfant dans le respect de son père.

Bien sûr, à ce stade, il n'était pas certain que ce serait un fils, mais il prierait tant qu'Allah ne pouvait qu'exaucer ses vœux.

Ceux d'un « shahid » mort en luttant contre les Infidèles. Le sort le plus envié chez les Croyants.

Il avait hâte d'être plus vieux de quelques heures. Se disant que si « Mahmoud » lui donnait rendez-vous, c'est qu'il avait trouvé le moyen de lui procurer ce qu'il voulait le plus au monde : un IGLA S.

# CHAPITRE II

Une pluie fine balayait Times Square et un vent violent s'engouffrait dans la 42e Rue, forçant les piétons à raser les murs. Parviz Amritzar était venu en métro du New Jersey. Sans rien dire à sa femme. Lui aussi était transi : il faillit ne pas reconnaître « Mahmoud », le visage dissimulé derrière une capuche, les mains dans les poches d'une canadienne verdâtre.

Une rafale les balaya et le Pakistanais lança :

– On ne peut pas rester là…

– Non, on va aller au bar du Sofitel, proposa « Mahmoud ».

Le grand hôtel donnait sur Broadway, à une dizaine de mètres de là. Il était assez fréquenté pour qu'on ne les remarque pas.

La chaleur du hall les réchauffa délicieusement et ils gagnèrent le bar, au fond à gauche, légèrement surélevé, où ils eurent du mal à trouver une table libre. Beaucoup de gens avaient dû avoir la même idée qu'eux.

Parviz Amritzar commanda un café et « Mahmoud » un thé.

Puis, les deux hommes échangèrent leur premier regard direct. Devant l'expression presque angoissée de Parviz, « Mahmoud » se pencha vers lui et dit à voix basse :

– Je crois que nous allons pouvoir t'aider.

Parviz Amritzar remercia silencieusement Allah. Il avait l'impression d'entrer dans une autre vie. Ils attendirent que le barman ait apporté leurs boissons pour engager la vraie conversation. Le Pakistanais était sur des charbons ardents. Enfin, « Mahmoud » se pencha à son oreille.

– Je crois que nous pouvons te trouver un IGLA S. Avec beaucoup de difficultés, car c'est un matériel très difficile à se procurer.

– Beaucoup de pays en ont achetés aux Russes, et avant, à l'Union Soviétique, objecta Parviz Amritzar. Des milliers.

« Mahmoud » ne se troubla pas.

– Ceux qui les détiennent font très attention et personne n'a accès à eux.

– Comment vas-tu faire, alors ?

– Nous avons des sources, assura « Mahmoud ». De nombreux IGLA se trouvaient en Libye. Ils ont été volés et leurs voleurs les ont revendus à certains de nos amis. Seulement, cela va prendre un peu de temps pour en faire « venir » ici. Il faut que cela arrive sur un bateau. Dans un container de fruits, par exemple.

– Je comprends, approuva Parviz Amritzar, mais je n'en ai pas besoin ici.

« Mahmoud » lui jeta un regard plein d'incompréhension et le Pakistanais enchaîna.

– Maintenant, je peux te dire la vérité, mon frère. Tant que je n'étais pas certain d'obtenir un IGLA, il valait mieux que tu ne sois pas au courant. Depuis que nous nous sommes vus, j'ai beaucoup travaillé et j'ai trouvé un moyen de frapper plus sûr que ce que j'avais imaginé. Regarde.

Il tira de sa poche une coupure de presse et la tendit à « Mahmoud ». Celui-ci la parcourut rapidement. C'était un petit article du *Washington Post*, annonçant que Barack Obama, le Président des États-Unis, se rendrait en visite en voyage officiel à Moscou le mois suivant.

« Mahmoud » rendit le document à Parviz Amritzar et demanda d'un ton incrédule.

– Tu veux frapper à Moscou ?

– Oui.

– Pourquoi ? Tu multiplies les risques.

– Je connais un peu la Russie, expliqua Parviz Amritzar. J'y vais parfois acheter des tapis du Caucase.

« Là-bas, les mesures de sécurité sont moins strictes qu'aux États-Unis.

« Je sais aussi que de nombreux combattants du Djihad caucasien se sont infiltrés à Moscou. Il y a quelques mois, deux femmes venues du Dagestan se sont fait sauter dans le métro de Moscou. Elles appartenaient au *Djamat Ismaila*, un mouvement wahabiste qui combat pour Dieu.

« Mahmoud » semblait dépassé. Il retrouva enfin la parole pour remarquer :

– Cela va être très difficile de faire entrer en Russie un IGLA S.

Parviz Amritzar ne se troubla pas.

– Les IGLA S sont fabriqués en Russie, remarqua-t-il. Tout le monde sait que certains officiers russes vendent du matériel militaire aux rebelles caucasiens pour se faire de l'argent. Même si ce qu'ils vendent se retourne ensuite contre eux. Tu connais sûrement des Frères dans le Caucase. J'ai lu que plusieurs hélicoptères russes avaient été abattus par des missiles sol-air vendus aux *boivikis* tchétchènes par les Russes eux-mêmes.

« On doit pouvoir s'en procurer. Je n'ai besoin que d'un seul exemplaire.

« Mahmoud » le toisa, déboussolé.

– En admettant que nous parvenions à t'en procurer un, comment vas-tu faire, tout seul ? Tu ne t'es jamais entraîné.

– J'ai appris par cœur la façon de s'en servir, affirma Parviz Amritzar. C'est très simple, tout est sur Internet. Je connais le manuel par cœur. Et puis, peut-être que des Frères tchétchènes ou dagestanais pourront m'aider.

Il se tut et entama son café. Autour d'eux, les couples buvaient, bavardaient et flirtaient. « Mahmoud » regarda avec dégoût les verres d'alcool.

– Ce sont des chiens ! dit-il, regarde-les s'avilir.

Parviz Amritzar continuait son idée. Maintenant qu'on lui avait fait entrevoir une issue heureuse à son projet, il ne voulait plus le lâcher.

– Penses-tu pouvoir m'aider ? répéta-t-il.

« Mahmoud » secoua la tête.

– Je ne sais pas. Je dois me renseigner. Ce que tu me demandes est très difficile.

– Pourquoi ? demanda avec une naïveté feinte Parviz Amritzar. Les IGLA S sont fabriqués en Russie. Ce doit être plus facile de s'en procurer un là-bas que d'en faire venir un aux États-Unis…

Cela semblait d'une grande logique, que ne sembla pas apprécier « Mahmoud ». Il vida nerveusement sa tasse de thé.

– Je dois en parler aux Frères, assura-t-il. C'est une opération importante qui va coûter cher, le prix officiel d'un IGLA est de plus de 100 000 dollars. Il faudra sûrement le payer plus.

– Ceux qui ont été volés en Libye, remarqua Parviz Amritzar, n'ont rien coûté. Si ce sont nos frères qui les ont en leur possession, ce devrait être plus facile.

« Mahmoud » ne répondit pas. Visiblement, avec son projet moscovite, Parviz Amritzar l'avait destabilisé.

– Je vais te recontacter, dit-il.

– Je pars à Vienne, acheter des tapis, expliqua le Pakistanais. Dans une semaine, je serai à l'hôtel Zipser. C'est là où je descends toujours. Normalement, je dois ensuite aller en Russie acheter des tapis caucasiens.

– Tu as un visa ?

– Oui.

Beaucoup d'Américains se rendaient en Russie, comme touristes. Cela n'avait rien d'anormal, et Parviz Amritzar, naturalisé depuis sept ans, bénéficiait de ces facilités.

Il laissa « Mahmoud » sortir du Sofitel le premier. Ce dernier était beaucoup moins menaçant qu'à leur première rencontre et il le sentait accroché. Ce qui était normal. Al Qaida, depuis la mort de Bin Laden, n'avait pas beaucoup de grands projets. En retraite en Afghanistan et en Irak, il lui restait le Yémen, en pleine turbulence politique ; pour regagner un peu d'aura, un attentat spectaculaire était indispensable.

Or, le projet de Parviz Amritzar, même s'il semblait difficile à réaliser, représentait pour l'organisation salafiste un moyen spectaculaire de rebondir.

Il recommanda un café, n'ayant pas envie de rentrer chez lui.

Il vivait peut-être ses dernières heures de paix. De plus en plus, son projet fou lui semblait réalisable. Il avait beaucoup lu sur les insurrections religieuses au Caucase, une zone où les gens étaient extrêmement religieux et détestaient les Russes.

Ceux-ci avaient imposé en Tchétchénie un « gauleiter » féroce, Rouslan Kadyrov qui, tout en feignant d'être profondément religieux, avait mis au pas les *boiviki*, qui voulaient créer un État islamique.

Exterminant tous ceux qui voulaient se séparer de la Russie et inondant le pays de roubles.

Heureusement, il restait le Dagestan où sévissaient encore plusieurs groupes islamistes et wahabites et où la population était encore plus religieuse.

Parviz Amritzar se leva enfin. En sortant, il constata que la pluie avait cessé. Il pouvait gagner le métro à pied. Il se demanda s'il allait emmener Benazir en voyage avec lui, ce qu'il faisait souvent.

D'autant plus que, bientôt, elle ne pourrait plus voyager à cause de sa grossesse.

Évidemment, s'il recevait une réponse positive de « Mahmoud » avant son retour aux États-Unis, ses plans changeraient et il continuerait de Vienne sur Moscou.

Dans sa vie, désormais, la priorité absolue était la vengeance. Surtout depuis qu'il entrevoyait une possibilité de le faire. Parfois, une petite voix lui disait qu'il risquait d'y laisser la vie, mais c'était une crainte théorique, qu'il n'envisageait pas vraiment.

Une brise glaciale l'accueillit à sa sortie du Sofitel. Il gagna rapidement l'extrémité sud de Times Square pour s'engouffrer dans le métro et regagner le New Jersey.

Priant pour que « Mahmoud » lui donne rapidement des nouvelles.

***

Le « Special Agent » Bruce Chanooz exhiba sa carte du FBI au garde en poste, en bas du J.E. Hoover building abritant l'agence fédérale à Washington, au 935 Pensylvanie avenue N.W. Un grand immeuble sombre de vingt-trois étages entièrement occupé par l'agence fédérale.

Tandis qu'il attendait le guide qui allait l'emmener à l'étage du CIC[1], Bruce Chanooz conserva une attitude digne, bien qu'il soit horriblement intimidé.

C'était la première fois qu'il venait dans le Saint des Saints.

Affecté à l'antenne du FBI à New York, il restait dans l'État, ne débordant éventuellement que jusqu'au New Jersey. Il était venu en train de New York, le moyen le plus pratique, débarquant à la gare d'Union Square.

Une « Speciale Agente » surgit de l'ascenseur, austère, le visage fermé, et lui demanda de la suivre. Les membres du FBI extérieurs à l'immeuble ne pouvaient s'y déplacer seuls.

1. *Counter Terrorism Center*.

Ici, la sécurité était un must absolu, presque une obsession. Ils débarquèrent tous les deux au seizième étage. Des couloirs gris, des portes défendues par des codes changés toutes les semaines, une atmosphère presque artificielle. Il était interdit de fumer dans l'immeuble.

On le fit pénétrer dans une salle d'attente dont les baies étaient condamnées.

Vide.

Un silence absolu. Pourtant, l'étage du *Counter Terrorism Center* fourmillait d'activité. C'est là que se regroupaient toutes les enquêtes menées contre des individus menaçant potentiellement la sécurité des États-Unis. Le FBI avait l'exclusivité absolue de la lutte contre le terrorisme, qu'il soit islamique ou domestique, sur le sol américain, la CIA n'ayant pas le droit d'opérer sur le territoire national.

D'ailleurs, si elle détectait un traître dans ses rangs – ce qui était malheureusement déjà arrivé – elle avait l'obligation de faire appel au FBI pour le débusquer.

L'horreur absolue, les deux Agences Fédérales se détestant cordialement.

Une porte s'ouvrit sur un homme qui ressemblait vaguement à Groucho Max, en plus jeune, avec des lunettes aux verres jaunâtres qui lui mangeaient le visage, une énorme moustache et une abondante chevelure noire.

Il tendit la main à Bruce Chanooz avec un sourire éblouissant, peu courant chez les agents passe-murailles du FBI.

– *Assistant Director* Leslie Bryant, annonça-t-il. Je suis en charge de la Division qui vous emploie.

Son bureau était encore plus austère que lui. Il le regagna et fit signe à Bruce Chanooz de s'asseoir en face de lui. Ici, on ne pratiquait pas vraiment la familiarité. Pourtant, son sourire réapparut quand il lança d'une voix amusée :

– Alors, « Mahmoud », vous avez fait du bon boulot !

## CHAPITRE III

Bruce Chanooz baissa les yeux et dit modestement :

– *Thank you, sir, I only did my job* [1].

Le jeune « *Special Agent* » avait rejoint son poste seulement trois ans plus tôt. Normalement, il aurait dû croupir quelques années dans des jobs de peu d'intérêt, seulement, il avait aux yeux du FBI un avantage inégalé : de père pakistanais immigré aux États-Unis, une trentaine d'années plus tôt, établi à Los Angeles comme importateur de tissus, il avait appris l'urdu dans sa famille où on le parlait en permanence, l'anglais n'étant utilisé qu'à l'extérieur.

Ce qui en avait fait un parfait bilingue urdu-anglais.

L'idéal pour le programme *Vanguard* du FBI. Un programme secret, dont personne en dehors de l'Agence ne connaissait l'existence. Certes, certains membres haut placés de la Maison-Blanche et du monde politique de Washington avaient quelques doutes, mais se gardaient bien de les exprimer.

En effet, le programme *Vanguard* était à la pointe du combat anti-terroriste, l'épine dorsale de la politique

1. Merci monsieur, je n'ai fait que mon boulot.

américaine. Depuis le 11 septembre 2001, l'Amérique était devenue paranoïaque.

Craignant plus que tout une réédition de l'attaque des Tours du World Trade Center, qui avait durablement traumatisé le pays.

On avait multiplié les mesures de sécurité drastiques, les adaptant peu à peu à l'évolution des menaces. Les contrôles se multipliaient aux aéroports et, à chaque poste frontière terrestre des États-Unis, un drapeau flottait, annonçant le degré de la menace terroriste. Il était toujours rouge.

Problème : les Agences fédérales chargées de la lutte anti-terroriste – FBI, CIA, NSA – faisaient tellement bien leur travail qu'il n'y avait plus d'attaques terroristes aux États-Unis.

Cependant, la lutte anti-terroriste était la pierre angulaire de la politique de la Maison-Blanche ; les Américains, devenus paranoïaques, en faisaient leur première demande. C'était bien le seul point où Républicains et Démocrates se rejoignaient. Des mois ou même des années sans arrestations de terroristes signifiaient aux yeux du public que la lutte se relâchait.

Ce qui n'était d'ailleurs pas exact…

Alors, au plus haut niveau du FBI, on avait imaginé le plan *Vanguard*.

D'une simplicité biblique.

Le FBI collaborait dans la lutte anti-terroriste avec la NSA[1] chargée de la surveillance électronique. Or, la NSA parvenait, grâce à des moyens électroniques très sophistiqués, à pénétrer à l'intérieur des sites islamistes pour y récupérer le « courrier » envoyé ou reçu.

1. National Security Agency.

De temps en temps, ils découvraient ainsi l'identité d'un citoyen américain correspondant avec les sites sulfureux.

Certaines déclarations étaient des brûlots, exprimant une haine profonde de l'Amérique.

Ce qui n'était pas illégal, la liberté de parole étant un pilier sacré de la démocratie américaine. On pouvait exprimer sur le Net toutes les opinions, même les plus à contre-courant. Insulter le Président des États-Unis n'était pas un délit. Seulement, certains de ces internautes allaient plus loin. Des exaltés, sans aucun lien avec Al Qaida ou des Organisations terroristes.

Des individus isolés qui clamaient soudain leur envie de participer au Djihad international, même s'ils étaient livreurs de pizza ou au chômage dans un bled éloigné du Middle West. Certains s'adressaient aux sites islamistes pour leur demander par exemple des instructions pour fabriquer des bombes artisanales.

D'autres proclamaient carrément avoir des plans pour préparer un attentat aux États-Unis.

Bien entendu, les sites islamistes ne répondaient jamais. Par prudence.

En revanche, grâce à la NSA, le FBI récupérait de temps en temps des noms d'Américains annonçant leurs mauvaises intentions. Il n'y avait plus qu'à monter une manip, en se faisant passer pour l'envoyé d'un de ces sites, pour tester leur degré de dangerosité.

Ceux-ci, évidemment, étaient immédiatement repérés et pris en charge par le FBI.

L'Agence Fédérale déclenchait alors une enquête, les mettait sur écoute, les surveillait, afin de voir s'il y avait un commencement d'exécution.

Ce qui n'était jamais le cas.

Il s'agissait de velléitaires coupés de toute organisation subversive, sans moyens financiers et sans *know-how*. D'ailleurs, ils rentraient vite dans le rang et cessaient de rêver.

De temps en temps, le FBI repérait un ou plusieurs individus qui semblaient plus consistants, détaillant un projet d'attentat plus précis. L'Agence Fédérale avait ainsi trouvé sur le Net un Américain d'origine libanaise qui en voulait mortellement à l'Amérique pour les massacres en Irak.

Il avait fait part à un des sites islamistes d'un projet précis : déposer un véhicule piégé à Times Square et le faire exploser à l'heure de la sortie des deux cinémas qui s'y trouvaient. Un certain Ryad Moussawi, mécanicien auto travaillant dans le Bronx, marié, père de deux filles, apparemment sans histoire. Et, bien sûr, sans aucune connection avec des groupes terroristes. C'est d'ailleurs pourquoi il envoyait des SOS sur le Net à tous ceux qui pouvaient l'aider dans son projet.

Le FBI avait évalué les mesures à prendre.

Le plus simple était évidemment de l'interpeller et de l'envoyer devant la justice.

Hélas, les juristes de l'Agence Fédérale avaient vite mis le holà. L'accusation du FBI, sans le moindre commencement d'exécution, ne tiendrait pas cinq minutes devant un juge. Être mal intentionné n'était pas un délit; sous l'empire de la boisson, on pouvait annoncer sur le Net avoir l'intention de faire sauter le pont de Brooklyn pour venger les enfants afghans, ce n'était pas un crime.

Pourtant, le projet de Ryad Moussawi était précis. D'abord, le FBI s'était demandé s'il n'avait pas des complices.

Alors, la sous-direction du FBI chargée d'analyser les projets d'attentats avait décidé d'aller au contact. Mais pas de la façon habituelle en envoyant deux « *gumshoes* »[1] appréhender le suspect.

Ryad Moussawi avait reçu un mail expédié d'un cyber-café. D'un certain Amin qui se réclamait de la mouvance salafiste et le félicitait pour sa déclaration courageuse.

Ryad Moussawi lui avait répondu et les deux hommes avaient commencé à échanger des brûlots exaltant leur haine commune de l'Amérique. Cependant, ils restaient relativement prudents, sachant qu'un mail peut être facilement intercepté.

Jusqu'au jour où Amin avait proposé à Ryad de le rencontrer.

Fixant le rendez-vous dans un obscur café de Brooklyn, dans le quartier des émigrés africains.

Amin avait le physique passe-partout d'un Oriental : la peau très mate, une légère barbe, habillé comme un ouvrier. Il semblait intelligent et connaissait visiblement très bien tout ce qui se rapportait au Djihad.

Ryad Moussawi avait été impressionné de rencontrer un homme qui semblait avoir des connexions avec l'univers du Djihad.

Il avait dû avouer à Amin que son projet d'attentat n'était pas concrétisé. Grâce à Internet, il savait à peu près comment confectionner un véhicule piégé, mais il

1. Chaussettes à clous.

ne possédait ni le véhicule, ni les explosifs et n'avait pas les moyens matériels de consacrer la somme nécessaire à leur achat.

Ryad Moussawi avait repris son travail, sans avoir rien obtenu de concret d'Amin, ignorant qu'une mécanique infernale s'était mise en route au siège du FBI, à Washington. *L'Assistant Director* du *Counter Terrorism Center*, au FBI, Leslie Bryant, avait consulté Mark Mullkover, « *legal advisor* » auprès du FBI, sur son projet, afin d'être certain de rester dans le cadre de la loi. La réponse avait été très claire : « À condition que vous puissiez produire devant une Cour les enregistrements de vos conversations avec le suspect, montrant sa détermination à se livrer à un crime fédéral, votre action est couverte par la loi. »

Rassuré, Leslie Bryant avait alors déclenché le programme « *Vanguard* ».

Les résultats avaient dépassé toutes les espérances. Ryad Moussawi avait reçu de « Amin » l'argent pour acheter une voiture. Une vieille Jeep Wagoner payée en dollars. « Amin » lui avait également apporté des explosifs et deux bouteilles de gaz, puis avait poussé la sollicitude jusqu'à l'aider à installer le dispositif explosif dans la Jeep. Au jour dit, Ryad Moussawi avait garé le Wagoner en face des deux cinémas de Times Square et enclenché la minuterie, avant de s'enfuir.

Il n'était pas allé loin, cerné par une meute de « Special Agents » qui l'avaient aussitôt inculpé d'attentat terroriste. Il ignorait évidemment que les détonateurs fournis par « Amin » étaient neutralisés.

Lorsqu'il avait affronté la Cour de Brooklyn huit mois plus tard, en dépit des efforts de son avocat, arguant qu'il ne s'agissait pas d'un véritable attentat, puisque tous les éléments du forfait avaient été fournis par un agent du FBI *undercover*, Ryad Moussawi avait été condamné à 47 ans de prison, sans réduction de peine possible. Le jury avait statué qu'il était un individu potentiellement dangereux, même si on l'avait aidé dans son funeste projet.

Après le jugement, le FBI avait été assailli de demandes de reportages et les médias n'avaient pas tari d'éloges sur les qualités de l'Agence Fédérale, capable de débusquer les terroristes les plus sournois.

Le plan « *Vanguard* » était lancé.

Un an avait passé et la chaîne de télé « Fox News » maintenait la pression sur la menace terroriste…

Leslie Bryant, l'*Assistant Directeur* du FBI en charge du programme « *Vanguard* » adressa un sourire chaleureux à son vis-à-vis et ouvrit le dossier posé devant lui.

– « *Special Agent* » Chanooz, dit-il, j'ai étudié avec soin le dossier de votre nouvelle opération. Elle me semble présenter des possibilités certaines.

« Que pensez-vous de ce Parviz Amritzar ?

– C'est un homme extrêmement meurtri par la mort d'une partie de sa famille, dit d'une voix neutre l'agent du FBI. Il a développé une haine sincère de notre pays qu'il rend responsable, à tort ou a raison, de ces décès.

C'était plutôt « à raison » : seuls les Américains utilisaient des drones armés dans la région…

– Où en est-il de ses projets ? demanda Leslie Bryant.

– Pour le moment, il en est encore à la théorie. Il ne possède aucun élément concret, sauf une connaissance assez approfondie du maniement de ce missile sol-air, IGLA S.

Le directeur se pencha d'un air gourmand au-dessus du bureau et insista :

– « *Special Agent* » Chanooz, vous me confirmez ce qu'il y a dans votre rapport : cet individu a pour projet d'abattre l'avion présidentiel « Air Force One » et donc d'assassiner le Président des États-Unis ?

– C'est exact, Sir. C'est ce qu'il m'a assuré au cours de plusieurs conversations.

– Ces conversations ont-elles été enregistrées par vos soins ? Peuvent-elles être exhibées devant un Grand Jury ou un District Attorney ?

– Je pense que oui, Sir, confirma Chanooz.

Le sous-directeur se rejeta en arrière, avec une esquisse de sourire.

– Eh bien, « *Special Agent* » Chanooz, je vous félicite de votre travail. Puisque ce Parviz Amritzar a besoin d'un missile IGLA S, nous allons l'aider à le trouver.

# CHAPITRE IV

Le colonel Serguei Tretiakov relut avec attention la note confidentielle qu'il venait de recevoir de l'antenne du FBI installée à Moscou dans les locaux de l'ambassade américaine, sur le Koltso[1].

Elle était signée Bruce Hathaway, *Operative Director Federal Bureau of Investigation, Moscow*. Ce qui impliquait un engagement au plus haut niveau de l'Agence Fédérale américaine. Le cachet « top-secret » dans un rectangle rouge, en haut à gauche, classifiait le document… Le colonel Tretiakov regarda par la fenêtre, le ciel noir qui recouvrait la place Loubianskaya, en proie à des sentiments mitigés.

Les temps avaient bien changé…

Lui, venait de l'ancien Premier Directorate du KGB, dissous en 1991 par Boris Eltsine.

Premier périphérique.

L'aristocratie de l'espionnage russe. Il avait été plusieurs fois en poste à l'étranger, à Londres et à Amsterdam. À cette époque, les seuls rapports avec les Américains étaient des rapports de force.

1. Premier périphérique.

Lorsqu'il était revenu à Moscou, Serguei Tretiakov avait participé avec enthousiasme à la lutte contre les officiers traitants de la CIA installés à Moscou, cherchant à recruter des sources.

Ils y parvenaient rarement, et se faisaient souvent arrêter avec leur « taupe » par les agents du Second Directorate, le Service de contre-espionnage du KGB. Amenés dans les locaux de la Bolchoia Loubianka, le processus était toujours le même. Après interrogatoire, les agents de la CIA, tous sous couverture diplomatique, donc intouchables, étaient relâchés et expulsés dans la foulée, tandis que leurs « taupes » russes, elles, partaient pour la prison de Lefortovo où, une fois leurs aveux recueillis par les moyens appropriés, ils étaient jugés, condamnés et fusillés, soit dans une des cours intérieures de Lefortovo, soit dans le troisième sous-sol de la Bolchoia Loubianka, dans l'immeuble où se trouvait justement le colonel Serguei Tretiakov, devenu le siège du F.S.B. fédéral. Une répartition des rôles équilibrée, qui laissait parfois un goût amer à certains.

Ainsi, un des camarades de promotion du colonel Tretiakov avait été fusillé pour avoir accepté une poignée de dollars des Américains. Comme il se trouvait dans la même section que lui, la carrière de Tretiakov avait été définitivement compromise. À cette époque, on ne plaisantait pas avec les traîtres. Serguei Tretiakov avait été muté d'office au Deuxième Directorate, sans contact avec les étrangers.

Et maintenant, le FBI lui envoyait une demande officielle pour que le FSB mette à sa disposition, pour une opération anti-terroriste, un missile sol-air IGLA S, le nec plus ultra de la technologie militaire russe !

Serguei Tretiakov était obligé de transmettre cette demande à ses supérieurs et de répondre aux Américains. Il en avait l'estomac noué.

Certes, l'immeuble abritant les bureaux du FSB fédéral se dressait toujours au début de la Bolchoia Loubianka, sorte de monolithe aux murs presque noirs qui, même aujourd'hui, inspirait encore la terreur à ceux qui avaient connu l'époque d'avant, mais ce n'était plus pareil.

La place Loubianka avait été dépouillée de sa gigantesque statue de Felix Dzerzinski, le fondateur de la Tcheka, déboulonnée en août 1991 sur ordre du nouveau pouvoir. L'ancien siège du KGB qui lui faisait face, un important bâtiment de briques aux innombrables fenêtres, n'abritait plus le puissant directeur du KGB, mais des bureaucrates presque inoffensifs.

On n'exécutait plus dans les sous-sols de la Loubianka et le KGB n'existait plus, sauf dans les mémoires.

Heureusement, grâce aux efforts de Vladimir Vladimirovich Poutine, le pouvoir « vertical » avait repris le dessus, sous de nouvelles initiales.

Le FSB contrôlait désormais toute la Russie, sous l'autorité du Kremlin. Les *Siloviki*[1] avaient réussi le rêve impossible du KGB : être vraiment le chef de la Russie. Sans la tutelle du Parti Communiste, jadis tout puissant.

Les gouverneurs de province étaient désormais nommés par le Kremlin, et non pas élus, et les agents du FSB surveillaient la population avec autant d'efficacité que le défunt Deuxième Directorate du KGB.

Seulement, cette férocité froide et efficace était dissimulée sous une façade quasi démocratique : le Russie voulait à tout prix avoir une bonne réputation.

1. Hommes de la sécurité.

C'est la raison pour laquelle, en 2003, le FBI et le FSB avaient signé un accord de coopération pour la lutte antiterroriste. Un sujet commun, car le Kremlin était authentiquement préoccupé par les mouvements séparatistes du Caucase, tous menés par des Islamistes ou des Wahabites financés souvent par l'Arabie Saoudite.

Heureusement, grâce à la main de fer de Vladimir Poutine, le problème était contenu, la Tchétchénie livrée à un abominable tyran local pro-russe. Rouslan Kadyrov, et le Dagestan acheté à coups de milliards de roubles.

Cependant, les contacts avec le FBI ou la CIA étaient désormais gérés par le 5e Directorate du FSB, baptisé Departement de la Coopération Internationale. Au huitième étage du monolithe noir.

Le colonel Serguei Tretiakov apposa la mention « vu » sur le document américain et le glissa dans une enveloppe qu'il cacheta avant d'appeler sa secrétaire, Anna Polikovska, qui apparut quelques secondes plus tard.

Une jolie femme d'une quarantaine d'années, fille d'un ancien du G.R.U. [1] mort d'un cancer, hautaine, le visage légèrement anguleux, non dépourvu d'un certain charme, avec une lourde poitrine toujours moulée par des pulls ajustés. Comme beaucoup de Russes, en cette saison, elle était vêtue d'un gros chandail et d'une jupe étroite, fendue derrière presque jusqu'aux cuisses, tombant sur des bottes à très hauts talons.

– Porte ça au « Tzar », dit en souriant le colonel Tretiakov, et ensuite, fais-moi un thé.

1. Service de Renseignement militaire.

Anna Polikovska prit l'enveloppe et ressortit du bureau, suivie des yeux par son chef qui aimait bien regarder ses fesses. Anna lui faisait un peu peur, sinon il l'aurait culbutée depuis longtemps sur un coin de son bureau. Il savait peu de chose de sa vie, mais il était persuadé qu'elle avait des amants.

Ce n'était pas avec sa solde du FSB, même confortable, qu'elle s'était offert son manteau de vison orné de petites queues du même animal.

Et puis, le fait qu'elle porte tous les jours des bas noirs impliquait, aux yeux du colonel Tretiakov, une vie dissolue. Elle conduisait avec un soin maniaque une petite voiture française, une Peugeot 207, qu'elle garait au premier sous-sol, au milieu des Mercedes et des Audi des officiers supérieurs du FSB.

Alexander Bortnikov, le patron du FSB fédéral, ne prit connaissance de la demande du FBI que le lendemain matin. Bien entendu, cette demande lui parut bizarre. Il rédigea immédiatement une note à destination du colonel Tretiakov, lui demandant de convoquer le responsable du FBI afin d'obtenir plus d'informations.

Ensuite, il fit lui-même une photocopie du document dans son bureau, enferma l'original dans son coffre, puis glissa la copie dans une enveloppe qu'il cacheta avec un sceau de cire rouge mentionnant son nom et son grade.

Le planton, qui gardait son couloir, surgit trois secondes après qu'il ait sonné. À croire qu'il était couché derrière la porte, pourtant blindée et défendue par un système électronique sophistiqué.

Le patron du FSB lui tendit l'enveloppe cachetée.

– Boris, porte ça au Korpus 14, au bureau de Rem Tolkatchev.

– *Vsie normalno*[1], assura le planton.

Le Korpus 14 était le bâtiment opérationnel du Kremlin, à deux pas. Il suffisait de descendre la rue Okthotny Ryad puis, Place du Manège, de tourner à gauche pour gagner la Place Rouge. Après le mausolée de Lénine, il y avait une entrée pour les piétons.

Comme toujours en novembre, l'habituel ciel gris sombre, étouffant, recouvrait Moscou comme un couvercle de cocotte-minute.

***

Malko jeta un bref coup d'œil à Alexandra, en train d'étaler sur le lit de leur suite au Sacher ses emplettes de la journée, vêtue uniquement d'une parure de dentelles noires Dior qui, au vu de son prix, avait dû être fabriquée par des doigts d'or ; ses longs bas gris fumée et ses escarpins mettaient en valeur ses jambes interminables.

Comme toujours, elle était incroyablement bandante.

Malko avait beau se dire qu'il en profiterait après leur soirée, comme il le faisait depuis si longtemps, ses mains le démangeaient.

La jeune femme semblait flotter dans un nuage de stupre.

Elle se retourna, posant devant elle une robe en mousseline Valentino, noire comme le péché et assez transparente pour pousser au viol.

1. Pas de problème.

– Tu aimes ? Tu veux que je la passe ?

Malko baissa les yeux sur sa montre.

– Non, je te laisse le choix, j'ai un rendez-vous en bas dans deux minutes.

La belle bouche d'Alexandra se fendit en un ironique sourire.

– Un de tes « *spooks* »[1] ?

– Qui t'admire beaucoup, assura Malko. Il aurait préféré avoir rendez-vous avec toi qu'avec moi…

Il s'arracha de son fauteuil pour ne pas être tenté de lui arracher sa culotte après lui avoir fait passer sa robe Valentino. Il avait beau multiplier les aventures à chacune de ses missions, il ne se détachait pas d'Alexandra et la désirait comme s'il avait vingt ans.

Il gagna, au rez de chaussée, le « *Rote Cafe* »[2], une pièce tendue de velours rouge, coqueluche du Tout-Vienne, pour le déjeuner et les soirées.

Elle n'était occupée que par deux hommes. Un vieux Viennois plongé dans la lecture du *Vienna Beobachter*, une feuille de chou locale qui donnait tous les potins mondains de la ville et un homme de haute taille, aux cheveux gris, très élégant dans un costume trois-pièces un peu vieillot, en face d'une bière.

Jim Woolsley, le chef de Station de la CIA à Vienne, un Américain charmant, arrivé dans la capitale viennoise six mois plus tôt et qui avait pris la peine de rendre à Malko une visite de politesse dans son château de Liezen où il avait aperçu Alexandra.

Un de ceux qu'elle appelait ses « spooks ». Qui lui permettaient de vivre selon son rang sans se livrer à des

1. Affreux.
2. Café rouge.

activités répréhensibles. Certes, ce que lui demandait la CIA était souvent totalement illégal, mais c'était pour la bonne cause. S'il avait un problème, il ne finirait pas dans un pénitencier, mais au cimetière militaire de Langley en Virginie, réservé à ceux qui avaient donné leur vie pour l'Amérique.

– *Wie gets*[1] ? demanda Jim Woosley qui s'était donné un mal fou pour apprendre l'allemand.

– *Sehr gut*[2], assura Malko, continuant ensuite en anglais.

L'allemand de Jim Woosley était encore trop rugueux pour être confortable, ressemblant au français parlé par la franco-norvégienne Eva Joly, porte-drapeau des écologistes.

Le garçon était déjà là avec deux bouteilles de vodka, une de Russian Standard, l'autre de Beluga. Malko choisit cette dernière, à la douceur presque irréelle en dépit de ses 42° d'alcool.

– Vous avez de la chance que j'ai une soirée à Vienne, assura Malko, sinon, vous auriez été obligé de revenir à Liezen.

Les deux hommes n'utilisaient le téléphone que pour se dire des banalités, connaissant trop les failles des écoutes.

– Je suppose que vous avez une demande importante à me transmettre. Comme de partir au bout du monde, dans un pays qui n'a que de mauvaises saisons ou de très mauvaises.

Jim Woosley se récria.

1. Comment ça va ?
2. Très bien.

– Non, non, c'est juste un petit truc ! Qui ne vous fera pas quitter Viennc.

Malko se méfiait des « petits trucs » qui se transformaient souvent en problèmes apocalyptiques horriblement dangereux.

– Je vous écoute, dit-il. Soyez bref. Alexandra va me rejoindre dès qu'elle sera prête.

– Je serai ravi de la saluer, assura l'Américain, le regard déjà humide. (Il baissa la voix.) Il s'agit d'une information concernant les « *gumshoes* ».

À la CIA, on ne disait jamais le FBI, une saine détestation séparant les deux agences fédérales. En plus, les gens de la CIA considéraient leurs « cousins » comme de fieffés imbéciles aux règles guindées, pratiquant le Renseignement avec des méthodes du siècle dernier et un pointillisme qui ne facilitait pas les choses.

– Cela vient de Washington ? demanda Malko, intrigué. En quoi cela pouvait-il concerner Vienne ?

– Non, de Moscou, corrigea Jim Woosley.

– De Moscou ?

– Oui, le FBI a une antenne importante là-bas où il coopère avec le FSB pour certaines affaires.

– Renseignement ?

– Non, terrorisme. Les Russes sont très sensibles là-dessus. Ils ont une peur bleue des Salafistes et d'Al Qaida. Tous les problèmes qu'ils ont eus pendant les dernières années viennent des fous islamistes du Caucase qui mélangent séparatisme et islamisme. Ils ont commis des tas d'attentats à Moscou et continuent.

– Je sais, dit Malko, j'étais à Moscou en 1999 quand les Tchétchènes ont fait sauter deux immeubles en tuant 250 personnes.

– Les Caucasiens continuent ! remarqua sombrement l'Américain. Un type s'est fait sauter à l'aéroport de Domodedovo, à Moscou, il y a deux mois. Il venait du Dagestan.

– Quel lien avec le FBI ? demanda Malko, voyant le temps passer.

Jim Woosley baissa la voix.

– C'est top secret. Vous savez qu'à Moscou, nous sommes particulièrement concernés par l'espionnage électronique dont les Russes sont friands. La Guerre Froide n'est pas tout à fait terminée, même si on prétend le contraire.

« Bref, une de nos équipes de « dératiseurs », en vérifiant la sécurité de nos locaux, a intercepté involontairement un document interne du FBI.

Malko tiqua sur le mot « involontairement », mais n'en montra rien.

– Que contenait-il ?

– C'était un mail envoyé du QG du FBI à Washington à leur antenne de Moscou. Il relatait que le FBI de New York avait débusqué un terroriste de nationalité américaine, mais d'origine pakistanaise, un marchand de tapis du New-Jersey, qui était en train de projeter un attentat que le FBI cherchait à déjouer, en infiltrant son réseau.

– Il voulait faire sauter le pont de Brooklyn ? demanda ironiquement Malko.

– Non, abattre le Boeing 747 présidentiel, « Air Force One » avec un missile sol-air.

– C'est déjà plus sérieux. Et alors ?

Jim Woosley regarda autour de lui.

– Alors, il semble que ce terroriste tienne à utiliser pour ce faire un IGLA S russe.

– Étrange ! laissa tomber Malko. Pourquoi ?

– On ne sait pas vraiment. Il semble qu'il considère l'IGLA comme l'arme la plus sûre.

– C'est vrai ?

– Presque, affirma l'Américain, nous avons vérifié : l'IGLA S est celui qui se joue le plus facilement des contre-mesures électroniques.

– En quoi tout cela me concerne-t-il ? demanda Malko en laissant couler dans sa gorge un peu de Beluga.

– Voilà ! continua l'Américain. Langley a passé dans leur ordinateur le nom de ce type, Parviz Amritzar. Rien n'est sorti. Nous avons ensuite retrouvé son nom en liaison avec certains sites liés à Al Qaida. Nous avons également retrouvé la trace de mails envoyés à ces sites, authentiquement terroristes. Il ne s'agissait pas d'un échange d'informations, mais d'une demande de sa part réclamant de l'aide…

Un ange passa.

– Vous voulez dire, enchaîna Malko, que ce Parviz Amritzar n'est pas lié à un groupe terroriste ?

– Pas que nous sachions…

– Donc, conclut Malko, une fois de plus le FBI est en train de « fabriquer » un terroriste avec un type animé uniquement de mauvaises intentions…

– C'est ce que nous craignons ! avoua l'Américain. C'est déjà arrivé. Ils sont obsédés par la culture du résultat.

– En quoi cela vous concerne-t-il ?

– *Well*, ils connaissent les Russes moins bien que nous. Ils ont demandé au FSB de leur prêter un IGLA S en état de marche, sans se douter qu'ils peuvent essayer de les baiser.

– Donc, renchérit Malko, si je comprends bien, un « *Special Agent* » va se faire passer pour un marchand d'armes et amener l'IGLA S à ce Parviz Amritzar. Après, il n'y aura plus qu'à l'inculper.

– C'est un peu cela, reconnut Jim Woosley. Langley n'est pas certain à 100 % que ce Parviz Amritzar n'a pas *réellement* de liens avec un groupe terroriste. Ce qui peut être le cas, même s'il n'est pas capable de lui procurer un IGLA S.

« Nous voudrions êtres sûrs qu'il est « clean » avant de le laisser se débrouiller avec les « *gumshoes* ».

Malko termina sa vodka d'un coup. Alexandra n'allait pas tarder.

– En quoi puis-je vous aider ?

– Parviz Amritzar sera à Vienne dans deux jours. Je vous ai dit qu'il vend des tapis. Apparemment, il vient en acheter ici. Il reste quarante-huit heures. Nous aimerions que, durant ce temps, vous vous assuriez qu'il n'a pas de contacts suspects. Je sais que ce n'est pas, normalement, de votre ressort, mais c'est un service que vous demande Ted Boteler [1].

Malko ne s'attendait pas à cela. Il n'avait pas l'intention de planquer lui-même, mais le fidèle Elko Krisantem ferait cela parfaitement.

– Je peux lui rendre ce service, assura-t-il. Donnez-moi un peu plus de détails.

– Parviz Amritzar séjournera à l'hôtel Zipser dans Lange Gasse, au n° 48; Dans le quartier de Josefstadt. Il arrive jeudi matin.

1. À la tête de la Direction des opérations de la CIA.

– Vous avez une photo ?

– Non. Justement, nous aimerions en avoir...

– Je pense que cela pourra se faire, assura Malko. Vous n'avez aucune idée de son apparence physique ?

– Non, avoua Jim Woosley. Mais il voyage avec sa femme, qui est très séduisante, paraît-il, pakistanaise elle aussi.

– Ce n'est pas un signalement, objecta Malko, mais je pense qu'on devrait y arriver... Disons que, lundi prochain, je vous ferai porter à l'ambassade mon rapport et les photos. (Il sourit.) Avec la liste des terroristes qu'il a rencontrés, ajouta-t-il.

Jim Woosley sourit à son tour.

– Je crains fort qu'elle ne soit courte. *Très* courte.

À cet instant précis, Alexandra pénétra dans le *Rote Cafe*, les pans de son manteau de zibeline ouverts sur la robe Valentino. Jim Woosley se leva d'un bloc, comme si le Président des États-Unis était entré dans la pièce.

Alexandra s'immobilisa en face de leur table et le regard de l'Américain glissa sournoisement jusqu'à son décolleté. La mousseline noire était savamment découpée de façon à découvrir la plus grande partie de ses seins.

– *Shatzy*[1], tu te souviens de Jim Woosley ? demanda aimablement Malko.

Alexandra tourna son regard vers l'Américain, littéralement paralysé, et laissa tomber :

– Non. Je devrais ?

Malko crut que Jim Woosley allait se dissoudre comme une boule de neige jetée dans un feu. Il se hâta d'adoucir la remarque de sa fiancée.

1. Chérie.

– Il y avait beaucoup de monde à Liezen, ce jour-là, affirma-t-il.

Jim Woolsley reprit un peu de couleurs.

Malko était déjà debout. Alexandra salua l'Américain d'un signe de tête hautain et s'envola vers la sortie. Malko se retourna et lança à mi-voix :

– Jim, vous aurez tout lundi.

***

Parviz Amritzar allait fermer sa boutique plus tôt que prévu, car il s'envolait pour Vienne le soir même, lorsque le timbre de la porte retentit. Il se retourna, prêt à dire à son client qu'il fermait, lorsqu'il reconnut l'homme qui venait d'entrer : « Mahmoud ».

Celui-ci s'avança vers lui et chuchota :

– On peut aller dans le bureau ?

Décontenancé, Parviz Amritzar le précéda dans le petit bureau vitré.

– Qu'est-ce que…

Sans répondre, « Mahmoud » sortit une grosse enveloppe de la poche intérieure de son blouson et la posa sur le bureau.

– Il y a 200 000 dollars, annonça-t-il. Les Frères ont décidé de t'aider. Tu rencontreras quelqu'un à Moscou qui te vendra un IGLA S.

– Mais, je vais d'abord à Vienne…

– Pas de problème, assura « Mahmoud ». Surveille ta boîte mail. Dès que ce sera prêt à Moscou, tu recevras le feu vert. Fais attention à cet argent, il est précieux.

Il se dirigeait déjà vers la sortie. Lorsque la porte claqua, Parviz Amritzar n'était pas encore revenu de sa surprise.

Les mains tremblantes, il prit l'enveloppe et défit l'élastique.

Lorsqu'il vit les liasses de billets de cent dollars, il en eut un vertige. C'est à cette seconde que commençait son Djihad.

# CHAPITRE V

Le général Andrei Kostina, directeur-adjoint de Rosoboronexport[1], reposa la note envoyée par Alexander Bortnikov avec la copie de la demande du FBI, la contemplant d'un regard dégoûté.

Andrei Kostina n'aimait ni les Américains ni les Juifs. Il considérait les deux comme les responsables de la fin de l'Union Soviétique. Évidemment, sa détestation première allait à « L'Homme à la Tache », Mikael Gorbatchev, qui avait permis tout cela. L'idée d'aider les Américains le rendait malade. Pourtant, la démarche du FSB auprès de lui était logique : l'Agence fédérale ne possédait pas d'IGLA S. Elle pouvait s'en procurer, mais ce serait lent et compliqué à cause de la bureaucratie.

Certes, toutes les unités de l'armée russe possédaient en dotation régulière des IGLA et dans chaque unité, il existait un commissaire politique du FSB, doté de tous les pouvoirs. Cependant, les chefs de corps défendraient leur bien et cela pouvait durer longtemps.

Seul, *Rosoboronexport*, chargé de l'exportation du matériel militaire russe, pouvait facilement en disposer.

1. Organisme officiel de ventes d'armes.

Le général Kostina alluma son ordinateur pour vérifier les disponibilités des IGLA S. Ceux-ci étaient fabriqués à Izhevsk dans l'Oural, à la fois pour les donations régulières à l'armée russe et pour l'exportation. Une importante série de 1200 était en fabrication, commandée et déjà partiellement payée par l'Indonésie. L'usine d'Izhevsk avait déjà pris du retard. Seul, le centre de recherches des IGLA S, installé à Kalomna, à une centaine de kilomètres de Moscou, sur la M 5, la route de Tcheliabisnk, pouvait rapidement fournir un exemplaire d'IGLA S ou une petite série.

Il écrivit en marge du document une note dans ce sens, soulignant que c'était dangereux de mettre entre les mains des Américains un IGLA S en état de marche. Certes, cette version de missile sol-air avait déjà six ou sept ans, mais il n'était pas certain que les Américains en aient percé tous les secrets.

Bref, le général Kostina donnait un avis défavorable à l'opération, tout en sachant qu'il n'était que consultatif. Il remit le tout dans une enveloppe et appela sa secrétaire.

– Faites porter ceci au général Alexander Chliakhtine, ordonna-t-il.

Le patron du GRU trônait dans ce qu'on appelait « L'Aquarium », un ensemble de grands bâtiments blancs, caché sur Polegaevskaya Chaussée, dans le quartier de Khoroskoye, au milieu de gigantesques résidences, signalé quand même par des dizaines de caméras ultramodernes, des barbelés et un impressionnant portail noir, toujours fermé. Seule, une piste d'atterrissage d'hélicoptères sur le toit indiquait qu'il ne s'agissait pas d'un bâtiment ordinaire.

Le GRU, appareil de Renseignement militaire, n'avait pas changé de mentalité depuis la fin de l'Union Soviétique. Le culte du secret, un nationalisme intransigeant et une méfiance viscérale envers tout ce qui était américain.

Le patron du GRU, qui, *lui*, n'avait pas qu'un avis consultatif, déciderait s'il fallait donner suite à la demande du FBI. Ou la noyer dans un « non » diplomatique.

***

Depuis sept heures du matin, Elko Krisantem, au volant d'une vieille Opel orange qu'il utilisait pour faire les courses du château de Liezen, planquait devant le petit hôtel Zipser, un modeste immeuble de quatre étages, dans le centre de Vienne.

En dépit du froid humide et du fait qu'il s'était levé à cinq heures du matin, il était ravi d'être là. La veille au soir, lorsque Malko lui avait expliqué sa mission, il l'aurait embrassé. Elko Krisantem souffrait de n'être plus qu'un majordome dévoué, après avoir commencé comme tueur à gages, à Istamboul [1].

Certes, il accomplissait encore de temps en temps des missions avec Malko, comme garde du corps ou même assistant, mais cela devenait de plus en plus rare.

Désormais, il veillait sur le château de Liezen, se contentant de graisser régulièrement son vieux Parabellum Astra et de garder tout au fond de sa poche le lacet avec lequel il avait étranglé quelques malfaisants…

Il frotta ses deux mains l'une contre l'autre. Par économie, il n'avait pas laissé le moteur tourner : dans ce

1. Voir SAS N° 1, *SAS à Istamboul.*

quartier tranquille de Vienne, personne ne pouvait remarquer la vieille voiture stationnée en face de l'hôtel Zipser.

Elko Krisantem se raidit : un taxi venait de s'arrêter devant l'hôtel. Il en sortit d'abord une femme, emmitouflée dans un manteau de fourrure descendant jusqu'aux chevilles, juchée sur des bottes à très hauts talons, la tête coiffée d'un bonnet de fourrure, puis son compagnon, un homme au teint mat, type oriental. Le chauffeur sortit une valise du coffre et ils s'engouffrèrent dans l'hôtel.

Il était 8 h 25 et il y avait de fortes chances qu'il s'agisse de Parviz Amritzar et de sa femme.

Le Turc attendit encore, mais ils ne ressortirent pas. Alors, de son portable, il appela l'hôtel et demanda à parler à Herr Amritzar.

Après une courte attente, le réceptionniste annonça :

– Je vous le passe.

Elko Krisantem raccrocha aussitôt.

Pour appeler le portable de Malko.

– *Ihre Hoheit*, dit-il respectueusement, ils sont arrivés. Qu'est-ce que je fais ?

– Vous ne les lâchez pas, recommanda Malko, et dès que c'est possible, vous faites des photos.

***

Rem Tolkatchev était arrivé comme tous les matins très tôt à son bureau de l'aile sud du Kremlin, le Korpus 14, défendu par un code électronique sophistiqué. Sa porte n'affichait aucun signe distinctif, mais tous les « hommes gris » du Kremlin en connaissaient le chemin.

Personne ne savait depuis combien de temps il était là et on avait l'impression de l'avoir toujours vu. Rem Tolkatchev avait servi, sans état d'âme, tous les « Tsars » de Brejnev à Vladimir Poutine.

Né en 1934 à Swerdlosk, c'était un « silovik biologique », sans la moindre trace de légèreté ou de corruption. À chaque nouveau Tsar, il était reconduit dans ses fonctions, après un court entretien avec son nouveau chef.

La mission de Rem Tolkatchev au Kremlin était simple, sans vraiment avoir été définie.

Il était là pour résoudre les problèmes difficiles ou impossibles à aborder d'une façon officielle.

Dans son armoire blindée reposaient les secrets de toute la période de « transition », après la fin de l'URSS, dans le tumulte du changement.

Pourtant, depuis le temps, ses méthodes n'avaient pas changé. Il recevait plusieurs fois par semaine des demandes de « consultations » sur des problèmes brûlants. La plupart du temps, il imaginait une solution et la communiquait aussitôt au Président en exercice, par un courrier intérieur. Sa proposition revenait, approuvée ou refusée.

Rarement refusée.

Dans l'autre sens, il arrivait que le Président lui demande de résoudre un problème, en lui laissant toute latitude pour le faire.

Ensuite, la plupart des instructions qu'il donnait étaient orales. S'il fallait une instruction écrite, c'est lui qui la tapait sur sa vieille Olivetti, sans copie. Il se méfiait de l'électronique. D'ailleurs, tous les responsables des différents organes de sécurité, civile ou militaire, connaissaient sa position et savaient qu'il fallait lui obéir sans discussion.

Rem Tolkatchev était le bras armé du « Tzar ».

Petit bonhomme à la crinière blanche, haut comme trois pommes, il franchissait tous les matins la porte Borovitski du Kremlin et garait sa vieille Volga impeccablement briquée dans le parking réservé aux plus hauts apparatchiks.

Veuf depuis dix-sept ans, il n'avait guère de vie sociale, déjeunant au Buffet N° 1 du Kremlin où on avait un excellent repas pour 150 roubles [1]. Le soir, il se faisait un peu de cuisine dans son appartement de la rue Kastanaievskaia, à l'ouest de Moscou.

Il n'avait pas d'amis et ceux qui avaient affaire à lui professionnellement ignoraient la plupart de temps à quoi il ressemblait, ne connaissant que sa voix un peu aiguë, avec un accent du sud de la Russie.

Ses rares visiteurs n'avaient jamais été impressionnés par son bureau. Ses murs étaient nus, à l'exception d'un poster de Felix Dzerjinski, le créateur de la Tcheka, édité en 1926 à l'occasion de sa mort, d'un calendrier et d'un portrait du Président en exercice.

Il n'offrait pas d'alcool à ses visiteurs, seulement du thé que lui-même sucrait beaucoup.

Dans l'armoire blindée, au fond de son bureau, il gardait les fiches de tous ceux qu'il avait utilisés au cours de sa carrière. Il y avait de tout : *siloviki*, escrocs, tueurs, mafieux, religieux, ex-agents des « Organes ».

Pour manipuler ces auxiliaires, Rem Tolkatchev disposait de fonds illicites, en liquide. Lorsqu'ils s'épuisaient, il remplissait un bon à l'intention de l'intendant de l'administration du Kremlin. L'argent lui était apporté dans la

1. Environ 3 euros.

journée, sans aucune demande de justificatif. Tout le monde savait que Rem Tolkatchev était d'unc honnêteté maladive. Lorsque les *kopecks*[1] existaient encore, il n'en aurait pas détourné un ! Son seul plaisir dans la vie était de servir la *rodina*[2] et celui qui l'incarnait, le Président en exercice.

Son rôle réel était immense. Sous la carapace d'un État légaliste, la Russie grouillait de Services légaux et parallèles, d'officines clandestines prêtes à tout pour aider le Kremlin. C'est Rem Tolkatchev qui canalisait et tenait d'une main de fer tous ces gens souvent difficiles à manier.

Il ouvrit le premier dossier placé sur son bureau et alluma une des minces cigarettes multicolores qui l'aidaient à réfléchir.

Ce dossier avait été apporté la veille du bureau d'Alexandre Bortnikov, le patron du FSB.

Rem Tolkatchev s'en imprégna longuement, donna quelques coups de fil pour vérifier ses opinions, fuma encore deux cigarettes, puis se mit à son Olivetti, tapant avec deux doigts.

Un texte court, car le Président détestait tout ce qui dépassait quinze lignes.

« Serait-il judicieux de piéger le représentant du FBI à Moscou pour une tentative d'espionnage de matériel militaire, afin de pouvoir l'échanger contre Viktor Bout, qui purge en ce moment une peine de prison aux États-Unis » ?

Il avait besoin du feu vert du Président avant de se lancer dans un début d'exécution.

1. Un centime de rouble.
2. Patrie.

Cinq minutes plus tard, un « homme en gris » sonnait à sa porte dont il déclencha l'ouverture automatique. Remi Tolkatchev tendit sans un mot l'enveloppe cachetée adressée au président de la fédération.

Sachant qu'il aurait une réponse rapide.

***

Elko Krisantem était satisfait de voir la journée se terminer. Tout ce qu'il avait mangé depuis le matin était un « *doner-kebab* », à la sauvette, tandis que sa « cible » s'éternisait chez un marchand de tapis en gros.

Le couple Amritzar était ressorti de l'hôtel vers onze heures, prenant un taxi sur l'Opera Gasse. Ils avaient flâné autour du bâtiment majestueux, pour s'attabler ensuite dans une pizzeria d'Operngasse.

La femme était vêtue comme la veille, et, lorsqu'elle avait ôté son manteau, Elko Krisantem avait pu voir, à travers la vitrine, qu'elle avait une silhouette fine et un visage avenant, avec une bouche très rouge tranchant avec le foulard islamique.

Ensuite, ils s'étaient séparés, la femme appelant un taxi et l'homme un autre.

Elko Krisantem avait préféré suivre Parviz Amritzar. Dans le monde musulman, les femmes avaient rarement un rôle actif. Le taxi l'avait mené à un grossiste en tapis du Caucase et pakistanais. À travers la vitrine, il avait pu voir que Parviz était attendu par un gros moustachu bedonnant et affable. Les deux hommes s'étaient installés dans la salle d'exposition et avaient commencé à examiner les tapis.

Une simple transaction commerciale qui avait permis à Elko de se restaurer un peu.

Lorsque Parviz Amritzar était ressorti, la nuit tombait presque. Un taxi, appelé par radio, était venu chercher le Pakistanais qui avait regagné son hôtel.

D'où il venait de ressortir, accompagné de sa femme pour gagner de nouveau l'Opéra.

Ils s'étaient installés à la terrasse de l'hôtel Sacher comme de bons touristes. Ce qui avait permis au Turc de faire quelques photos.

Quelque part, Elko Krisantem avait l'impression de perdre son temps. Les activités de Parviz Amritzar semblaient parfaitement légales.

Rien n'indiquait un terroriste.

Consciencieux, il décida de ne décrocher qu'une fois le couple rentré définitivement à l'hôtel Zipser.

Le pli envoyé au président revint juste au moment où Rem Tolkatchev s'apprêtait à quitter son bureau pour se rendre à une représentation du Bolchoï. Le spectacle commençait à huit heures, mais, avec la circulation, il fallait compter large. Il aurait pu faire appel à une des limousines du Kremlin, des Audi noires aux vitres fumées, munies d'un gyrophare sur le côté gauche du toit et d'un klaxon qui poussait des jappements brefs pour écarter les autres véhicules.

De l'Union Soviétique, la Russie avait gardé une bande centrale de circulation dans les grandes avenues, réservée aux véhicules spéciaux qui faisaient ce qu'ils voulaient.

Quelques oligarques s'en étaient fait attribuer, à prix d'or, sachant que la milice, désormais rebaptisée *Policiya*, ne les arrêtait jamais.

Rem Tolkatchev ouvrit l'enveloppe : elle contenait son texte annoté dans la marge, à gauche, d'un seul mot : « *Da*[1] ». Il en ressentit une certaine satisfaction, lui qui n'était qu'un soutier de luxe. Le fait de savoir qu'il partageait les pensées du président le grisait.

Il avait pensé à Viktor Bout parce que le FSB et l'action diplomatique du Kremlin n'avaient pas réussi à empêcher l'extradition du marchand d'armes russe vers les États-Unis. Une défaite diplomatique.

Viktor Bout, certes, n'était pas un personnage de haute volée. Juste un ex-agent du GRU devenu aventurier, mais resté fidèle à sa patrie. Il n'avait jamais trahi, au contraire, communiquant de nombreuses informations aux Services russes. Il s'était bien tenu, n'avouant jamais.

Et surtout, il était *russe*.

Donc, il devait être sauvé.

Rem Tolkatchev était content de pouvoir œuvrer à sa libération éventuelle, même si ce n'était qu'une affaire d'honneur national.

Il restait à inventer le mécanisme qui permettrait de faire tomber le chef du FBI de Moscou dans un piège.

Rem Tolkatchev prit sur son bureau sa place réservée au Bolchoï. Le grand Opéra venait de rouvrir ses portes après plus de trois ans de travaux et il se faisait une joie de le découvrir dans sa nouvelle peau.

Pour le reste, demain serait un autre jour. Il lui restait à inventer le piège.

1. Oui.

# CHAPITRE VI

Anna Polikovska, la secrétaire du colonel Poliakov, le chef du Cinquième Directorate du FSB, assise à une table dominant l'escalier qui menait au premier étage du café Chokolade Mitza de la rue Baoumanskaia, guettait les marches, en face de son thé vide. La salle du premier était encore presque déserte : des filles entre elles, deux hommes regardant l'écran plat de TV derrière elle. Dans une heure, ce serait plein à craquer : les Russes adoraient le chocolat.

Elle sursauta : un homme montait l'escalier. Hélas, ce n'était pas Alexi Somov, son amant.

Seulement un homme corpulent, au crâne chauve, qui lui jeta un regard lourd. Avec ses bas noirs, son pull moulant et ses bottes à très hauts talons, Anna Polikovska pouvait passer pour une pute.

Seule, très maquillée, élégante. Volontairement, elle baissa les yeux pour ne pas faire croire à une provocation.

Alexis Somov n'était jamais à l'heure, c'est la raison pour laquelle ils se donnaient toujours rendez-vous dans des endroits publics.

Elle appela la serveuse et commanda un chocolat.

Fausse manœuvre.

En même temps que le chocolat, elle vit surgir de l'escalier la silhouette massive d'Alexis Somov. Instantanément, elle sentit son ventre s'enflammer. Lorsqu'il arriva en haut de l'escalier, Anna Polikovska sentait ses cuisses s'écarter toutes seules, retenues par la jupe étroite. Son amant lui procurait une émotion sexuelle qu'aucun homme ne lui avait encore donnée.

Physiquement, c'était une bête : 1,95 m, des mains comme des battoirs et tout à l'avenant. Toujours souriant, le cheveu ras, la mâchoire massive comme un lion qui se prépare à dévorer une proie.

Il se laissa tomber auprès d'Anna Polikovska et posa instinctivement la main sur sa cuisse gainée de noir.

– Tu es très belle, *zaika maya* [1], dit-il en regardant ses seins dont les pointes s'étaient déjà dressées sous le pull, au simple contact de sa main.

La serveuse s'approcha de la table.

– Qu'est-ce que vous voulez ? demanda-t-elle à Alexis Somov.

Anna répondit pour lui.

– *Tschott* ! [2]

Alexis Somov esquissa un sourire et demanda d'un ton enjoué :

– Tu es pressée ?

Anna Polikovska lui lança un regard à provoquer une érection à un mort.

– Oui, dit-elle d'une voix un peu rauque.

1. Petite lapine.
2. L'addition.

Elle était déjà debout et attrapait son manteau de vison accroché à une patère. Alexi Somov l'aida à l'enfiler. Rien que l'effleurement de ses mains sur ses épaules donna la chair de poule à la jeune Russe.

Elle descendit la première. La Mercedes noire aux vitres teintées de son amant était garée juste au coin. Elle s'y glissa et il la rejoignit. En démarrant, il tourna la tête vers elle.

– Ce soir, je t'emmène au GK[1]. Il y a un très bon pianiste.

Anna Polikovska tourna vers lui un regard lourd et laissa tomber;

– Après.

Il avait compris et ils se dirigèrent directement vers le vieil hôtel Métropole qui n'était plus utilisé que par certains Russes. Alexi Somov y avait une chambre à l'année payée par un mystérieux organisme. Pendant qu'il conduisait, Anna Polikovska annonça :

– Je t'ai fait une surprise.

– Laquelle ?

Sans répondre, elle lui prit la main droite et la posa sur son genou gainé de noir, tandis qu'elle se soulevait un peu pour permettre à sa jupe de glisser. Les énormes doigts d'Alexi Somov remontèrent le long du nylon, trouvant la peau nue et autre chose.

– *Bolchemoi* ![2]

Il venait d'effleurer le ruban d'une jarretière. Sa main se crispa sur la cuisse et il se sentit pris d'un trouble irrépressible.

1. Restaurant-bar.
2. Bon Dieu !

– En sortant du bureau, j'ai été au *Zoum*, expliqua Anna. Tu m'as toujours dit que les bas à jarretières, ça t'excitait. Je les ai mis dans les toilettes du *Chokolade Mitza*… Pour toi.

Du coup, Alexis Somov n'avait plus envie d'aller au GK. Ils mirent moins de cinq minutes à gagner le Métropole. Anna Polikovska marchait devant, fièrement, balançant les queues de vison de son manteau. Dans l'ascenseur, elle se plaqua contre Alexi, saisissant à pleines mains son sexe à travers son pantalon.

Ensuite, elle darda une langue aiguë vers la sienne, tandis qu'Alexis jouait avec sa poitrine.

Lorsqu'il descendit et atteignit son entrejambe, Anna poussa un gémissement.

– Non. Attends !

Elle était trop excitée, prête à jouir au premier frôlement. La chambre était au bout d'un immense couloir qu'elle parcourut presque en courant. Très grande, poussiéreuse, mal éclairée, avec un lit de cosaque, de deux mètres de large. Anna Polikovska était déjà en train de déshabiller son amant. Chaque fois qu'elle découvrait ce torse puissant, ses cuisses énormes et la bosse du caleçon, elle fondait.

En riant, Alexi Somov s'allongea sur le lit et, tranquillement, fit glisser son slip rouge, révélant un sexe épais qui se redressa comme un mat.

Sa maîtresse le fixait, mesmerisée. Elle passa la main derrière son dos pour défaire la fermeture de sa jupe, dont elle se débarrassa aussitôt.

Lorsqu'Alexis découvrit les jarretières noires retenant des bas bien tirés, il poussa un grognement et murmura :

– *Sukaska* ! [1]

Sans même ôter son manteau et ses bottes, Anna se rua sur le lit. S'allongeant d'abord sur son amant, se frottant à lui comme une chatte. Elle se redressa ensuite et à cheval sur lui, elle se souleva assez pour empoigner le sexe dressé et le placer entre ses jambes.

Ses doigts pouvaient à peine en faire le tour.

– Qu'est-ce que tu es en forme ! fit-elle d'une voix rauque.

Les traits crispés, le buste droit, elle écartait son slip de la main droite, tenant solidement le sexe de son amant de la gauche.

Lorsqu'elle sentit le gland mafflu collé à l'entrée de son sexe, elle poussa un soupir et se laissa tomber, en se mordant les lèvres. Pendant quelques secondes, il ne se passa rien. Bien qu'elle soit excitée à mort, sa muqueuse ne s'écartait pas assez pour laisser entrer dans son ventre l'énorme sexe d'Alexi Somov. Celui-ci, heureusement, était aussi excité qu'elle.

Il plaça ses deux immenses mains sur les hanches d'Anna et tira vers le bas. Il y eut une sorte de craquement et le sexe s'enfonça de plusieurs centimètres dans la jeune femme qui poussa un cri.

– Ah ! Arrête ! Tu es trop gros !

C'est comme si elle avait parlé à une icône. Alexi Somov appuya encore plus fort sur les hanches, enfonçant son sexe jusqu'aux poils. La bouche ouverte, déchirée, mais heureuse, Anna se laissait faire.

Déjà, il la repoussait vers le haut, pour l'enfoncer encore plus loin. C'était délicieux, cette sensation d'être

1. Petite chienne !

serré comme dans une vierge. Il n'en pouvait plus. Peu à peu, la lubrification naturelle prit le dessus et l'imposant sexe coulissa sans mal. Désormais, Anna s'empalait de toutes ses forces, avec des sifflements de locomotive. Les grandes mains d'Alexis se glissèrent sous elle et lui prirent les fesses à pleines mains.

Ce qui déclencha un surcroît de plaisir chez la jeune femme.

– Oui, gémit-elle, j'aime que tu me tiennes comme ça.

Ses mains à elle remontèrent et elle écarta son soutien-gorge pour se masser les seins, tordant ses pointes, tandis qu'Alexis se soulevait rythmiquement, comme pour s'enfoncer chaque fois un peu plus loin dans le ventre de sa maîtresse.

Anna cria soudain, empalée jusqu'à la garde. Puis, elle se laissa tomber sur Alexi. Celui-ci n'avait pas joui. Il se dégagea, prit Anna par les hanches et l'agenouilla sur le lit. La vision que lui renvoya la glace de l'armoire de cette femme prosternée, la croupe haute, les cuisses blanches tranchant sur les jarretelles noires le rendit fou.

Quand Anna sentit le gros membre s'enfoncer par-derrière d'une seule poussée, elle hurla et commença instantanément à jouir pour la seconde fois. Ce qui déclencha l'orgasme d'Alexi qui se répandit en elle en l'aplatissant sous lui. Il l'aurait bien sodomisée mais c'était trop tard.

– J'ai faim, dit soudain Anna d'une voix mourante. On reviendra après.

***

Le pianiste du GQ égrenait des chansons italiennes. La salle était presque vide. Anna Polikovska s'était déchaussée et agitait son pied droit dans l'entrejambe de son amant, assis en face d'elle. Il faisait sombre au GQ et, de toutes façons, personne ne surveillait les clients.

Le garçon arriva avec un bol en cristal plein de caviar. Du Beluga de contrebande venu du Kazaksthan. Il y a longtemps qu'on ne trouvait plus de vrai caviar en Russie, seulement de l'élevage. C'était quand même 8 000 roubles [1] la portion.

Ravie, Anna commença à le manger à la petite cuillère, comme faisaient les Boyards de l'ancienne Russie. Avec Alexi, il n'y avait jamais de problème d'argent. Ancien du G.R.U., il s'était reconverti dans le commerce « gris » des armes.

C'est-à-dire qu'il se spécialisait dans les ventes d'armes qui ne passaient pas par *Rosoboronexport*, celles aux pays sous embargo.

Anna ne savait pas exactement ce qu'il faisait. Il voyageait beaucoup à l'étranger et dans le Caucase où il y avait un trafic d'armes florissant. Souvent les troupes russes vendaient leur matériel à leurs adversaires séparatistes islamistes, quitte à se faire tuer avec. Mais les soldes étaient faibles et la vodka chère.

– Arrête, soupira Alexi, tu vas me faire tacher mon pantalon…

Anna se servait de ses orteils comme d'une main et semblait acharnée à le faire exploser.

1. 200 euros.

– Tu ne peux pas attendre un peu ?

Ellc arrêta son manège et dit :

– Tiens, j'ai une histoire amusante à te raconter. Figure-toi que les Américains veulent nous emprunter un IGLAS.

Elle lui raconta l'histoire de la demande du FBI et la réponse du FSB. Alexi Somov ne touchait plus à son caviar. Ses neurones s'étaient remis en marche. Le mot IGLA S avait déclenché chez lui le processus de Pavlov.

Depuis des mois, des clients au Dagestan lui réclamaient des IGLA S. Évidemment, pas des clients recommandables : un groupe wahhabite et sécessionniste, géré cependant en sous-main par le président Astanov.

Seulement, c'était très difficile de se procurer des IGLA S, vendus seulement à un certain nombre de pays « honnêtes ». Ce missile sol-air « *manpad*[1] » représentait ce qu'il y avait de mieux sur le marché. Alexi Somov lui-mêmc avait pourtant découvert qu'une unité russe en avait vendu plusieurs à des *boivikis* tchétchènes, qui s'en étaient servis pour abattre des hélicoptères russes.

Évidemment, cela faisait désordre…

Il savait que les groupes de Wahla Alsaief, wahabites et séparatistes dagestanais, étaient prêts à les payer jusqu'à un million de dollars pièce, alors qu'ils en valaient 80 000 au cours légal. Le Dagestan était très riche : pour avoir la paix, Vladimir Poutine distribuait tous les ans deux milliards de dollars à ce petit pays de deux millions d'habitants, donnant sur la Caspienne.

À charge pour le Président Astanov d'en faire la répartition. Généralement dans le sang.

1. Servi par une seule personne.

Les Caucasiens faisant partie des « clients » d'Alexi Somov, comme les Syriens, plusieurs pays africains, les Arméniens et, en général, tous les gens désireux d'acheter des armes, ayant les moyens de les payer, mais ne pouvant s'en procurer sur le marché officiel.

Comme les FARCS de Colombie.

Bien entendu, il ne pouvait exercer ce métier délicat sans un « *kricha* »[1].

Le sien s'appelait le général Anatoly Razgonov, actuellement n° 3 du GRU, spécialiste des Caucasiens et des opérations « grises ».

Le deal entre les deux hommes était très simple. Alexi Somov ne s'engageait dans aucune opération sans le feu vert d'Anatoly Razgonov.

En retour, ce dernier lui permettait de se procurer les armes dont il avait besoin.

Tous les paiements se faisaient au Luxembourg sur des fonds « off-shores » gérés par Alexis Razgonov. Les commissions confortables sur les ventes d'armes et la gestion de ces fonds « extérieurs » permettaient au GRU d'avoir une caisse noire et Alexi Somov de vivre confortablement.

L'histoire racontée par Anna lui avait donné une idée, ouvrant des horizons dorés.

À condition de monter une opération bien tordue, comme on avait fait dans le passé.

En 1995, le ministre de la Défense russe avait vendu à la Syrie 150 chars T.72 flambant neufs qui avaient été comptabilisés dans les livres de l'armée comme des chars détruits par les *boiviki* tchétchènes. Alors qu'ils n'avaient pas même un éclat de peinture…

1. Une protection.

Anna Polikovska avait retiré son pied et remis son escarpin. Elle jeta un regard interrogateur à son amant.

– On y va ?

Elle avait visiblement très envie de disputer le second round.

Alexi Somov laissa une grosse poignée de billets de 5 000 roubles et la suivit. Se disant que c'était une soirée faste. C'était la première fois de sa vie qu'il baisait une femme portant des bas comme dans les films X et elle l'avait peut-être mis sur la piste d'une affaire juteuse.

## CHAPITRE VII

Bruce Hathaway fit arrêter sa Chevrolet noire pile en face de l'entrée du 4 Bolchaia Loubianka et dit à son chauffeur de se garer un peu plus haut dans la rue qui montait légèrement. Il avait l'estomac serré. Le matin même, le colonel Serguei Tretiakov, chef du 5$^{e}$ Directorate du FSB, chargé des Relations Internationales, lui avait fait dire qu'il souhaitait le recevoir à 2 h 30.

Ce ne pouvait être que pour lui communiquer la réponse de sa demande de mise à disposition d'un IGLA S pour la manip destinée à piéger Parviz Amritzar, afin de l'envoyer quelques dizaines d'années en prison.

Sauf si les Russes disaient « niet ».

Le patron du FBI à Moscou regarda la façade noire du siège du FSB fédéral, sombre comme la face du Diable. Ce bâtiment lui rappelait l'inquiétant monolithe noir du film « L'Odyssée de l'Espace ». C'était le siège du pouvoir en Russie, là où tout se manigançait sur l'ordre du Kremlin. Bruce Hathaway pénétra dans le hall dallé de sombre et se heurta à une sentinelle en uniforme gris.

– *Pajolsk* ?[1]

– J'ai rendez-vous avec le colonel Serguei Tretiakov, annonça l'Américain qui parlait à peu près russe.

Le policier l'amena à la réception où on lui prit son passeport et où on appela le bureau du colonel. Trois minutes plus tard, une secrétaire indifférente annonça :

– Le colonel vous attend. On va vous conduire.

Aucun étranger ne circulait seul dans le bâtiment. On remit à Bruce Hathaway un badge « visiteur » et il suivit le policier engoncé dans son uniforme gris. Lisse comme un robot.

Une secrétaire attendait sur le palier du huitième étage. Maquillée. Les yeux soulignés de noir, un pull gris et une longue jupe droite tombant sur ses bottes. Elle lui montra la porte ouverte d'un bureau.

– *Pajolsk, gospodine Hathaway*[2].

Le colonel Tretiakov était en civil. Il se leva sans hâte et vint serrer la main de son visiteur.

Ensuite, les deux hommes s'assirent sur un large canapé Chesterfield rouge et la secrétaire réapparut avec un plateau et l'attirail du thé.

– *Chai*[3] proposa l'officier russe.

De toute façon, il n'y avait que ça…

– *Da*, fit Bruce Hathaway.

Il garda le silence tandis que le colonel remplissait les deux tasses d'un thé brûlant, à la russe. Ensuite, le colonel Tretiakov ne perdit pas de temps.

1. S'il vous plaît.
2. S'il vous plaît, monsieur Hathaway.
3. Thé ?

– Nous avons étudié votre demande et Alexander Bortnikov, après consultation des Autorités compétentes, à décidé d'y donner suite. Nous sommes très impliqués dans la lutte anti-terroriste.

– Je sais, approuva chaleureusement Bruce Hathaway qui aurait embrassé le colonel russe tant il débordait de joie.

C'est lui qui avait eu l'idée de présenter cette demande. Le colonel Tretiakov continua, de la même voix monocorde, comme pour se couvrir.

– Nous sommes heureux d'appliquer les accords de 2003.

Bruce Hathaway ne tenait plus en place.

– Quand pourrons-nous obtenir ce que nous avons demandé ?

Toujours impassible, le colonel Tretiakov répondit de la même voix monocorde.

– Très vite. Cependant, nous avons un problème technique. Nous ne disposons pas dans l'immédiat d'un IGLA S. Ils sont tous affectés à des unités et l'usine de Izhevsk a un plan de travail très serré pour remplir la commande d'un pays étranger. Nous allons donc devoir faire appel à notre centre de Recherches de Kalomna qui est en mesure de fabriquer des petites séries.

– Je vous remercie, fit Bruce Hathaway.

Il n'était pas dupe des précisions données par son vis-à-vis : les Russes savaient parfaitement que les Américains n'ignoraient rien de la fabrication des IGLA et il ne livrait donc aucun secret.

Ostensiblement, il regarda sa montre et conclut en excellent anglais.

– Voilà, dès que nous aurons résolu ce petit problème, je vous ferai contacter et nos deux Services organiseront l'opération.

Il était déjà debout, beaucoup plus petit que Bruce Hathaway. Massif et l'expression indifférente.

Les deux hommes se serrèrent la main et, quelques minutes plus tard, l'Américain se retrouva dans sa Chevrolet, après avoir parcouru une centaine de mètres à pieds. La Bolchaia Loubianka était une des rares rues, avec la rue Petrovka, siège de la *Policiya*, où le stationnement était réglementé.

Bruce Hathaway ne tenait pas en place. Cependant, il se retint d'appeler son bureau, sachant que tout était écouté. À peine à l'ambassade, il se rua dans le bureau de son adjoint, Jack Salmon, qu'il trouva en train de lire « Sports Illustrated » qui venait d'arriver par la Valise.

– Ça y est ! exulta-t-il. Ils acceptent. On va baiser cet enfoiré de Pakistanais.

Son adjoint se leva et vint lui claquer la paume avec un sourire de victoire.

– *Well done* ! *Well done* !

Du coup, les deux hommes exécutèrent pendant quelques secondes une gigue de bonheur qui n'était pas prévue par le règlement. Puis, Bruce Hathaway redescendit sur terre.

– Où est le « sujet » ? demanda-t-il.

On reprenait le phrasé grisâtre de l'Agence Fédérale.

– À Vienne, où il achète des putains de tapis, annonça son adjoint. On doit le contacter si on veut qu'il vienne ici. Par le CyberCafé utilisé par Mahmoud.

– *Go ahead*, fit Bruce Hathaway. J'envoie un mail à Washington pour les mettre au courant. Il va falloir faire venir Mahmoud ici.

– Pas forcément, objecta Jack Solmon. On va mettre dans les pattes de Parviz Amritzar un nouveau « terroriste ». Cette fois, il n'a pas besoin d'être « bronzé », puisque c'est censé être un trafiquant d'armes, qui peut être russe ou caucasien. Je vais trouver ça dans la maison. Je pense que Jeff Soloway fera l'affaire.

– Que Amritzar dise à Mahmoud à quel hôtel il descend ici, avertit Bruce Hathaway avant de disparaître.

Une fois dans son bureau, après avoir allumé son ordinateur crypté, il s'octroya une cigarette. C'était, bien entendu, interdit, mais c'était un grand jour.

Leslie Bryant, le responsable du programme « Vanguard » au FBI, aurait embrassé le mail qui venait de s'imprimer sur son ordinateur.

C'était inespéré : l'Agence allait réussir une manip éliminant un terroriste en puissance avec l'aide du FSB russe ! L'ennemi héréditaire.

On allait pouvoir en faire une opération de communication magnifique. Et le cours de sa carrière risquait de s'en ressentir. Depuis la mort d'Oussama Bin Laden, c'était le plus beau jour de sa vie.

Il décrocha son téléphone.

– Convoquez-moi d'urgence le « special agent » Chanooz.

Il allait falloir jouer serré, rester « *on top of it* »[1]. Il voyait déjà les unes des grands journaux annonçant cet extraordinaire succès.

Une question de jours.

***

Parviz Amritzar lut le message qui venait de s'afficher sur sa boîte mail.

« Continuez sur Moscou. Les choses se présentent bien. Donnez-moi le nom de l'hôtel où vous descendez. Mahmoud. »

Le mail venait de la même boîte hotmail que d'habitude. Le Pakistanais le regarda longuement. Fou de bonheur.

Il avait eu raison de tenir bon. Son rêve se rapprochait : il allait devenir célèbre et venger sa famille. Certain que ses alliés locaux, encore inconnus, lui viendraient en aide.

Il ignorait où et quand devait se poser Air Force One, sur le territoire russe, et il lui manquait beaucoup d'éléments logistiques. Cependant, si des gens pouvaient lui procurer un IGLA S, ils pouvaient aussi, sûrement, l'aider à le mettre en œuvre. Les Wahabites du Caucase et lui avaient le même ennemi : l'Amérique.

Benazir le contemplait, intriguée.

– Ce sont de bonnes nouvelles ? demanda-t-elle.

Parviz Amritzar se retourna vers elle, souriant.

– Oui, j'ai une offre intéressante à Moscou pour un lot de tapis caucasiens. Je crois qu'on va aller là-bas, avant de rentrer chez nous.

1. Tout maîtriser.

La jeune femme irradia de bonheur instantanément.

– C'est formidable ! J'ai toujours rêvé d'aller en Russie ! Tu crois qu'on pourra manger du caviar ?

– Sûrement, affirma le Pakistanais.

Soudain, il se rendit compte à quel point sa femme était désirable. Il se leva et la prit dans ses bras. Tout de suite, elle s'amollit et il sentit l'os de son pubis pressé contre lui.

– Attends, dit-il, il faut que je change les billets d'avion. J'espère qu'il y aura de la place.

Il appela le concierge et lui demanda de le réserver sur le premier vol pour Moscou le lendemain. À tout hasard, au Consulat russe de New York, il avait aussi pris un visa pour elle. Quand il raccrocha, il croisa le regard de Benazir, lourd et insistant.

Ils étaient déjà emmêlés sur le lit lorsque le téléphone sonna : il y avait un vol Aeroflot le lendemain à 11 h 50.

Parviz Amritzar envoya aussitôt un mail à Mahmoud.

« Je serai à l'hôtel Belgrad, Smolenskaya ulitsa, à partir de demain. »

Lorsqu'il regagna le lit et que les mains de Benazir se plaquèrent sur sa poitrine, il eut l'impression qu'Allah lui léchait l'âme.

Pendant qu'il téléphonait, subrepticement, la jeune femme s'était débarrassée de ses dessous et il s'enfonça en elle presque immédiatement. Chassant une petite pensée désagréable. Le sort des *shahids* passait souvent par un voyage à sens unique vers le Paradis.

Il lui fit l'amour avec encore plus de passion.

***

Une brume épaisse flottait sur l'aéroport de Schwechat, à l'est de Vienne et le soleil ne parvenait pas à la dissiper. Malko mit sa Jaguar au parking et gagna le terminal. Grâce à Elko Krisantem, il savait que le couple Amritzar avait une réservation sur le vol Aeroflot de 11 h 50. En effet, le Turc, qui n'avait pas lâché d'une semelle le couple pakistanais, l'avait vu partir deux heures plus tôt en taxi, avec leurs bagages.

Aussitôt, Elko Krisantem s'était rué à la réception de l'hôtel, brandissant un paquet.

– Est-ce que M. Amritzar est toujours là ? J'ai un paquet pour lui.

Le réceptionniste avait souri, désolé.

– Il vient juste de partir ! Il prend l'avion pour Moscou, vers midi et demi. C'est moi qui ai fait la réservation.

Elko Krisantem était déjà parti. Le temps d'appeler Malko qui se trouvait à Liezen, il filait à l'aéroport.

Lorsque Malko entra dans le terminal, Elko Krisantem attendait déjà près du comptoir de l'Aeroflot.

Parviz Amritzar et sa femme faisaient sagement la queue. C'était pour Malko la première occasion de les voir en chair et en os. Embusqué un peu plus loin, Elko Krisantem se mit à prendre des photos.

Malko observait le couple. Elle était très jolie, la tête couverte d'un foulard. Lui, emmitouflé dans une parka bleue, ressemblait à ce qu'il était : un marchand de tapis. Malko, qui avait quand même côtoyé pas mal de terroristes au cours de sa vie, ne « sentait » pas la tension d'un homme habitué à la clandestinité. Comme le pensait la CIA, Parviz Amritzar avait peut-être de mauvaises intentions, mais c'était un innocent.

Lui et Krisantem restèrent environ une demi-heure et décrochèrent lorsque le couple partit vers l'embarquement.

– Rien de spécial ? demanda Malko à Elko Krisantem. Aucune rencontre ?

– Rien, confirma le Turc. Ils ont fait des courses, il a été deux fois chez le marchand de tapis, c'est tout. Bien sûr, j'ignore s'il a reçu des coups de fil. Mais, aucune visite.

– Elko, je crois que nous avons perdu notre temps, conclut Malko. C'était un coup d'épée dans l'eau. Puisque je suis à Vienne, je vais apporter les photos à l'ambassade américaine et faire mon rapport.

Au moins, il serait débarrassé de cette histoire sans intérêt.

***

La Jaguar trônait dans la cour de l'ambassade des États-Unis et les photos du couple Amritzar sur le bureau du chef de Station.

– Je ne sais comment vous remercier, assura Jim Woolsley. Langley a parfois des demandes étranges. Votre surveillance n'a fait que confirmer ce dont nous sommes persuadés. Une fois de plus, le FBI est en train de « fabriquer » un terroriste…

– Il faut bien qu'ils justifient leur existence, remarqua Malko. C'est sûr que ce Parviz Amritzar n'aime pas les États-Unis.

– Il a des excuses, reconnut l'Américain; si toute votre famille avait été exterminée par un missile, vous réagiriez de la même façon.

– Probablement, reconnut Malko. En attendant, je vais retourner à Liezen.

– Transmettez mon meilleur souvenir à Mrs Alexandra, dit l'Américain, vous avez de la chance d'avoir une femme aussi belle.

Il était sincèrement admiratif.

L'entrée de l'Hôpital Militaire N° 7 réservée aux cérémonies funèbres, se trouvait au fond d'une petite rue, dans le quartier de Lefortovo, sans la moindre indication.

En arrivant, Alexi Somov acheta à une marchande de fleurs installée dans une roulotte au milieu de la cour, une gerbe d'œillets rouges. Une cinquantaine de gens piétinaient dans le froid. Il repéra la haute silhouette du général Anatoly Razgonov près de l'entrée, engoncé dans un long manteau de cuir gris qui lui arrivait aux chevilles, coiffé d'un bonnet de la même couleur qui protégeait à peine son crâne chauve. On enterrait un colonel du GRU, décédé trois jours plus tôt, Anatoly Schlikov, décoré de l'ordre de l'Étoile Rouge, un des penseurs militaires du service d'analyses du GRU. Un homme qui avait révolutionné la pensée militaire russe, en dénonçant les erreurs stratégiques de l'État-major.

Un des plus fins analystes des ennemis de l'URSS.

Il y eut un mouvement de foule et les gens commencèrent à entrer pour s'incliner devant le cercueil, Alexi Somov se glissa aussitôt derrière le général Razgonov.

Tandis qu'ils faisaient la queue pour entrer dans la crypte, les deux hommes échangèrent un sourire de connivence. Alexi Somov était venu à cette cérémonie, sachant que son « kricha » y serait obligatoirement.

Ce qui lui permettait de le rencontrer discrètement, sans passer par « l'Aquarium » où son passage aurait laissé une trace.

Or, l'opération qu'il envisageait était vraiment « gris foncé ». Elle devait donc être entourée d'un secret absolu et rien ne devait pouvoir la relier à un organisme officiel, comme le GRU.

Il était sûr qu'Anatoly Razgonov apprécierait sa discrétion.

L'un derrière l'autre, les deux hommes se glissèrent dans la pièce voisine où régnaient un froid glacial et une forte odeur d'encens. Quatre militaires du GRU encadraient le cercueil, en uniforme et chapka, immobiles comme des statues de cire, le regard absent. Le haut du cercueil était ouvert, selon la tradition, et les membres de la famille se pressaient devant. Des hommes au visage fermé et une femme blonde, les cheveux couverts d'une mantille noire, les yeux rougis de larmes.

La dernière épouse d'Anatoly Schlikov.

Plusieurs drapeaux étaient accrochés à une mezzanine, ceux de tous les régiments où avait servi le défunt.

Pas de musique. Pas de signe religieux.

Alexi Somov déposa ses œillets sur le cercueil et se mêla à la foule.

Le général Anatoly Razgonov s'avança alors vers le cercueil, et dans un silence respectueux, commença son hommage au défunt :

– *Tovaritch offizer…* [1]

Tous ceux qui se trouvaient là étaient issus du même moule, l'Union Soviétique et les habitudes avaient la vie dure…

Alexis Somov s'éclipsa en même temps que le général Razgonov, tandis que des soldats emmenaient des brassées d'œillets dans le corbillard qui allait conduire le mort au cimetière.

Alexi Somov rejoignit le général et demanda à voix basse :

– On a le temps de déjeuner ?

Le général Razgonov hésitait. Alexi Somov insista aussitôt.

– Je voudrais te parler d'une affaire intéressante.

Les deux hommes se connaissaient depuis le temps où le général était le chef de la « *Military Intelligence* » du Caucase nord, incluant la Tchétchénie, l'Ingouchie et le Dagestan. Alexi Somov, lui, commandait une unité du YOUG, une force spéciale du FSB au Caucase, dressant les groupes les uns contre les autres, jouant souvent un jeu trouble, mais efficace.

Chargé aussi des éliminations « ciblées ». Ses hommes enlevaient un *boivik* et celui-ci disparaissait à jamais. Grâce à la méthode de la « pulvérisation », mise au point par Alexi Somov. On attachait le prisonnier à un obus et on le faisait sauter. Évidemment, il ne restait aucune trace du malfaisant. Les plus humains, lui tiraient une balle dans la tête avant.

Pour ses manips, Alexi Somov avait besoin d'armes qu'il se procurait auprès de Razgonov, qui n'était encore que colonel.

1. Camarade officier.

C'est ainsi que les deux hommes avaient sympathisé.

Ensuite, ils avaient progressivement monté unc « ccntrale » de vente d'armes à des clients qui n'auraient pas dû l'être, en les facturant à des prix prohibitifs.

Seulement au Caucase, tout le monde avait de l'argent. Le tout, c'était d'éviter les faux billets.

Revenus tous les deux à Moscou, ils avaient continué leur coopération, pour le profit du GRU et d'Alexi Somov.

Ce dernier guettait anxieusement la réponse du général Razgonov.

– *Dobre* [1], accepta l'officier du GRU, mais on va faire vite. J'ai une réunion à deux heures. Il y a un petit resto azeri à côté de la prison de Lefortovo. Viens dans ma voiture.

***

Ils en étaient au thé, après de délicieuses brochettes. Le restaurant avait une clientèle locale et personne ne pouvait soupçonner qu'un des hommes les plus puissants de Russie se trouvait sur une banquette du fond.

Le général Razgonov avala son thé d'un trait et demanda :

– Qu'est-ce que tu voulais me dire ?

– Tu as entendu parler de cette histoire d'IGLA que veulent nous emprunter les *Amerikanski* ?

Le général fronça les sourcils.

– Comment es-tu au courant ?

Alexi Somov sourit et dit :

1. Bien.

– *Tovaritch* général, j'ai été bien formé...

– En quoi cela t'intéresse ?

– C'est très difficile de se procurer des IGLA S, souligna Alexi Somov. Je connais des gens qui seraient prêts à payer dix fois le prix du catalogue.

– Quels gens ?

– Des gens peu recommandables. Le groupe de Wahla Arsaiev.

Le général Razgonov secoua la tête.

– Alexi Ivanovitch, tu es fou ! Nous ne pouvons pas faire ça. Ces gens sont des ennemis de la Russie.

Alexi eut un léger sourire.

– Tu sais que trois de nos hélicos M.18 ont été abattus par des IGLA S en Tchétchénie. Vendus par un colonel que nous connaissons tous les deux. Qui avait besoin d'argent pour sa maîtresse...

– Il aurait dû être fusillé, laissa tomber l'officier général. Je n'ai jamais trahi la *rodina* [1] et je ne vais pas commencer.

– Moi non plus, assura Alexi Somov. Il ne s'agit pas de trahir, mais de faire rentrer de l'argent dans tes caisses, en « surfant » sur cette histoire avec les *Amerikanski*. Sans danger pour la Russie.

« Toi seul, peux faire débloquer un petit lot d'IGLA S. Moi, j'ai les acheteurs. Ensuite, c'est un peu plus compliqué, mais *safe*... J'ai encore beaucoup d'amis au Dagestan qui ont, eux aussi, beaucoup d'argent.

Il expliqua longuement son plan à l'officier du GRU. Ce dernier semblait ébranlé. Il remarqua cependant.

1. Patrie.

– Tu sais que si cela ne marchait pas, je serais obligé de me tirer une balle dans la tête. Après t'avoir fait fusiller…

– Je sais, reconnut Alexi Somov, mais cela marchera. Réfléchis et appelle-moi. On ira boire un verre au Métropole. Il y a toujours de jolies femmes…

Le général termina son thé et remit son long manteau de cuir. Laissant l'addition de 4 000 roubles à Alexi Somov.

– *Dosvidania*, dit-il.

Sans dire s'il donnerait suite, mais Alexi Somov était quasiment certain qu'il le ferait.

– Nous pouvons nous rencontrer rapidement ? demanda d'une voix mesurée Jim Woolseley.

Malko était un peu étonné : ils s'étaient vus trois jours plus tôt…

– C'est urgent ? demanda-t-il. Je ne pensais pas venir à Vienne ces jours-ci.

Sentant sa réticence, l'Américain enchaîna aussitôt.

– Je peux me déplacer. Je serai ravi de revoir le château de Liezen.

– Très bien, conclut Malko. Venez en fin de journée prendre un thé…

C'était une image : ni l'un ni l'autre ne buvait de thé. Lorsqu'il eut raccroché, Malko alla trouver Alexandra, en train de préparer, avec Ilse, la cuisinière, un dîner pour la fin de la semaine.

– Nous avons une visite, annonça Malko : mon ami Jim, de l'ambassade.

Alexandra eut un mauvais sourire. Moulée dans un pull noir, la croupe enserrée dans un pantalon de cheval encore plus excitant qu'une jupe, elle était l'incarnation sexy de la *gentle-woman farmer*.

– Tu veux que je me change ? demanda-t-elle. Que je le rende vraiment fou ? La dernière fois, il a posé un regard ignoble sur moi. Je pense qu'il m'aurait bien violée.

– Moi aussi, parfois, j'ai envie de te violer, assura Malko.

Alexandra le toisa ironiquement.

– Tu n'es pas le seul.

Plus salope, tu meurs.

***

Assis sur un coin du canapé noir où Malko avait souvent rendu hommage à Alexandra ou à des amies de passage, Jim Woosley vida son café d'un coup. C'est Alexandra qui l'avait accueilli. Après s'être changée… Il avait fallu beaucoup de volonté à l'Américain pour arracher son regard de sa poitrine moulée par un pull d'une limite indécente.

– Alors, que se passe-t-il ? demanda Malko.

– On ne sait pas encore, reconnut l'Américain, mais quelques feux rouges se sont allumés. Vous vous souvenez du couple que vous avez « ciblé », sans résultat d'ailleurs ? Les Amritzar.

– Je ne suis pas encore atteint d'Alzheimer, dit Malko en souriant. C'était il y a trois jours. Que se passe-t-il ? Ils ont pris le maquis ?

– Non, fit Jim Woolsley. Ils sont à Moscou, à l'hôtel Belgrad.

– Et alors ?

– Le FSB nous a demandé officiellement, à nous la CIA, ce qu'on savait sur eux, si on leur connaissait des liens avec le terrorisme international.

– C'est normal ?

– Cela arrive, reconnut l'Américain. Échange de bons procédés. On fait la même chose. Mais là, il y a un loup.

– Lequel ?

– Les Russes savent très bien de quoi il retourne : que le Pakistanais Parviz Amritzar est manipulé par le FBI et qu'il n'a pas de lien avec la mouvance Al Qaida.

– Ils veulent peut-être s'en assurer.

– *Yeah*…

L'Américain ne paraissait pas convaincu. Malko enchaîna.

– Que leur avez-vous répondu ?

– La vérité. Que ce type n'était pas dans nos ordinateurs, qu'il n'avait jamais été, à notre connaissance, en contact avec des groupes terroristes que nous surveillons.

– Et alors ?

– Ils nous ont remerciés.

– Ce sont des gens prudents.

– Non, vicieux, corrigea Jim Woolsley, la Maison les a assez pratiqués. Je me demande ce qu'ils mijotent. Ils ne font rien au hasard.

– Peut-être. Mais en quoi puis-je vous aider ?

– Langley aimerait que vous veniez à Moscou. Vous les connaissez tous les deux et vous avez souvent pratiqué les Russes ; on ne peut pas demander à la Station de

Moscou de s'en occuper, il risquerait d'y avoir des fuites et les « *gumshoes* » seraient fous furieux. Tandis que, si vous venez en tant qu'observateur, renifler les possibles coups fourrés, c'est différent.

– C'est *vraiment* important ?

– Oui.

Jim Woolsley souriait toujours, mais son regard était froid, comme la mort. Il insista :

– Personne ne saura pourquoi vous êtes là-bas. Peut-être va-t-on simplement vous payer des vacances.

Malko n'y croyait pas. Chaque fois que la CIA lui avait demandé d'aller quelque part, ce n'était *jamais* pour des vacances.

Il reniflait, à travers les propos lénifiants de l'Américain, le fumet de la mort.

## CHAPITRE VIII

Alexander Bortnikov, le patron du FSB, trépignait silencieusement au fond de son Audi 8 blindée, aux vitres fumées, précédée d'un 4 × 4 noir, également blindé, où avaient pris place quatre agents de protection.

Pour aller du siège du FSB, dans la Bolchaia Loubianka, au Kremlin, cela aurait pris moins de dix minutes à pied. Seulement, un homme de son importance ne se déplaçait pas à pied. Donc, il devait entrer au Kremlin par la porte Borovitza. Pour cela, contourner la Place Rouge pour redescendre sur le quai Kremlinskaia, puis remonter sur la place Borovitsakaia afin de pouvoir pénétrer dans le Saint des Saints.

Hélas, un semi-remorque avait percuté une Golf en face des murs rouges du Kremlin, provoquant un embouteillage monstre ! En Russie, il n'y avait pas de constat amiable. Il fallait obligatoirement, même pour une aile froissée, un constat de la *policiya*. Qui mettait très longtemps à arriver.

Aussi, l'Audi d'Alexander Bortnikov avait beau pousser des jappements furieux et impératifs avec son klaxon spécial, le chauffeur se heurtait à un mur de voitures bloquées.

Enfin, le véhicule déboula vers la porte Borovitzka. Prévenus, les policiers de garde avaient fait passer les feux au vert.

Le chauffeur stoppa en face du Korpus 14 et Alexander Bortnikov se hâta vers l'ascenseur. C'était toujours fâcheux de faire attendre un homme aussi puissant que Rem Stalevitch Tolkatchev.

Ce dernier ne se déplaçait jamais pour rencontrer ceux qu'il voulait voir, sauf à l'intérieur du Kremlin.

Alexander Bortnikov appuya sur la sonnette et l'ouverture de la porte se déclencha aussitôt. Rem Tolkatchev était assis derrière son bureau et invita avec un sourire le chef du FSB à prendre place en face.

– *Dobredin*, Alexander Vladimirevitch, dit-il. J'avais peur que vous ne veniez pas.

Sa voix, un peu aiguë, mettait mal à l'aise… Devant ce reproche mal formulé, le chef du FSB se sentit un petit garçon.

– *Dobre* ! enchaîna Rem Tolkatchev, vous êtes au courant de la demande des *Amerikanski* à propos de l'IGLA S ?

– Oui, c'est moi qui vous l'ai transmise.

– Nous avons décidé d'y répondre favorablement.

Alexander Bortnikov demeura impassible, sachant que le « nous » c'était le Président.

– Que dois-je faire ? demanda-t-il ensuite.

Rem Tolkatchev se gratta la gorge.

– Il existe deux aspects dans cette affaire. Le premier consistera à procurer aux *Amerikanski* un IGLA S en état de marche. C'est le GRU qui s'en chargera, vous n'avez donc pas à intervenir. Le colonel Tretiakov réglera les détails avec ses homologues.

« Par contre, vous allez devoir gérer le côté le plus délicat de cette opération.

« Nous avons décidé de profiter de cette occasion pour tenter d'accuser un membre du FBI de Moscou d'espionnage.

Le général du FSB resta impassible : on revenait aux bonnes vieilles méthodes de l'Union Soviétique.

– Comment ? demanda-t-il. C'est nous qui acceptons de mettre à la disposition des *Amerikanski* ce missile. Il ne s'agit pas d'une opération clandestine, aucun agent du FSB n'a été approché.

– Vous ne savez pas tout, répliqua sèchement Rem Tolkatchev. Les *Amerikanski* nous ont menti. Ils ont prétendu avoir besoin de ce missile pour accuser l'Américain d'origine pakistanaise, Parviz Amritzar, de terrorisme. Or, nous avons vérifié auprès de la *Central Intelligence Agency*, via son représentant à Moscou, Tom Polgar, qu'il n'en était rien. La CIA veille particulièrement à la recherche des terroristes : c'est son métier. Or, ils ignorent tout de cet homme et n'ont trouvé aucun lien entre lui et des organisations terroristes.

« Nous savons que les États-Unis ne connaissent pas tous les secrets de l'IGLA. D'ailleurs, le fait qu'ils aient demandé un missile « live » en état de marche est suspect, dans ce genre de manip, on utilise des engins neutralisés.

« Évidemment, à cause de la convention passée en 2003, nous ne pouvions pas leur refuser ce service. Heureusement que nous avons pensé à cette vérification, faite auprès d'une autre Agence Fédérale américaine, qui nous a remis un document écrit.

Il se tut.

Alexander Bortnikov avait compris que Rem Tolkatchev venait de lui réciter la version officielle de l'opération. Tirée par les cheveux : si les Américains voulaient se procurer un IGLA S, ce n'était pas très difficile. Il y en avait plein la Libye et, certains pays, comme la Grèce qui en avait reçus, ne demanderaient pas mieux que d'en vendre un. Ils avaient besoin d'argent.

Cependant, ce n'était pas à lui de discuter une décision d'État.

– Quel va être le rôle de mon administration ? demanda-t-il.

– Vous allez saisir dès maintenant la section Contre-Espionnage, expliqua Rem Tolkatchev, afin de les sensibiliser sur cette tentative de pénétration de notre système militaire. Qu'ils établissent une surveillance permanente autour de l'agent du FBI en contact avec le « terroriste » Parviz Amritzar.

« Le jour où il viendra avec d'autres agents de chez nous chargés de convoyer l'IGLA S, vos hommes appréhenderont l'Américain et le Pakistanais.

« Ce dernier sera évidemment inculpé de trafic d'armes et incarcéré à Lefortovo.

« En revanche, il reviendra à vos hommes d'interroger le représentant du FBI dans vos locaux afin, ensuite, de le présenter au procureur Général de Russie qui aura, entre-temps, reçu des instructions.

« Une fois l'accusation étayée, nous enverrons cet homme à la prison de Lefortovo, en attente de jugement.

Alexander Bornitkov passa en revue mentalement ce qu'il venait d'entendre et s'assura d'un point important.

– Tous les membres de la CIA en poste à Moscou sont sous couverture diplomatique, remarqua-t-il, ce qui interdit de les poursuivre. Nous pouvons juste les expulser. Par contre, il n'en est pas de même avec les agents du FBI.

– Absolument, approuva Rem Tolkatchev. J'ai fait vérifier leur statut. Les agents du FBI ne sont pas censés mener des opérations de Renseignement sur le sol russe ; ils ont uniquement des activités ouvertes, en liaison avec votre Service ou un autre Service fédéral russe. Ils ne sont donc pas couverts par l'immunité diplomatique. L'affaire pourra donc avoir des suites judiciaires. Est-ce que tout cela est clair ?

– Parfaitement, confirma Alexander Bortnikov. Je vais prendre les dispositions nécessaires.

Il était déjà debout. Rem Tolkatchev lui jeta un regard aigu et laissa tomber d'une voix égale :

– Bien entendu, il s'agit d'une opération hermétique…

– C'est évident, approuva le chef du FSB.

Il serra les doigts parcheminés de son vis-à-vis et la porte s'ouvrit devant lui, avant même qu'il ne l'ait touchée. Tout en marchant dans le couloir désert, il se dit que les bons vieux coups tordus recommençaient.

Le Kremlin avait sûrement une idée derrière la tête. Il n'était pas question, pour une histoire pareille, de faire passer un agent du FBI de Moscou devant un tribunal russe. Ce serait un *casus belli* avec les Américains.

Il y avait donc une autre raison qu'il ne voulait pas connaître.

***

Parviz Amritzar regarda, à travers la fenêtre condamnée de sa chambre, la masse impressionnante du Ministère des Affaires Étrangères, à une centaine de mètres de là. Un des « gâteaux » monstrueux érigés durant l'époque stalinienne : des blocs carrés, des tours et des milliers de fenêtres. Depuis la dernière fois qu'il était venu à Moscou acheter des tapis, l'hôtel *Belgrad* avait à peine changé.

Une grande tour blanche, sans le moindre signe indiquant qu'il s'agissait d'un hôtel avec un minuscule lobby, comportant quand même un bar au fond.

Les parties communes étaient réduites au strict minimum : une sorte de couloir avec un tapis rouge desservant les ascenseurs, sous la garde d'un vigile au front bas.

– On va sortir ? demanda anxieusement Benazir, qui voyait Moscou pour la première fois.

Miracle, il ne faisait pas froid et un magnifique ciel bleu semblait s'être trompé de saison.

– Tout à l'heure, promit le Pakistanais.

Cela lui faisait un drôle d'effet de se trouver là pour commettre un attentat.

Il ouvrit son ordinateur et consulta ses mails. L'un retint son attention.

« Vous allez être contacté. Il s'appelle Youri. Vous pouvez lui faire confiance. Mahmoud. »

Donc Youri était celui qui devait lui procurer l'IGLA S. Il se dit qu'Al Qaida était vraiment une organisation puissante et bien ramifiée.

Benazir contemplait le décor neuf de la chambre, avec un vrai lit à deux places. Une des chambres rénovées à 4 200 roubles. Sans petit déjeuner. Les autres chambres étaient encore à la soviétique : deux petits lits tête-bêche et des murs jaunâtres. Le *Belgrad* n'était guère fréquenté par les étrangers, plutôt par les Russes de province.

Central, bon marché, il avait quand même pas mal d'avantages.

Parviz Amritzar se sentait quand même un peu perdu : il ne parlait pas russe et connaissait assez mal Moscou. Il lui faudrait une voiture pour aller repérer l'endroit d'où il tirerait son missile.

La sonnerie du téléphone le fit sursauter.

Le vieil appareil en ébonite de l'hôtel. Il décrocha.

– Parviz ?

– Oui.

– Je suis Youri. Je vous attends en bas.

Le cœur battant, Parviz Amritzar se retourna vers sa femme.

– J'ai un rendez-vous en bas. Après, on ira se promener.

Il descendit. Une seule personne était installée sur une sorte de banquette épousant le mur du lobby, donnant sur l'avenue Smolenskaia. Un homme avec un blouson de cuir matelassé, un jean, les cheveux courts, ressemblant vaguement à l'acteur Daniel Craig. Lorsqu'il vit Parviz, il se leva et vint vers lui.

– Parviz ?

– Oui.

– Je suis Youri. Venez, on va prendre un café.

Son anglais était parfait.

Ils s'installèrent en face du bar sur une haute table avec des tabourets. À la table voisine, une Russe blonde, habillée d'une façon assez provocante, se faisait les ongles. Elle ne leur jeta même pas un regard.

Quand on leur servit leur café, Parviz posa la question qui lui brûlait les lèvres.

– C'est vous qui… demanda-t-il à voix basse.

– Oui, fit Youri, mais il y a un retard, je n'ai pas encore ce qu'il faut. Il faut attendre un peu.

– Combien de temps ? demanda anxieusement Parviz Amritzar.

– Pas longtemps. Vous avez l'argent ?

– Oui. 200 000 dollars.

– C'est bon.

C'était l'argent remis par « Mahmoud » à New York, juste avant son départ.

Youri regarda sa montre et dit.

– Je vais vous donner un numéro de portable russe. Le mien. Mais il faut faire attention à ce que vous dites : le FSB écoute tout.

– J'aurai besoin de vous avant, souffla le Pakistanais. Je dois faire des repérages.

– Où ?

– Je ne sais pas encore. Il faut vous renseigner. À quel aéroport arrivera le président des États-Unis ? La date, je la connais. Il faudra aussi, après, me fournir une voiture.

– Je vais voir, fit Youri évasivement. Moi, je vends du matériel, c'est tout.

– Vous connaissez bien des gens ici, qui peuvent m'aider ?

– Je vais voir, répéta le pourvoyeur de l'IGLA S.

Parviz Amritzar baissa encore la voix.

– Mahmoud a sûrement des amis ici.

Youri ne répondit pas, Parviz réalisa qu'il parlait parfaitement anglais, américain même.

– Vous êtes russe ? demanda-t-il, intrigué. Vous parlez très bien anglais.

L'autre lui jeta un regard perçant.

– Je suis Ingouche mais j'ai vécu aux États-Unis. OK, je vous appelle. Vous n'avez pas de portable russe ?

– Non.

– J'appellerai l'hôtel.

– Et la voiture ?

– Je vous rappelle.

Il avait déjà posé un billet de cent roubles sur la table. Le garçon lui en rendit dix.

Youri s'éloigna vers la sortie. Parviz Amritzar le suivit des yeux, mal à l'aise. Ce n'était pas ce à quoi il s'était attendu. Il n'avait plus qu'à remonter dans la chambre, chercher sa femme et aller se promener dans l'Arbat, la rue piétonne pleine de boutiques de souvenirs.

Pour l'instant, c'est tout ce qu'il avait à faire.

Le nouvel aérogare de Cheremetievo 2 était flambant neuf, ultra moderne, comme les Airbus de l'Aeroflot. Malko tendit son passeport à la garde-frontière chargée de les tamponner. Il avait obtenu son visa touriste en trois jours, grâce à sa réservation au *Kempinski*.

Cinq minutes plus tard, il récupérait sa valise et sortait, entouré aussitôt de plusieurs hommes à la mine patibulaire.

– Taxi ! Taxi !

Malko demanda au premier en anglais.

– Combien ?

– 6 000 roubles.

Il sourit et répliqua en russe :

– *Tu peux voler un étranger mais pas un Russe.*

L'homme en longue veste de cuir éclata de rire et lâcha :

– *Dobre*, 2 500 roubles.

Tandis qu'ils descendaient l'interminable Leninski Prospekt sous une bruine sournoise et un ciel noirâtre, il se dit que Moscou avait peu changé. Plus de vieilles Lada 1 500 ou de Volga hautes sur pattes. De la japonaise, de la coréenne, de l'allemande et quelques françaises. Mais les immeubles étaient toujours noirâtres, couverts de pubs au néon criard.

La circulation, démente.

À partir de Tservsakia, cela ralentit sérieusement. Malko se dit qu'il aurait dû emmener Alexandra, cette ville était sinistre.

Les voitures de la *Miliciya* blanches et bleues avaient désormais sur leurs flancs l'inscription *Policiya.* Les rues étaient semées de posters d'Alexandre Jirinovski, le leader d'extrême droite, le visage fermé, appelant à voter pour la Nouvelle Russie, alternant avec ceux d'une superbe blonde en slip et soutien-gorge « push-up », offrant ce dernier pour 499 roubles… [1]

La ville était aussi semée d'immenses arbres de Noël artificiels, celui en face du Ministère de l'Intérieur, plus grand que la statue de Lénine !

Les consignes de Malko étaient simples : surtout ne pas avoir de contact avec la Station de la CIA. Tom Polgar devait le rencontrer le soir même, au Kempinski. Pour lui donner des instructions.

Malko ne voyait pas bien son rôle. L'affaire était pliée, entre le FBI et le FSB. Évidemment, si la CIA voulait

1. 12 euros.

jouer un mauvais tour au FBI, il pouvait aller avertir Parviz Amritzar qu'il allait tomber dans un piège. Seulement, le FBI ne le leur pardonnerait jamais.

Le taxi s'arrêta sous l'auvent du Kempinski. En un clin d'œil, il se retrouva dans une suite au quatrième étage, donnant sur les tours du Kremlin et les bulbes dorés de la cathédrale Sainte-Basile, collée au bas de la Place Rouge. Le spectacle était magique, avec les étoiles rouges brillant au-dessus de chaque clocheton et les longs murs de briques rouges cernant le centre du pouvoir russe.

À droite de la Place Rouge, le squelette de l'ancien hôtel Rossia était entouré d'une immense palissade métallique grise. Depuis quatre ans…

Une demi-heure après, il redescendit. Tom Polgar était déjà dans un des fauteuils du lobby.

– Vous avez fait bon voyage ? demanda-t-il. Venez, on va aller au GQ.

Avantage : c'était à cent mètres et il n'y avait pas beaucoup de monde. Ils s'installèrent au bar aux lumières tamisées et commandèrent des zakouski et de la vodka.

L'Américain sourit.

– C'est plus calme que pour les S.300 [1]…

La dernière mission à Moscou de Malko. Où beaucoup de gens avaient laissé leur vie.

– Pour le moment, fit prudemment Malko, je ne sais toujours pas ce que je dois faire.

– Moi non plus ! avoua l'Américain. Je vous ai demandé de venir par précaution. Peut-être pour rien.

– Vous voulez empêcher le deal entre Parviz Amritzar et le FBI.

1. Voir *La Bataille des S. 300*, vol. 1 et 2.

– Non, je n'en ai pas le droit. Même si ce type est innocent, il n'a pas une bonne mentalité.

– Qu'espérez-vous alors ?

– Je ne sais pas. J'ai peur d'une arnaque du FSB, mais j'ignore laquelle.

– Que dois-je faire ?

– Pour le moment, rien. Peut-être demain. Allez faire un tour au *Belgrad*. Voir l'environnement.

– Vous savez quand doit se passer la livraison de l'IGLA ?

– Non, mais cela ne devrait pas tarder. Je ne peux pas demander au FBI, ni au FSB. Officiellement, nous n'intervenons pas.

– Ce n'est pas encourageant, remarqua Malko. Je ne peux pas traîner trop longtemps au *Belgrad*, on va me remarquer.

– J'ai peut-être fait une bêtise en vous demandant de venir, soupira Tom Polgar. Au pire, cela vous fera une balade agréable.

– J'étais aussi bien en Autriche…

Tom Polgar sortit un Blackberry de sa poche et le glissa à Malko.

– Prenez ça, vous pourrez communiquer avec moi. Il est crypté, comme le mien. OK, je vous appelle demain.

– J'ai gardé quelques amis ici, remarqua Malko, je pourrai les activer. Gocha Sukhoumi, par exemple. Il connaît beaucoup de gens.

« S'il est encore vivant.

– Allez-y ! conseilla le chef de Station.

***

Le premier numéro ne répondait pas, le second non plus. Gocha Sukhoumi avait changé de portable.

Malko se résolut à tenter le numéro fixe du Géorgien, celui de son appartement moscovite.

Une voix douce répondit en russe, avec un fort accent caucasien.

Sûrement la petite Géorgienne à l'énorme poitrine qui servait à Gocha Sukhumi de bonne et de jouet.

– Natia ? demanda Malko.

Il y eut un court silence au bout du fil, puis la voix douce demanda.

– Vous me connaissez ?

– Oui, je suis un ami de Gocha. On s'est vus, il y a deux ans. Il est là ?

– Oui, avec une amie.

– Je veux lui parler.

– *Dobre*.

Elle posa l'appareil et, une minute plus tard, la voix tonitruante de Gocha Sukhumi éclata dans le récepteur.

– Malko ! Où es-tu ? Pourquoi tu ne téléphones jamais ?

– Je suis au Kempinski.

– *Bolchemoï* ! Je t'attends. J'ai une dette envers toi.

C'est vrai, Malko avait donné à Gocha les noms de deux hommes responsables du meurtre de la femme qu'il allait épouser. Le Géorgien les avait abattus tous les deux, tranquillement, pour la venger. Apparemment, il lui en était encore reconnaissant.

– J'arrive, dit Malko. Tu es toujours à la même adresse ?

– *Da* !

Le Géorgien habitait sur la rive sud de la Moskva, juste en face du Kremlin, *Dom Niaberejnoi*, la Maison du Quai, un imposant bâtiment gris de douze étages sur le quai Bersenevskaia, comportant une centaine d'appartements, un théâtre et des boutiques.

Du temps de l'Union Soviétique, il était réservé aux apparatchiks de haut niveau, dont le souvenir demeurait, grâce aux plaques de bronze avec leur profil, apposées sur les façades.

Des sortes d'ex-votos, car beaucoup de locataires de la Maison du Quai avaient souvent mal fini, aspirés par les purges folles des années staliniennes… Quand une Volga noire du NKVD s'arrêtait devant l'immeuble, toujours la nuit, c'était pour venir chercher une « victime » qui terminait avec une balle dans la nuque, dans la prison de la Loubianka.

Parfois, à l'époque, on entendait des cris dans les couloirs, tandis que les locataires, réveillés, retenaient leur souffle, priant pour que les « organes » ne s'arrêtent pas devant leur porte.

Les temps avaient changé.

Privatisés, les appartements de la Maison du Quai étaient occupés par des étrangers ou de riches businessmen russes, comme Gocha Sukhumi.

Malko enfila son manteau de vigogne et sortit. Il lui suffisait de suivre le quai Solyskaya et de passer sous le pont Bolchoi Kamenny pour être chez Gocha.

***

– Malko !

C'est Gocha lui-même qui avait ouvert la porte. Il serra Malko contre son cœur à l'étouffer puis l'entraîna vers le living-room dont les baies donnaient sur le Kremlin, de l'autre côté de la Moskva.

L'appartement n'avait pas changé : toujours aussi peu de meubles, des murs blancs, des caisses et des cartons partout.

Gocha ouvrit une bouteille de vodka *Tsarskaia* et remplit deux verres à dents, levant le sien.

– *Nazdarovié* ! [1]

Ils choquèrent leurs verres. Même veloutée, la *Tsarskaia* secouait un peu… Malko regardait le Géorgien : ils se connaissaient depuis longtemps, s'étaient trahis, Malko avait couché avec sa copine Lena et était, involontairement, responsable de sa mort, vengée ensuite par Gocha. Celui-ci laissa tomber :

– Je n'avais pas pu te le dire. Ce salaud de Kaminski, je lui en ai mis deux dans la tête…

– Je m'en doutais, dit Malko.

– Comme à l'autre, souligna Gocha Sukhumi. Au moins, ces deux-là, ils ont su pourquoi ils mouraient. Sans toi, je n'aurais jamais su. J'ai une dette. Tu as besoin de quelque chose ?

– Peut-être, dit Malko.

Si quelqu'un pouvait découvrir quelque chose sur les plans du FSB, c'était Gocha.

Du temps de l'Union Soviétique, Gocha Sukhumi appartenait au KGB de Georgie. Il avait alors rendu quelques services au président géorgien Chevarnadze, en l'aidant à réprimer la rébellion en Abkhazie.

Ensuite, lors de l'affrontement du régime, il avait quitté le KGB pour se lancer dans les affaires. Grâce à ses

1. Bonne santé.

contacts dans les « organes », il avait réussi à se procurer des licences d'exportation de pétrole, très rares à l'époque. Toutes les semaines, un train de wagons-citernes quittait la région de Saint-Petersbourg pour gagner la Finlande.

Le deal était très simple : Gocha payait le pétrole en roubles et, lui, était payé en dollars.

Aussi, en six mois, il avait amassé la fortune d'un petit oligarque en achetant ensuite des stations-essence dans Moscou. Tout en continuant à entretenir des rapports étroits avec les *siloviki*.

Lorsque Malko l'avait connu, en 1999, il était tout le temps au Kremlin, avec Simion Gourevich, le vrai patron de la Russie, Eltsine, et même Vladimir Poutine. À l'époque, il lui avait donné de judicieux conseils qui l'avaient aidé à rester vivant.

C'était le moment de le réactiver.

## CHAPITRE IX

Parviz Amritzar se leva pour aller admirer la façade éclairée du Ministère des Affaires Étrangères. Même à New York, on ne trouvait pas de construction de cette espèce…

Ensuite, il se réinstalla devant le minuscule bureau où il avait étalé les instructions de mise en œuvre de l'IGLA S prises sur Internet. Bien sûr, ce n'était pas la première fois qu'il les lisait, mais désormais, c'était avec un autre œil. Il venait de remarquer un « loup ». Lorsqu'il faisait l'acquisition d'objectif, sa main ne devait pas trembler. En effet, s'il se trompait de plus de 2°, le missile ne toucherait jamais sa cible.

C'était la seule faiblesse de l'IGLA S et il entendait bien la vaincre.

Désormais, il comptait les heures, attendant l'appel de Youri lui annonçant qu'il allait pouvoir prendre possession du missile. Il restait dix jours avant l'arrivée en Russie du président des États-Unis.

Largement le temps de s'entraîner et de faire ses repérages. Ce serait facile de savoir où et quand « Air Force One » se poserait.

Il décida de se coucher et tâta sous le matelas l'enveloppe contenant la liasse des 200 000 dollars remis par Mahmoud. Comme il n'y avait pas de coffre dans la chambre, il ne s'en séparait jamais.

Benazir dormait depuis longtemps déjà, épuisée par les kilomètres parcourus dans Arbat, la rue piétonnière et Novi Arbat, la grande avenue bordée de toutes sortes de boutiques et de restaurants.

Il se dit qu'il devrait rédiger, avant de partir dans son expédition, une lettre pour Benazir lui expliquant pourquoi il agissait ainsi. Elle avait son billet de retour et il lui laisserait les cartes de crédit pour payer l'hôtel.

Évidemment, il ne connaîtrait jamais son enfant…

Cependant, la perspective de voir l'avion du président des États-Unis se désintégrer le payait de tout, vengeant les membres de sa famille massacrés par le drone américain.

***

Gocha Sukhumi avait déjà avalé le tiers d'une bouteille de « *Tsarskaya* », en la compensant par des bouts de harengs piochés dans une assiette. Son plaisir de revoir Malko semblait sincère. Visiblement, le fait d'avoir abattu de sa propre main, grâce aux informations fournies par Malko, les deux hommes responsables de la mort de Lena, trois ans plus tôt, lui avait rendu la paix de l'âme.

Il reposa sur la table son verre vide et jeta un coup d'œil sur l'énorme réveil en or pendant à son poignet.

– On va avoir une visite ! annonça-t-il.

– Ta copine ?

– *Da*. Tu vas voir, elle est très belle. Julia Naryshkin. C'est une intellectuelle. Elle habite à Peridelkino, cinq kilomètres après le M.K., le village des écrivains, au bout de la Roublaskaia.

Là où vivaient tous les dignitaires de Moscou, à l'extérieur du M.K. Malko était un peu étonné qu'il la qualifie d'intellectuelle. Le style de Gocha, c'était plutôt les salopes pur sucre, bien provocantes.

Un coup de sonnette fit sursauter le Géorgien.

– *Hurra* ! lança-t-il, c'est elle !

Trente secondes plus tard, une superbe rousse pénétra dans le living. Grande, les cheveux longs frisés, des yeux pers, un visage régulier, l'éternelle jupe droite sur les bottes à très hauts talons, et, surtout, chose rarissime en Russie, un chemisier blanc opaque visiblement porté sans soutien-gorge car les pointes de ses seins se dessinaient sous le tissu.

– *Douchestka* ! [1] lança Gocha, je te présente un vieil ami qui a fait pas mal de trucs avec moi, Malko Linge.

Julia Naryshkin posa sur Malko le regard froid de ses yeux jaunes et demanda :

– *Vni gavarite po ruski* ? [2]

– *Da*, assura Malko.

Ce qui détendit l'atmosphère. En fait de « petite colombe », la maîtresse de Gocha évoquait plutôt le vautour avec son regard froid maîtrisé et la force qui se dégageait d'elle. C'était peut-être une intellectuelle, mais surtout une femme qui savait ce qu'elle voulait.

1. Petite colombe.
2. Vous parlez russe ?

En plus, extraordinairement sexy, en dépit de sa tenue presque modeste.

– *Davaï* ! lança Gocha, j'ai retenu au « *Bolchoï* ».

– On va à l'opéra ? demanda Malko, surpris.

– Non, corrigea Julia, c'est un restaurant juste en face.

***

Alexi Somov en était à sa troisième vodka, enfoncé dans un des profonds fauteuils du bar du Métropole. À deux tables de là, une blonde à la jupe fendue et à la poitrine généreuse lui expédiait des œillades de plus en plus précises. Il se dit que, s'il claquait des doigts, elle viendrait en rampant lui administrer une fellation… Il regarda sa montre, impatient. Le général Razgonov était en retard. Pourtant, c'est lui qui avait fixé le rendez-vous.

Il soupira et son regard croisa celui de la blonde. Aussitôt, elle se leva et vint vers lui.

– *Dobrevece* ![1]

Elle s'était plantée devant lui, le ventre en avant, faisant saillir une magnifique poitrine. Ses yeux nageaient dans le foutre et Alexi Somov décida qu'il avait envie de la baiser. Il fouilla dans sa poche et en sortit une carte magnétique et une poignée de billets de 5 000 roubles qu'il lui fourra dans la main.

– Attends-moi dans la chambre 212, ordonna-t-il. Maintenant, j'ai à faire.

Comme la fille hésitait, il lui saisit la cuisse et remonta sous sa jupe brutalement jusqu'à son sexe.

1. Bonsoir.

Afin de mettre les points sur les I.

– *Davaï.*

La blonde s'éloigna en ondulant vers les ascenseurs. Une minute avant qu'apparaisse la silhouette massive du général du GRU. Il se laissa tomber dans le fauteuil voisin et lança :

– Excuse-moi, il a fallu que j'aille au Kremlin !

– *Vsié normalnu* [1], assura Alexi. Tu as réfléchi à notre problème ?

Le général opina de la tête.

– Oui, le Kremlin a donné son feu vert au déblocage d'un IGLA S par l'usine de Kolomna. Ils en ont une vingtaine en stock.

Alexi Somov tiqua.

– Ce n'est pas d'un dont j'ai besoin, mais de huit. J'ai promis.

– Tu es imprudent ! reprocha le général Razgonov. Et je ne suis pas encore totalement décidé. C'est moi qui prends tous les risques dans cette affaire.

– Pour huit millions de dollars, remarqua Alexi Somov. Des dollars venus du Dagestan, pas repérés et authentiques…

– Quand les aurai-je ?

– Dès que je serai revenu de là-bas; tu as confiance en moi ?

– Oui, admit mollement l'officier du GRU.

– Alors ?

Le général Razgonov prit le temps de déguster une vodka avant de répondre.

– J'ai résolu un problème. Celui, à l'usine de Kolomna, qui gère les stocks d'IGLA S, est un de mes anciens

1. Pas de problème.

subordonnés. Il fait ce que je lui dis. Si je lui demande de sortir huit IGLA S de son stock, tout en en mentionnant seulement un, il le fera. Il suffit que je prétexte une « opération spéciale ». Comme il est le seul à connaître les stocks, cela ne pose pas de problème.

– *Dobre*, approuva Alexi Somov. Quand cela peut-il se faire ?

– Quand je lui donne le feu vert pour transporter officiellement un IGLA S à Moscou.

« Voilà tout ce que je peux faire…

– Ça suffit, affirma Alexi Somov, je m'occupe du reste.

– C'est-à-dire ?

– Je récupère les missiles et je les achemine au Dagestan. Ensuite, on traitera le reste du problème.

– Tu es sûr qu'ils ne seront pas utilisés contre nos gens ?

Alexi lui adressa un sourire rassurant.

– Tu peux compter sur moi.

Le général Razgonov lui jeta un regard froid.

– Tu sais que si ces IGLA tombaient entre de mauvaises mains, je deviendrais ton pire ennemi.

– Je sais. *Dobre*, on a fait le point, je t'appelle dès que je suis prêt. Et le Pakistanais ?

– Ce n'est pas notre problème.

Le général se leva après avoir terminé sa vodka.

– *Dobre*, j'attends de tes nouvelles.

Alexi Somov se leva à son tour et dit à mi-voix.

– J'ai une *sukaska* [1] qui m'attend en haut. Tu ne veux pas en profiter ?

1. Petite chienne.

– Une autre fois, je n'ai pas le temps.

Dès qu'il fut parti, Alexi Somov se rua vers l'ascenseur. Lorsqu'il frappa à la porte de la chambre, le battant s'ouvrit presque aussitôt.

La blonde avait ôté son chapeau et son regard reflétait tous les vices du monde. Ses seins sautèrent à la figure d'Alexi. Elle était vraiment bandante. Sans un mot, il plaqua ses énormes mains sur sa poitrine, les malaxa méchamment, collant la fille au mur.

Docilement, celle-ci saisit le sexe d'Alexi à travers son pantalon et entreprit de le libérer. Il grognait comme un verrat. Abandonnant les seins, il glissa une main sous la longue jupe, la déchira, révélant la peau blanche des cuisses et les bas noirs.

De son côté, la fille avait réussi à sortir le gros sexe et le masturbait frénétiquement.

De la main gauche, Alexi Somov lui arracha sa culotte, fléchit sur ses jambes, et presque sans tâtonner, lui défonça le ventre d'une seule poussée, la faisant crier. Il aimait bien ces prises à la cosaque.

À coups de reins, il la poussa sur le lit, s'agitant en elle comme un fou. Jusqu'à ce qu'il se répande au fond de son ventre.

***

L'atmosphère avait changé au *Bolchoï*, la musique pop faisant place à la musique classique. Julia, Gocha et Malko étaient enfoncés dans des fauteuils si profonds que leurs bouches se trouvaient pratiquement à hauteur de la table.

Ils étaient dans l'arrière salle, plus cosy que la première, donnant sur la rue et brillamment éclairée.

– Encore du Beluga ? proposa Gocha.

Vautré sur le divan, il avait refermé une main sur la cuisse de sa conquête et remontait sournoisement. Julia semblait ne pas s'en apercevoir, lançant parfois des regards intrigués à Malko.

Tout le monde déclina.

– Julia, demanda le Géorgien, c'est pas mieux qu'au Dagestan ? (Tourné vers Malko, il ajouta :) Julia avait un amant à Makhatchkala, la capitale du Dagestan.

– Ce n'était pas mon amant, mais mon fiancé, corrigea Julia d'une voix égale. C'était un homme très gentil, très amoureux. Évidemment un peu brutal.

– Il vous frappait ? demanda Malko, amusé.

– Non, mais un jour il a tué un de ses amis qui avait dit du mal de son chat…

Évidemment, cela prêtait à discussion…

– Que lui est-il arrivé ? demanda Malko.

Julia hocha la tête.

– Un accident de voiture. Alors qu'il traversait un passage à niveau dans sa Mercedes 600 blindée, quelqu'un a fait exploser une bombe à fragmentation de 250 ks – FAB 250 –, dissimulée sous les rails.

– Il est mort ?

– Non, sa Mercedes s'était ouverte comme une mangue, en dépit du blindage. Lui a été grièvement blessé. Depuis, il est dans un fauteuil roulant et il s'est réfugié en Turquie pour qu'on ne l'achève pas.

– Qui lui en voulait ?

– Il avait décidé d'être élu président du Dagestan.

Gocha Sukhumi pouffa.

– Le Kremlin donne tous les ans deux milliards de dollars au Dagestan pour qu'il reste dans la fédération de Russie. C'est le président qui répartit ensuite l'argent. Évidemment, tout le monde veut être président…

Un job en or…

Julia Naryshkin ajouta.

– Il voulait que je me convertisse à la religion musulmane, c'est pour cela que je l'ai quitté…

Nouveau ricanement de Gocha.

– C'est parce qu'il ne pouvait plus te baiser dans son fauteuil roulant…

Ce n'était pas un homme délicat. On ne se moque pas des infirmes.

– Bon, fit Julia, on va rentrer.

De nouveau, elle adressa un long regard à Malko. Ou c'était une salope née, ou elle le draguait. Pour une raison inconnue.

Gocha était déjà en train de compter des billets de 10 000 roubles.

Julia et lui s'installèrent à l'arrière de la Mercedes et Malko allait monter à côté du chauffeur quand Gocha l'appela.

– Viens avec nous.

Julia se tassa un peu pour être entre les deux hommes et la voiture démarra. Gocha, une main sur la cuisse de Julia somnolait. La jeune femme se tourna vers Malko et dit à mi-voix.

– Il fauda venir me voir à Peredelkino. Je travaille beaucoup là-bas.

Cinq minutes plus tard, ils étaient au bord de la Moskva. Julia bâilla.

– Je crois que je vais rentrer chez moi, dit-elle. Demain matin, je travaille tôt. Une interview.

Gocha s'ébroua comme un éléphant qui va charger.

– *Sto* ? [1]

– J'ai passé une bonne soirée, assura la jeune femme.

Elle embrassa Gocha et Malko chastement et se dirigea vers une Mini garée en épi. Gocha essaya de la rattraper, puis revint sur ses pas, furieux.

– Quelle salope ! gronda-t-il.

– Elle sait mener les hommes, remarqua Malko. Ou elle est vraiment fatiguée.

– Si tu savais comment elle baise, quand elle veut ! soupira Gocha. C'est du feu…

– *Dobre*, dit Malko, je vais rentrer aussi. Avant, je voudrais te demander quelque chose. Tu as toujours des amis au FSB ?

– Quelques-uns.

– Je voudrais que tu te renseignes…

Il lui résuma l'affaire des IGLA S. Gocha écoutait, silencieux.

– N'importe qui d'autre, je l'enverrais chier, dit-il, mais toi tu es vraiment mon ami. Je vais aller à la pêche.

1. Quoi ?

## CHAPITRE X

Bruce Hathaway attendait depuis plusieurs minutes dans le bureau du colonel Tretiakov, patron du 5e Directorate du FSB, lorsque l'officier russe fit son apparition et posa à terre une lourde serviette.

– Pardonnez-moi, dit-il, j'ai été retenu.

Il était en civil, les traits fatigués, toujours un peu distant. Le responsable du FBI à Moscou lui assura que ce n'était pas grave. Il avait hâte de savoir. Si le Russe l'avait convoqué, c'est que les choses avançaient… Passé derrière son bureau, le colonel Tretiakov ne perdit pas de temps, ouvrant un dossier préparé par sa secrétaire.

– J'ai reçu le feu vert pour notre opération, annonça-t-il.. Dans trois jours, on nous apportera un missile IGLA S et état de fonctionner et vous pourrez le « vendre » à Parviz Amritzar.

– Formidable ! approuva l'Américain. Comment voulez-vous procéder ?

– Ce missile ne sera pas apporté à l'hôtel *Belgrad*, ce serait trop compliqué, expliqua le Russe, mais dans un local que nous utilisons parfois, au N° 48 de *Batiski ulitza*. Cet endroit comporte un système d'enregistrement sonore et visuel qui pourra vous être utile pour votre opération.

Autrement dit, un « local-piège » destiné à monter des coups comme les Russes en raffolaient. Le colonel Tretiakov enchaîna.

– Voilà comment les choses devraient se passer. L'IGLA S vient d'une usine à une centaine de kilomètres de Moscou. Deux heures de route. Il pourra être livré à Moscou à onze heures, au plus tard.

« Je suggère que votre collaborateur connu sous le nom de « Youri » par Parviz Amritzar se trouve sur place avant ce dernier. Il sera accompagné de deux de nos hommes du FSB-Moscou qu'on pourra présenter comme ses complices et qui ont autorité pour arrêter un trafiquant d'armes sur le territoire russe.

Bruce Hathaway approuva aussitôt.

– Cela me paraît parfait. L'IGLA S sera déjà là ?

– Cela devrait se passer simultanément, mais c'est sans importance. Ceux qui apportent le missile sont de simples livreurs et ne sont au courant de rien.

« L'échange missile-argent sera filmé comme vous me l'avez demandé. Parviz Amritzar remettra à « Youri » 200 000 dollars en billets de cent, en échange du missile. Ensuite, nos hommes procéderont à l'arrestation de Parviz Amritzar qui sera emmené à la Loubianka pour interrogatoire, puis incarcéré à Lefortovo. Il ne vous restera plus qu'à faire une demande d'extradition pour le récupérer et le juger aux États-Unis.

« J'en ai parlé au bureau du Procureur général de Russie qui accélérera le processus.

« Cela vous convient-il ?

– Je ne sais comment vous remercier, assura Bruce Hathaway.

– Je ne fais qu'appliquer le protocole de 2003, assura d'une voix neutre le colonel du FSB.

Déjà, il refermait son dossier et se levait, signifiant la fin de l'entretien.

Bruce Hathaway l'aurait embrassé.

Lorsqu'il se retrouva dans l'ascenseur, il frappa la paroi de son poing dans une explosion de joie. Le FBI allait remporter un nouveau succès spectaculaire dans la lutte contre le terrorisme.

***

Tom Polgar avait retrouvé Malko au *Calina*, un restaurant situé au 21e étage d'un building moderne de Nouhswi Boulevard.

– Vous avez du nouveau ? demanda-t-il à Malko, dès qu'ils eurent commandé leurs chachliks.

– Pas encore. J'ai lancé Gocha Sukhumi à l'assaut.

– Vous avez confiance en lui ?

– Pas entièrement, mais il a une dette d'honneur envers moi et je ne connais personne d'autre qui ait des contacts au plus haut niveau du FSB. Peut-être ne trouvera-t-il rien…

Tom Polgar piqua du nez dans son assiette.

– Moi, je n'ai rien du côté FBI. Ils sont fermés comme des huîtres, et, en plus, ils ne nous aiment pas. Peut-être est-ce que je me plante. Vous ne voyez rien d'autre à faire ?

– À part surveiller Parviz Amritzar, avoua Malko, rien. Et je ne suis pas sûr que cela apporterait grand-chose.

– Je souhaite ne pas vous avoir fait venir à Moscou pour rien ! conclut Tom Polgar.

On apportait les *chachliks*.

Malko pensa à Julia Naryshkin. Au moins son passage à Moscou lui apporterait quelque chose d'agréable s'il parvenait à la revoir. Évidemment, cela l'ennuyait un peu de devoir encore piquer une femme à Gocha, mais l'instinct du chasseur était le plus fort.

*Carpe Diem...*

***

Parviz Amritzar s'engagea dans le vieil Arbat, après avoir traversé la place Arbatzkie Vorota d'où commençait la rue piétonnière. Un vent glacial balayait les pavés où quelques marchands de souvenirs, stoiques, avaient installé leurs étals. Pourtant, les touristes n'étaient pas nombreux. Les mains dans les poches de sa canadienne, le Pakistanais claquait des dents. Une heure plus tôt, il avait reçu un coup de fil lui demandant de se rendre dans Arbat et de remonter la rue. C'était Youri.

Pas de rendez-vous précis. On l'aborderait.

Le Pakistanais était parti du *Belgrad*, avait traversé le Koltso, tombant aussitôt dans la rue piétonnière. Cela faisait deux fois qu'il l'arpentait. À tout hasard, il avait emporté les 200 000 dollars.

Il était au milieu de la rue lorsqu'il aperçut, surgissant d'une rue latérale, Youri, emmitouflé dans une peau de mouton, coiffé d'une chapka.

Il le rejoignit et ils se mirent à marcher de concert.

– Il y a du nouveau ? demanda Parviz.

– Oui. Dans trois jours, je pourrai vous livrer l'IGLA S, annonça le « marchand d'armes ».

Parviz Amritzar fut pris d'une brutale panique. Qu'allait-il faire d'un missile sol-air à l'Hôtel *Belgrad* ? Cela mesurait quand même près de deux mètres de long… Comme s'il avait deviné ses pensées, Youri précisa aussitôt :

– Je me suis occupé de vous. Notre organisation va vous laisser entreposer cet IGLA S dans un de nos locaux jusqu'au jour où vous l'utiliserez. En plus, il sera sous la garde de deux *boiviki*, des Caucasiens qui mènent le Djihad. Ils parlent un peu anglais et pourront vous aider dans votre repérage.

– Et ensuite ?

Youri esquissa un sourire.

– Cela dépend de vous. Si tout se passe bien, vous pourrez regagner votre hôtel et revenir aux États-Unis. Sinon, vous serez pris en charge par ces hommes qui repartiront dans le Caucase continuer leur combat. Vous deviendrez un combattant. Au Dagestan, beaucoup d'étrangers combattent à leurs côtés.

Timidement, Parviz Amritzar demanda :

– Vous voulez l'argent tout de suite ?

Youri lui adressa un regard de reproche.

– Non, vous le donnerez lorsque vous aurez l'IGLA S en votre possession. Les *boïviki* qui l'apportent en connaissent le maniement. Ils pourront vous aider dans la préparation de votre action.

Ils s'arrêtèrent devant un stand de *matriochkas*, planté au milieu de la chaussée pavée.

Youri tira un papier plié de sa poche et le glissa dans la main du Pakistanais.

– Voilà l'adresse où vous devez vous rendre. Assurez-vous que vous ne serez pas suivi. Vous êtes armé ?

– Non.

– Venez.

Il l'entraîna dans une entrée d'immeuble ouverte et le poussa à l'intérieur. Parviz Amritzar sentit que Youri glissait un objet lourd dans sa main. Celui-ci se recula.

– Voilà, on se retrouve à cette adresse, dans trois jours.

Resté seul, Parviz Amritzar baissa les yeux sur l'objet qui venait de lui être remis, découvrant un gros pistolet automatique noir qu'il glissa aussitôt dans la poche de sa canadienne. Il ressortit et repartit vers le Belgrad. Il avait l'impression de changer de vie.

Il était loin le temps où il épanchait sa rage sur Internet. Maintenant, il était devenu un acteur. Tandis qu'il marchait à grands pas, il se demanda ce qu'il allait dire à Benazir.

***

Rem Tolkatchev lut rapidement le court document qu'un « homme en gris » venait de déposer sur son bureau, en provenance du FSB. Alexander Bornikov l'y assurait que toutes les dispositions avaient été prises pour qu'un membre du FBI de Moscou, le « Special Agent » Jeff Soloway, connu de Parviz Amritzar sous le nom de « Youri », tombe dans un piège qui permettrait d'inculper l'Américain d'espionnage. Une vieille méthode soviétique qui avait fait ses preuves. Même si l'accusation était farfelue, il suffisait que les apparences soient sauves avec un bon prétexte. Ensuite, les choses iraient toutes seules.

Les Américains avaient la phobie des otages. Même avec un pays comme la Russie.

Chaque citoyen américain, surtout s'il payait de sa personne pour une mission d'espionnage, était sacré. Or, la Russie était assez forte pour résister aux pressions internationales. L'inculpation conduite par le Procureur général de Russie lui apporterait un vernis de légalité nécessaire pour désarmer les critiques.

De toute façon, les Américains n'étaient pas fous. Même s'ils reniflaient la manip dès les premières secondes, ils savaient que, s'ils voulaient revoir Jeff Soloway rapidement, ils devraient passer sous les fourches caudines du FSB.

L'échange d'espions de juin 2010 avait créé un précédent.

C'était une formule correcte, pas d'argent, pas de compromission, personne n'était obligé de reconnaître sa culpabilité. Rem Tolkatchev alluma une de ses cigarettes multicolores. Satisfait. L'idée de retrouver Viktor Bout, même si ce n'était qu'un agent du GRU devenu légèrement aventurier, le réjouissait.

Après tout, c'était un citoyen russe.

En plus, certains Américains ne l'avaient peut-être pas encore réalisé : la Guerre Froide avait repris, sous une forme plus sournoise. Même si les Russes ne regrettaient pas le communisme, les États-Unis demeuraient le mal absolu, comme au temps de l'Union Soviétique.

Rem Tolkatchev prit le rapport d'Alexander Bortnikov, se leva et alla l'enfermer dans son coffre.

C'était de la dynamite.

***

C'est la petite bonne à l'air salope et aux gros seins qui avait ouvert la porte à Malko.

– *Gospodine* Sukhumi n'est pas encore là, annonça-t-elle. Il téléphoné qu'il serait en retard. Une autre personne l'attend dans la salle de billard.

Malko connaissait la disposition de l'appartement. Lorsqu'il débarqua dans la salle de billard, il reconnut tout de suite les cheveux roux frisés de Julia Naryshkin.

Gocha Sukhumi l'avait appelé trois heures plus tôt pour l'inviter à dîner en précisant qu'il avait des choses intéressantes à lui dire. Il ne s'attendait ni à son retard, ni à la présence de Julia... Celle-ci se retourna.

– *Dobrevece.*

Elle avait changé de tenue, le bas du corps moulé dans un jean qui semblait cousu sur elle. Et toujours pas de soutien-gorge.

Son regard assuré fixait Malko. Celui-ci s'approcha, prit sa main et la baisa.

Julia Naryshkin sembla surprise mais ravie.

– Je ne savais pas que vous veniez, dit-il, c'est une bonne surprise.

– Pour moi aussi, dit-elle, son regard planté dans le sien.

Visiblement, elle le draguait. Pourtant, elle n'avait pas le profil des putes d'oligarques : pas de provocation directe, un cerveau qui marchait visiblement bien, un physique extrêmement attirant et une force intérieure qui suintait de partout.

Qu'est-ce qui la faisait courir ?

Gocha Sukhumi n'était pas le genre d'homme qui, théoriquement, devait l'attirer. Pourtant, elle était sa maîtresse. Pour l'argent ? Elle semblait indépendante financièrement. Sa liaison avec le Dagestanais légèrement mafieux était étrange aussi.

Tandis que Malko réfléchissait, elle plongea la main dans son sac et y prit une carte, la tendant à Malko.

– La dernière fois, je n'ai pas eu le temps de vous la donner, dit-elle d'une voix naturelle.

Malko l'empocha au moment où la porte d'entrée claquait. Trente secondes plus tard, Gocha Sukhumi déboulait dans la salle de billard.

Il fonça sur Julia Naryshkin, passa un bras autour de sa taille et la colla contre lui.

– *Doucheska* ! Comme tu es belle !

Sournoisement, une de ses grandes mains épousait ses formes. La jeune femme se dégagea avec douceur et dit :

– Ton ami attend aussi.

Son visage n'avait pas changé d'expression. C'était une femme qui se maîtrisait parfaitement. Gocha Sukhumi se retourna brusquement vers Malko et lâcha :

– Viens, il faut que je te parle…

Le prenant par le bras, il l'entraîna dans la pièce qui lui servait de bureau, encombrée de cartons de vodka et de piles de dossiers. Une kalachnikov était posée dans un coin, chargeur engagé.

Le Georgien ferma la porte d'un coup de pied, se laissa tomber dans un vieux fauteuil avachi et alluma une cigarette.

– J'ai vu quelqu'un hier soir, lâcha-t-il, un vieux copain d'avant « L'homme à la Tache ».

Allusion à la fin de l'URSS, provoquée par Mikael Gorbatchev.

– Et alors ? demanda Malko.

– Tu avais raison. Il y a un truc en cours.

– Quoi ?

– Je n'ai pas tous les détails. Mais des types haut placés du FSB se lèchent les babines. Il paraît qu'on va baiser les Américains. Piéger un type du FBI. Ils sont ravis : il n'y a encore jamais eu d'Américain à Lefortovo.

– Comment ? demanda Malko.

– Je n'en sais rien, avoua Gocha Sukhumi. Ils n'ont entendu que des rumeurs. Mais cela semble sérieux. Je ne peux pas en demander plus, sinon, cela me retomberait sur le nez.

– Merci, dit Malko.

Il se trouvait désormais face à un dilemme. Fallait-il avertir le FBI de ce qui se tramait ? S'il ne le faisait pas, il se rendait complice d'une manip du FSB. S'il le faisait, les conséquences pouvaient être encore plus catastrophiques…

# CHAPITRE XI

Malko adressa un sourire chaleureux à Gocha Sukhumi.

– Je te remercie. Maintenant, je crois que je vais te laisser avec ton amie.

– Comment, tu ne dînes pas avec nous ?

– Non, il faut que je transmette tes informations.

Tom Polgar devait être mis au courant coûte que coûte. Gocha s'arracha à son fauteuil et lança :

– Comment tu la trouves, Julia ?

– Charmante…

Le Géorgien ricana.

– Elle est plus que ça. Pour avoir survécu au Dagestan… Le type avec qui elle était, c'était une bête, un tueur. Et ses copains pareils. Je crois qu'elle aimait bien.

– Elle a de l'argent,

– Un peu, mais elle s'en fout. Elle bande pour autre chose.

– Quoi ?

– Je ne sais pas encore, avoua-t-il, j'essaie de le découvrir. Mais je peux te dire qu'au lit, c'est un volcan. Quand elle veut. Allez, viens lui dire au revoir…

Julia Naryshkin était toujours dans la salle de billard. Jouant avec des boules.

– Je suis obligé de vous quitter, fit Malko.

La jeune femme ne broncha pas. Il lui baisa à nouveau la main et croisa son regard. Brûlant et assuré. S'il n'avait pas eu dans sa poche sa carte de visite, il aurait regretté de partir.

À peine dans la rue, il activa son Blackberry crypté. Tom Polgar répondit aussitôt. Sur un bruit de brouhaha. Il n'était pas au bureau.

– Il faut que je vous voie, fit Malko.

– Maintenant ?

– Oui.

– Je suis au Ararat, il y a un cocktail où je devais rencontrer des gens.

– Je viens.

– Vous voulez que je vous envoie ma voiture ?

– Je pense que je vais trouver un taxi. Si je n'y arrive pas, je vous rappelle.

Sorti du *Kempinski*, il fit quelques pas en direction du pont et leva la main. Une voiture s'arrêta, avec une femme seule à bord. Malko lui expliqua où il allait :

– 300 roubles, annonça-t-elle.

***

Dès qu'il débarqua de l'ascenseur, Malko se heurta à une foule compacte regroupée sur la terrasse couverte du Ararat, avec une vue imprenable sur le théâtre Bolchoï. Comme toujours, des femmes somptueuses, hautaines, mais à vendre. Il se mit à la recherche du chef de Station de la CIA et le trouva en grande conversation avec un gros homme à lunettes qu'il congédia rapidement.

Malko et lui se replièrent contre la paroi vitrée.

– Vous avez découvert quelque chose ? demanda l'Américain.

Lorsque Malko lui eut répété l'information de Gocha Sukhumi, il laissa échapper un léger sifflement.

– My God ! Il faut que je prévienne Washington.

– Il vous suffit de traverser un couloir, remarqua Malko. Le FBI est au même étage que vous.

– Je n'ai pas les couilles de faire cela, avoua Tom Polgar. Et puis, qu'est-ce qu'ils vont soupçonner ? Ils sont paranoïaques. Je ne peux rien leur dire sans le feu vert de Langley.

– Et s'il y a une catastrophe d'ici là ?

Tom Polgar eut un geste d'impuissance.

– C'est leur problème. Les « *gumshoes* » font leurs conneries sans nous en parler. Si une vie était en jeu, je ferais un effort, mais je ne pense pas que ce soit le cas…

– Bien, conclut Malko, vous êtes prévenu. Je me demande vraiment ce que le FSB prépare…

– On va le savoir ! fit Tom Polgar sombrement. Entre nous, je doute que Langley me donne le feu vert pour leur en parler.

– Donc, ce que j'ai fait est inutile…

– Oh non ! protesta l'Américain. Je fais un rapport dès ce soir, en rentrant au bureau. Daté. Comme ça, on saura que nous avions percé la manip.

« Si on allait les trouver, vous pouvez être sûr que cela se retournerait contre nous. Ils sont capables de nous accuser d'avoir comploté avec le FSB. Il faudrait révéler nos sources, vous et Gocha Sukhumi. Dieu sait où ça irait… Ça leur apprendra à monter des coups. Ils n'ont qu'à trouver de *vrais* terroristes, au lieu d'en fabriquer ; on peut même leur en refiler. Seulement, ceux-là, ils n'iront pas les chercher.

« Ce sont des bureaucrates, pas des hommes de terrain. Chez nous, il leur suffit de brandir une carte pour être tout-puissants. Ils se croient au-dessus des lois.

Visiblement, Tom Polgar n'aimait pas le FBI.

Malko soupira intérieurement. Il aurait dû rester avec la mystérieuse Julia Naryshkin.

***

Exceptionnellement, Rem Tolkatchev était demeuré tard à son bureau. La veille, frissonnant de fièvre à cause d'une grippe sournoise, il n'y avait été que deux heures avant de rentrer chez lui.

Il achevait, avant d'aller manger un bortsch au buffet N° 1 du Kremlin, d'examiner les derniers documents apportés par les hommes en gris.

Un rapport succinct des gardes-frontières le figea. Il annonçait l'arrivée à Moscou d'un certain Malko Linge, répertorié comme « opératif » de la CIA, ayant déjà effectué de fréquents séjours à Moscou. D'après sa fiche, il séjournait à l'hôtel *Kempinski*.

Songeur, Rem Tolkatchev fixa le document. Le nom de Malko Linge était loin de lui être étranger. Plusieurs fois, cet homme avait « travaillé » en Russie et causé de gros dommages. Il était considéré par les « organes » comme un adversaire extrêmement dangereux et professionnel. Plusieurs fois, le KGB, et ensuite, le FSB avaient recommandé son élimination. Elle avait d'ailleurs été tentée, sans succès, mais l'amélioration apparente des rapports entre les Russes et les Américains avaient joué en sa faveur.

D'ailleurs, entre Grands Services, il était très rare qu'on élimine « à froid » un adversaire, ce qui pouvait déclencher des représailles interminables.

Certes, dans le feu d'une action, il pouvait y avoir une bavure, mais ce n'était pas la même chose...

Rem Tolkatchev reposa le rapport des Gardes-Frontières, songeur. La présence à Moscou de Malko Linge ne pouvait pas être une coïncidence. En plus, c'était un agent trop expérimenté pour venir pour une broutille.

Il n'y avait donc qu'une explication possible : la CIA avait eu vent de l'opération montée contre le FBI. Comment ?

Lui ne voyait qu'une possibilité : la demande d'information du FSB concernant Parviz Amritzar avait éveillé l'attention de l'Agence américaine qui avait envoyé un *missi dominici*. Il restait un point crucial : pouvait-il nuire à la manip imaginée par Rem Tolkatchev ?

C'était la question essentielle.

Rem Tolkatchev passa mentalement la situation en revue. Le piège était amorcé. Encore soixante-douze heures et tout serait bouclé. Il était impossible à Malko Linge, aussi brillant soit-il, d'intervenir du côté russe. Il aurait fallu qu'il recueille par ses contacts moscovites une information permettant d'alerter le FBI.

À tout hasard, Rem Tolkatchev rédigea une brève note manuscrite à l'intention de la section 2 du FSB, chargée du dossier des étrangers. Demandant une surveillance immédiate.

Pourtant, quelque chose lui disait qu'il passait à côté d'une occasion. Malko Linge était un ennemi de la Russie. L'éliminer ne pouvait être qu'une bonne initiative.

Il fallait seulement « habiller » la chose pour que cela ne ressemble pas à une *zakasnoie*[1]. Il reprit sa note et y ajouta une phrase.

Il sonna pour appeler un homme en gris à qui il remit l'enveloppe, puis éteignit et prit le chemin du Buffet N° 1.

Il ne fallait surtout pas qu'il tombe malade en ce moment.

***

Malko regardait les tours du Kremlin. Il était toujours fasciné par ce symbole de puissance qui semblait avoir traversé les siècles. La circulation défilait lentement le long des hauts murs de briques rouges, qui ne semblaient même pas défendus. Il est vrai que les jardins extérieurs du Kremlin étaient ouverts au public.

La sonnerie de son portable le fit sursauter.

– Je suis en bas, annonça Tom Polgar.

L'Américain avait commandé un café et regardait le lobby presque vide.

– J'attendais des nouvelles plus tôt, dit Malko.

Il était presque six heures.

– Le décalage horaire, laissa tomber le chef de Station de la CIA. Il a fallu à Langley le temps de réfléchir et de consulter sûrement la Maison Blanche.

– Et alors ?

– On ne bouge pas. L'Agence estime que vous n'avez pas recueilli d'éléments assez précis pour être en mesure

1. Exécution.

d'avertir le FBI. Ils risquent de croire à une manip de notre part, ce qui déclencherait une guerre administrative interminable.

Malko ne pipa mot. C'était rageant.

– Je suis *sûr* de Gocha, insista-t-il.

Tom Polgar secoua la tête.

– On ne peut pas le mettre en avant *officiellement*. Ce serait risquer sa vie. Alors, on tire le rideau. Vous n'avez plus qu'à regagner votre château…

– Et s'il se passe vraiment quelque chose ? Qu'un agent du FBI soit arrêté ou tué ?

L'Américain eut un geste d'impuissance.

– *Too bad* ! Chacun paie ses conneries.

C'était définitif.

– OK, conclut Malko, je vais repartir dès que j'aurai un avion. Le temps d'aller au magasin *Elisseieff* faire le plein de harengs et de caviar rouge…

– Prenez votre temps, fit Tom Polgar chaleureusement. Votre présence n'a pas été inutile. Votre information est archivée et si quelque chose arrive, elle servira à souligner la stupidité du FBI.

Enfin, un bon camarade. Un ange passa, en riant sous cape…

C'était fou comme situation : la CIA se retrouvait alliée au FSB russe, par esprit de boutique.

– J'y vais, lança Tom Polgar. Dites-moi quand vous repartez, qu'on déjeune ensemble avant. *Officiellement*.

***

Malko allait raccrocher quand une voix féminine fit « *da* » à l'autre bout du fil.

– Julia ? demanda Malko.

– Qui est-ce ?

– Malko.

Il y eut un rire léger et Julia dit :

– C'est gentil de me téléphoner, j'allais sortir.

– Vous êtes libre pour dîner ?

– Hélas, non, je vais à Radio Moscou où j'ai une émission d'une heure, cela va me faire terminer très tard.

– Ça m'est égal, assura Malko. Cela me ferait plaisir de vous revoir.

– Moi aussi, assura la jeune femme, une autre fois. Demain, par exemple.

– Avec joie, comment faisons-nous ?

– J'habite un peu loin, je peux vous retrouver au Kempinski, vers sept heures.

– Superbe !

Après un court silence, Julia ajouta.

– Je pense qu'il vaut mieux ne rien en dire à Gocha. Il est très jaloux.

Elle raccrocha sans laisser à Malko le temps de faire des commentaires…

Celui-ci regarda son téléphone; il n'avait pas envie de passer la soirée seul. Soudain, il pensa à la douce Alexandra Portanski, la femme du peintre paralysé qui lui avait rendu tant de services à sa dernière mission, en risquant sa vie et sa vertu pour lui venir en aide.

Il retrouva son numéro dans son répertoire et le composa. Une voix anonyme lui annonça qu'il n'était plus en service, ce qui déclencha chez lui une montée immédiate d'adrénaline. Alexandra Portanski s'était opposée aux Organes et avait refusé ensuite toute protection.

Que lui était-il arrivé ?

Il ne pouvait pas quitter Moscou sans le savoir.

Il savait aller chez les Portanski, mais ne se souvenait pas du nom de la rue. Au taxi que lui appela le groom du Kempinski, il dit simplement.

– Je vais Petrovski boulevard, je vous dirai où.

– Là, fit Malko.

Il venait de reconnaître la petite rue où habitait Alexandra Portanski. Après avoir donné 400 roubles au chauffeur, il partit à pied. Un autre taxi s'était arrêté juste derrière lui et un homme en était sorti, semblant chercher son chemin. Un grand costaud avec un bonnet de laine noire enfoncé jusqu'aux oreilles.

Malko s'engagea dans la rue, contournant une poubelle, il se retourna cent mètres plus loin et remarqua l'homme au bonnet de laine noire qui marchait derrière lui, les mains dans les poches.

Son pouls grimpa en flèche.

À Moscou, il n'y avait pas de coïncidence. Il connaissait assez les Organes pour se méfier. Il arrivait au croisement avec la rue où habitait Alexandra Portanski. Il s'y engagea et se mit à courir aussitôt de toutes ses forces.

Il n'était pas armé et l'homme qui le suivait ne devait pas lui vouloir du bien.

À mi-chemin, il se retourna et vit surgir l'homme au bonnet noir. Qui, aussitôt, se mit à courir à son tour !

Cette fois, c'était clair !

Malko arriva à la porte de l'immeuble. S'il tapait le code, il était sauvé.

Le code ne marchait pas. La lourde porte métallique grinça quand il l'ouvrit. Ensuite, il se rua dans l'ascenseur et referma la porte.

Le vieil appareil s'ébranlait lorsque la porte de la rue s'ouvrit à la volée sur l'homme au bonnet noir, qui se rua vers l'ascenseur en train de démarrer.

Malko aperçut un long poignard dans sa main droite. Il courut vers l'ascenseur, essaya d'ouvrir la porte sans y parvenir et, à tout hasard, essaya de faire passer son poignard dans les entrecroises de fil de fer.

Il avait un visage blafard, brutal, des yeux enfoncés.

L'ascenseur montait avec une lenteur désespérante. Malko vit l'homme s'élancer dans l'escalier. Malko avait l'estomac noué. Si Alexandra Portanski n'habitait plus là, il était fichu. En contrebas, il voyait l'homme monter quatre à quatre. Lorsque la cabine s'arrêta au cinquième, le tueur était au troisième. Malko se rua hors de l'ascenseur et, négligeant le digicode, appuya sur la sonnette.

Une fois, deux fois, trois fois.

L'autre n'était plus qu'à un étage de lui. Il colla son oreille au battant sans rien entendre, puis recula pour voir où en était son agresseur.

Un léger grincement le fit se retourner : le battant était en train de s'ouvrir.

## CHAPITRE XII

– *Pajolsk* ? fit une voix de femme à peine perceptible dans l'ombre de l'entrebâillement.

Malko se retourna d'un bloc.

– Alexandra ?

La porte s'ouvrit complètement, avec un rai de lumière qui l'éclaira. La femme debout dans le battant, poussa un cri.

– Malko !

D'un bond, elle fut contre lui. Il devina un chignon et une longue robe boutonnée jusqu'aux chevilles, comme les affectionnait Alexandra Portanski. Celle-ci, serrée contre lui, murmurait des mots sans suite, l'embrassait dans le cou comme une chatte.

Les pas lourds du poursuivant de Malko se rapprochaient. Il prit la jeune femme par le bras et la poussa à l'intérieur, claquant la porte et mettant aussitôt l'entrebâilleur.

– Qu'est-ce qui se passe ? demanda Alexandra Portanski

– Quelqu'un me poursuit, dit Malko, pour me tuer.

Au même moment, des coups retentirent à l'extérieur contre le battant.

Aussitôt, Alexandra Portanski hurla d'une voix aiguë :

– J'appelle la *Policiya* !

Ce qui calma l'agresseur de Malko. Le silence retomba.

L'entrée était toujours autant en désordre. Alexandra Portanski, des étoiles plein les yeux, murmura :

– Je ne pensais jamais te revoir !

– Moi non plus, avoua Malko. Ton téléphone est débranché, j'ai cru qu'il t'était arrivé quelque chose.

Alexandra sourit.

– Presque rien. J'ai été interrogée plusieurs fois par le FSB de Moscou, qui m'a dit que c'était un crime de fréquenter des ennemis de la Russie, mais après, ils m'ont laissée en paix; et puis, j'ai changé de téléphone.

– Où est ton mari ?

– À l'hôpital, avoua-t-elle avec tristesse. Il est très mal. Il ne peint plus...

Ses traits s'étaient défaits et Malko comprit qu'elle avait de gros soucis.

Soudain, elle se jeta sur Malko.

– Je suis si heureuse de te revoir !

Son pubis collé à lui disait la même chose.

Alexandra Portanski se mordit les lèvres.

– Tu fais toujours des choses aussi dangereuses...

Aucune critique. Malko lui sourit.

– C'est ma vie.

Soudain, la jeune femme se serra encore plus contre lui. Sa bouche glissa le long de son visage, se posa sur la sienne, puis sa langue plongea et elle se mit à l'embrasser passionnément.

Il redécouvrit la jeune femme, sa petite poitrine, dont les pointes se dressaient courageusement, son ventre brûlant. Lorsqu'il effleura les pointes dressées de ses seins, elle cria, puis, en tâtonnant, sa main se crispa sur le sexe de Malko à travers son pantalon.

– Viens, souffla-t-elle, je n'ai pas fait l'amour depuis si longtemps.

Elle le prit par la main, l'entraîna jusqu'à une chambre à peine éclairée, se jeta sur le lit, retroussant elle-même sa longue robe, se soulevant pour faire glisser une petite culotte blanche qu'elle jeta à terre.

Quand Malko s'enfonça en elle, Alexandra Portanski poussa un soupir filé, ses bras se resserrèrent sur lui et son bassin vint au-devant du sexe qui l'embrochait. Elle tremblait, les jambes ouvertes.

– *Bolchemoi*, que c'est bon ! murmura-t-elle. Viens, viens !

Elle était inondée, ouverte, offerte.

Peu à peu, Malko s'échauffa, devant cette femme qui l'accueillait avec tant de joie. Il prit les cuisses d'Alexandra, les rabattit et se mit à la pilonner verticalement.

Jusqu'à ce qu'il se répande au fond d'elle.

Ils restèrent silencieux quelques instants. La voix d'Alexandra Portanski l'arracha à son rêve.

– J'ai faim, mais je n'ai que des harengs… Tu en veux un peu ?

– J'adore les harengs, dit Malko en se retirant d'elle avec précaution.

– Reste là, fit la jeune femme, je vais tout préparer. J'ai un peu de vodka aussi.

***

Parviz Amritzar n'arrivait pas à trouver le sommeil, les yeux grand ouverts. Il vivait ses dernières heures de tranquillité. Demain, à onze heures, il devait aller récupérer son IGLA S avec Youri. À partir de là, sa vie basculait. Il tourna la tête et contempla Benazir qui dormait sur le côté. Il ne lui avait encore rien dit; si tout se passait bien, après avoir échangé ses 200 000 dollars contre le missile sol-air, il la retrouverait.

L'action proprement dite n'était fixée qu'à la fin de l'autre semaine, avec l'arrivée de « Air Force One ».

D'ici là, il aurait le temps de la mettre au courant.

Il se leva et regarda la masse du Ministère des Affaires Étrangères au bout de Smolenskaia.

Finalement, il aimait bien Moscou.

Cependant, il était trop angoissé pour dormir. Et si Youri lui faisait faux bond ?

Il se glissa dans la salle de bains et reprit la lecture du manuel d'utilisation du IGLA S. Les lettres se brouillaient devant ses yeux et il s'aperçut qu'il pleurait.

Sans trop savoir pourquoi.

Fugitivement, une idée le traversa : au lieu de se rendre au rendez-vous de Youri, il pouvait prendre le premier avion pour les États-Unis, quitter la Russie. Et ensuite, rendre les 200 000 dollars à Mahmoud, pour ne pas encourir la vindicte d'Al Qaida.

Seulement, il abandonnait son rêve de vengeance.

***

Malko frissonna en inspectant la rue sombre. Il était près de minuit. Après les harengs et les champignons confits, ils avaient refait l'amour. Cette fois, Alexandra Portanski avait ôté sa longue robe aux milliers de boutons et s'était prêtée avec enthousiasme à tous les fantasmes de Malko. Lui offrant sa bouche, ses reins et encore son sexe. Quand elle l'avait quitté à la porte de l'ascenseur, ses lèvres contre les siennes, elle avait murmuré :

– *Ya loublou*[1].

Maintenant, il revenait dans le froid et le danger. La rue semblait déserte.

Il marcha jusqu'au boulevard Petrovski. Là, une voiture s'arrêta dès qu'il eut levé le bras et lui prit 500 roubles pour le ramener au *Kempinski*.

Il ne fut tranquille qu'une fois dans sa chambre. Pas de police, personne pour l'accueillir.

Ce qui venait de se passer signifiait qu'il était surveillé. Heureusement que le chef de Station de la CIA à Moscou lui avait donné un Blackberry crypté.

Tom Polgar mit longtemps à répondre.

– My God ! fit-il, que se passe-t-il ? Il est plus de minuit.

– Je sais, reconnut Malko, mais ce soir, on a essayé de me tuer.

Il lui donna les détails de son agression, puis gagna sa douche, cherchant à savoir pourquoi on avait voulu le liquider.

1. Je t'aime.

***

Il n'était que sept heures du matin mais, déjà, de nombreuses voitures étaient garées dans le parking en plein air de l'usine KBM, le long de la rivière Oki.

Le joyau de la ville de Kalomna, à une centaine de kilomètres de Moscou, sur la route de Tcheliabinsk. Une petite ville proprette et prospère, avec un superbe Kremlin, des grandes avenues, des tramways bien entretenus et une modeste statue de Lénine.

Ici, c'était déjà la Russie profonde.

Assis au volant d'une Lada 1 500 jaune, juste en face du magasin VERA, à l'étrange façade rose, Arzo Khadjiev surveillait la façade blanche de l'usine KBM qui occupait un vaste quadrilatère le long de l'Oki, assez loin du centre, au numéro 4 de la *perspective Okiskaia*. Les véhicules ne pouvaient sortir de l'usine que par une seule porte, située près de la rivière, remontant ensuite le long du grand building blanc, pour rejoindre la route asphaltée.

À côté de la porte d'entrée, deux plaques de cuivre rappelaient que l'usine avait reçu l'Ordre de Lénine et celui de l'Étoile Rouge, pendant la Grande Guerre Patriotique.

Au départ, c'était une usine de mortiers, créée sur l'ordre de Staline. Ensuite, c'était devenu un bureau d'étude pour les missiles sol-air. Pudiquement dissimulé sous le sigle KBM, *Konstruktion Bureau Manufacture*.

En réalité, c'était un des bureaux d'études les plus pointus de la Russie, là où étaient conçus les missiles sol-air dont les dernières générations, les IGLA S, en usage dans les forces russes et vendues partout à l'étranger. Ces missiles étaient fabriqués à Izhevsk, dans l'Oural, mais les petites séries ou les prototypes venaient de KBM.

Arzo Khadjiev se raidit : un fourgon carré Volga noir venait d'émerger du portail, près de la rivière, et remontait vers lui.

Quand il passa devant la Lada, il vit qu'il y avait deux hommes dans la cabine.

Arzo Khadjiev dit aussitôt quelques mots dans son téléphone portable puis démarra, suivant le fourgon noir.

Celui-ci remonta l'avenue Maktova, passant devant un gigantesque MacDo « drive-in », entre des rangées de vieilles isbas de bois peint de toutes les couleurs, d'immeubles datant de 1925 et des inévitables « barres » de logements de quinze étages.

Ensuite, le fourgon suivit l'interminable avenue Lénine, passant devant le magnifique kremlin en briques rouges et une église aux bulbes verts et or. Le soleil levant faisait briller les bulbes et on les aurait crues en or massif.

Arzo Khadjiev reprit son portable et communiqua le numéro du fourgon qu'il suivait, A 620 PB 190 RUSS.190 était l'indicatif de Kolomna.

Ils doublèrent un long tram vert avant de tourner vers un embranchement menant à la M5, la route Moscou-Tcheliabinsk.

Le fourgon passa devant une station d'essence et emprunta une rampe menant à la M5 en direction de Tcheliasbinsk. Il parcourut quelques kilomètres, puis la quitta pour une autre rampe, rejoignant un chemin passant sous l'autoroute et permettant de rejoindre la M5 dans la direction de Moscou. Une légère brume flottait sur les bois voisins et l'endroit était absolument désert.

Arzo Khadjiev se raidit en voyant le fourgon ralentir afin de s'engager dans le passage sous l'autoroute.

Juste au moment où le fourgon pénétrait sous le passage souterrain, un véhicule – un autre fourgon – surgit en face et lui bloqua la route.

***

Dmitri Pankov écrasa le frein avec un juron. Le fourgon Mercedes qui venait de se mettre en travers de la route semblait avoir dérapé.

– *Bolchemoi* ! grogna-t-il, quel imbécile !

Il donna un coup de klaxon, mais l'autre ne bougea pas. Il pouvait deviner trois silhouettes à travers le pare-brise. Une portière s'ouvrit et un homme descendit. Canadienne, bonnet de laine, jean.

Venant vers le fourgon.

– Qu'est-ce que veut cet imbécile ?

Cette fois, c'était le convoyeur qui venait d'exploser. Il vit alors dans le rétroviseur un véhicule stopper derrière lui : une vieille Lada, coincée elle aussi.

– Je n'aime pas ça ! dit le convoyeur. Préviens l'usine.

Au moment où il attrapait sa radio, la portière de son côté s'ouvrit violemment. Dmitri Pankov eut le temps d'apercevoir le visage d'un homme mal rasé, à la peau sombre, puis il ne vit plus que le pistolet prolongé d'un silencieux braqué sur sa tête.

Il entendit la faible détonation et ne sentit plus rien. Le chauffeur essaya de se protéger de son bras. La première balle le traversa, mais la seconde lui fit sauter le haut de la calotte crânicnnc.

***

Les trois occupants du fourgon Mercedes avaient sauté à terre. En un clin d'œil, ils eurent atteint le fourgon de la KBM et ouvert les portes de derrière. Debout, à côté de sa Lada, Arzo Khadjiev surveillait la rampe descendant de l'autoroute, derrière lui.

C'était le moment délicat...

– *Davaï* ! *Davaï* ! cria-t-il.

Les portes du fourgon étaient ouvertes, découvrant de longs étuis carrés. Les trois hommes les arrachèrent du fourgon, les transportant en courant jusqu'à leur véhicule : En tout, il y en avait huit.

Toute l'opération ne dura pas plus de deux minutes. Les portes du fourgon Mercedes se refermèrent en claquant, les trois hommes remontèrent à bord et partirent en marche arrière.

Un *razvarot*[1] et le véhicule gagnait la rampe de la M5, direction Moscou.

Arzo Khadjiev remonta dans sa Lada, contourna le véhicule KBM qui semblait en panne et fonça à son tour.

Personne n'avait pu voir la scène, car ce passage était en contrebas, invisible de l'autoroute et des champs avoisinants, d'ailleurs déserts.

Quelques instants plus tard, les deux véhicules filaient vers Moscou, à quelques kilomètres de distance. Arzo Khadjiev était paisible. S'il y avait des recherches rapides,

1. Demi-tour.

elles auraient lieu sur la M5 en direction du sud, vers le Caucase. Aucun policier ne penserait qu'on ait pu voler des IGLA pour les ramener à Moscou.

Tout en conduisant, Arzo Khadjiev composa un numéro sur son portable et eut une très brève conversation. Désormais, tout baignait.

# CHAPITRE XIII

Le « Special Agent » Jeff Soloway, connu par Parviz Amritzar sous le nom de Youri, sortit de l'ambassade américaine par la porte nord et se lança dans la partie la plus périlleuse de sa mission : traverser le Koltso pour rejoindre les agents du FBI qui l'attendaient de l'autre côté, en face d'une *Aptek* [1]. Il dut attendre qu'un feu passe au rouge au coin de *Barrikad Ulitza* pour se lancer dans la large avenue du premier périphérique. À Moscou, même à jeun, aucun automobiliste ne respectait les piétons, considérés comme une espèce nuisible.

Aussi, les Moscovites utilisaient-ils surtout les passages souterrains creusés sous toutes les grandes avenues.

« Youri » arriva, essoufflé, à l'Opel bleu et ouvrit la portière arrière.

L'homme assis à côté du chauffeur se retourna.

– *Dobredin*, je suis Anatoly Chevolev. Nous vous conduisons au rendez-vous. Où se trouve Parviz Amritzar ?

1. Pharmacie.

– Il doit se rendre directement là-bas, expliqua l'agent du FBI. Tout est en ordre ?

– *Da*.

– Avez-vous l'engin ?

– Il arrive.

Le conducteur s'était glissé dans la lente circulation du Koltso. « Youri » était nerveux. C'est là que se dénouaient plusieurs mois d'efforts. Il voulait que tout soit au carré.

– Quelles sont vos instructions ? demanda-t-il.

Le Russe égrena d'une voix neutre.

– Nous vous amenons au local où doit être livré le missile. Pour y retrouver votre terroriste. C'est vous qui donnerez le signal de l'action. Dès que vous aurez reçu l'argent de cet homme et que vous estimerez tout en ordre, vous exhiberez votre badge du FBI et l'avertirez de votre identité. À notre tour, nous nous ferons connaître comme agents du FSB et nous procéderons à son arrestation.

« Il sera conduit ensuite à la Bolchoia Loubianka pour interrogatoire, puis incarcéré à Lefortovo.

« Le dossier du procureur de Russie vous sera transmis, accompagné des prises de vue confirmant les faits.

« *Karacho* ?

– *Wonderful* ! jubila l'Américain.

Il se détendit jusqu'au moment où l'Opel ralentit et pénétra sous un porche donnant sur Batiski Ulitza. Comme souvent en Russie, le porche donnait accès à un ensemble de résidences s'étendant sur plusieurs hectares, avec des voies d'accès intérieures.

L'Opel finit par s'arrêter devant une grande porte de bois à la peinture écaillée, surmontée d'un écriteau annonçant REMONT[1], au rez de chaussée d'un immeuble de quinze étages. Les deux agents du FSB descendirent et l'un ouvrit la porte, puis alluma.

C'était une sorte d'atelier d'une centaine de mètres carrés, avec une vieille Volga sur cale dans un coin, des caisses et une grande table au milieu.

Cela sentait la poussière et l'huile de vidange.

– C'est un de nos locaux, expliqua l'homme du FBI. Ici, tout est enregistré et filmé.

– Où est le missile ? demanda « Youri ».

– Il arrive. Ne vous tracassez pas. Il vient de la périphérie de Moscou et la circulation est mauvaise. *Tchai* ?

– Non merci.

Les deux Russes entrèrent dans un petit bureau se faire du thé.

« Youri » alluma une cigarette pour tromper son angoisse, puis appela son chef.

– Tout est en ordre, annonça-t-il sans donner de détails.

– Appelez-moi dès que c'est terminé, demanda le chef du FBI.

Lui aussi avait l'estomac noué. Heureusement, grâce au décalage horaire, on dormait encore à Washington. Lorsque le bureau du FBI à Washington ouvrirait, tout serait terminé.

***

Une Audi noire s'arrêta à une vingtaine de mètres de l'atelier où était arrivé Youri, avec quatre hommes à bord.

1. Réparations.

Des agents du FSB de Moscou, prêts à arrêter « Youri » dès qu'il aurait reçu les 200 000 dollars de Parviz Amritzar. Ils seraient prévenus par leurs collègues du FSB fédéral et arrêteraient immédiatement Jeff Soloway sous l'inculpation d'espionnage. Pour avoir voulu se procurer un missile couvert par le « secret-défense ».

Les agents du FBI à Moscou n'étant pas protégés par l'immunité diplomatique, Jeff Soloway pourrait être interrogé aussi longtemps que nécessaire. Ses dénégations ne changeraient rien au programme. Le procureur Général de Russie était averti et diligenterait des poursuites selon les ordres reçus.

Le reste ne les regardait pas.

L'Audi noire avait laissé son moteur en route. Les passants qui l'apercevaient faisaient un prudent détour pour ne pas passer à proximité.

***

Rem Tolkatchev lisait le compte-rendu de la nuit. Ce n'était pas brillant. Le « *spetnatz* » affecté à la liquidation de Malko Linge avait complètement raté sa mission. Bien que désarmé, l'agent de la CIA lui avait échappé, pour retourner au *Kempinski*.

Bien sûr, on pouvait venir l'y arrêter, mais sous quel prétexte ?

Finalement, Rem Tolkatchev décida de passer l'opération par profits et pertes.

Ce serait idiot de s'attaquer à Malko Linge dans l'immédiat : toute la manip contre le FBI serait terminée dans deux heures ; visiblement, sa présence n'avait rien perturbé. Ensuite, on s'occuperait de son sort.

Tranquillisé, Rem Tolkatchev se plongea dans les autres rapports.

***

Trois voitures de la *Policiya* bloquaient le passage souterrain sous la M5 isolant l'endroit où se trouvait le fourgon gris de KBM, une portière encore ouverte. C'est un automobiliste qui avait donné l'alerte, une demi-heure plus tôt, obligé de contourner le fourgon immobilisé dont le conducteur, affalé sur son volant, semblait avoir eu un malaise.

Une Volga noire dépassa une des voitures de police et stoppa, crachant aussitôt deux hommes au visage grave. L'un d'eux sortit sa carte : c'était le Directeur de KBM.

– Que se passe-t-il ?

Le *praportchik*[1] de la *Policiya* montra le véhicule.

– Les deux occupants de ce véhicule ont été abattus, chacun d'une balle dans la tête. Personne n'a rien vu, ni rien entendu.

« C'est incompréhensible. Le véhicule était vide.

– Vide !

Le directeur eut un haut-le-corps, puis se reprit.

– Ce fourgon contenait du matériel extrêmement sensible. Il a été volé.

Il n'en revenait pas. Se mettant à l'écart, il appela l'antenne du FSB de Kalomna. Il s'agissait d'une affaire d'État. Seuls des terroristes pouvaient voler ce genre de matériel. Il en avait la chair de poule.

Trente secondes plus tard, il avait le responsable du FSB en ligne. Celui-ci n'hésita pas.

1. L'adjudant.

– Je vais faire établir des contrôles sur toutes les routes qui mènent vers le sud.

Le Sud, c'était le Caucase. D'habitude, les rebelles caucasiens se procuraient ce genre d'engins en les achetant aux troupes russes stationnées en Tchétchénie ou en Ingouchie.

C'était la première fois qu'on venait en voler près de Moscou.

***

Parviz Amritzar regarda avec curiosité à travers la vitre du taxi la façade de l'immeuble. C'était bien le numéro 45 et la porte de bois de l'atelier correspondait à la description de Youri.

Il paya ses 500 roubles et descendit. Il frissonnait pourtant. La température était autour de zéro. L'été pour Moscou.

Il frappa du poing à la porte de bois, le pouls à 150. Le grincement du battant qui s'ouvrait envoya son pouls encore un peu plus haut, puis il aperçut dans l'embrasure le visage de Youri et sa tension tomba d'un coup. Il se glissa à l'intérieur où il faisait aussi froid que dehors.

Apercevant aussitôt deux hommes dans un bureau vitré.

– Qui est-ce ? demanda-t-il à Youri.

– Mes amis, dit l'Américain. Mes gardes du corps.

– Le missile est là ? demanda anxieusement Parviz Amritzar. J'ai l'argent.

– Il va arriver, affirma Youri. Avec ceux qui veilleront sur vous désormais. Vous voulez du thé ?

Parviz Amritzar déclina d'un signe de tête. Il aurait été incapable d'avaler un petit pois. Un froid glacial et un silence minéral régnaient dans l'atelier. À tout hasard, il avait pris le Makarov fourni par Youri, mais se dit que c'était inutile. Dans une heure, il retournerait au *Belgrad* et retrouverait Benazir. Il avait décidé de la renvoyer aux États-Unis, pour la mettre à l'abri, après lui avoir expliqué pourquoi il restait.

Il s'appuya à l'établi vide et déclara à Youri.

– Je vais vous donner l'argent tout de suite, comme cela, ce sera fait.

– Non, non, déclina Youri. Tout à l'heure. J'ai confiance en vous. Mahmoud m'a dit que vous étiez un honnête combattant du Djihad.

Les deux hommes allumèrent une cigarette : pour l'instant, ils n'avaient pas grand-chose à se dire.

La sonnerie d'un portable fit sursauter Parviz Amritzar. C'était celui d'un des deux hommes installés dans le bureau. Il répondit longuement, puis ressortit du bureau et s'approcha de Youri, ignorant Parviz Amritzar, puis le prit à l'écart.

Youri revint vers le Pakistanais, le visage sombre, visiblement contrarié.

– Il y a un problème, annonça-t-il. Ils ont dû rebrousser chemin. Il faut reporter le rendez-vous.

– Quand ?

– Je l'ignore, je vous préviendrai. Vous pouvez retourner à votre hôtel.

Parviz Amritzar ne savait plus que penser. Il sentait physiquement la tension de son interlocuteur. Celui-ci le prit par le bras et l'amena jusqu'à la porte.

– Je vous appelle ! promit-il. Allez jusqu'à *Batiski ulitza*, vous trouverez facilement un taxi.

Le Pakistanais se mit en marche dans l'allée enneigée, perturbé. Il ne prêta aucune attention à une Audi noire aux vitres fumées qui démarrait devant lui.

***

Le fourgon Mercedes entra dans la cour du 48 Lisnaya ulitza ; un vieil immeuble d'avant-guerre. À gauche de l'entrée, se trouvait une petite boutique à l'enseigne de « vente en gros de fruits caucasiens ».

Les vitrines étaient poussiéreuses et elle semblait abandonnée. Dans la cour, un petit escalier menait au sous-sol de la boutique. Le fourgon manœuvra pour y coller son arrière, puis les trois hommes ouvrirent les portes arrière. En quelques minutes, ils eurent transporté dans le sous-sol les huit étuis volés dans la Volga de KBM.

Ensuite, deux remontèrent dans le véhicule qui ressortit de la cour tandis que le troisième demeurait sur place. Dix minutes plus tard, une Mercedes se gara devant la boutique et un homme de haute taille en sortit et frappa à la porte de la boutique.

On lui ouvrit aussitôt.

Il descendit au sous-sol et inspecta les huit étuis contenant les IGLA S. La première partie du travail était accomplie.

– Ne bouge pas de là, ordonna-t-il. Je vais organiser le reste du voyage.

***

Bruce Hathaway était consterné ; pourtant, il ne voulait pas encore croire à l'échec de sa manip.

– Il va vous rappeler ? demanda-t-il à « Youri ».

– Ils me l'ont promis, assura le « special agent ». Ce doit être un problème technique. Rien de grave.

– Parviz Amritzar ne s'est douté de rien ?

– Non, je ne pense pas.

– Où est-il ?

– Je lui ai dit de regagner l'hôtel où je l'avertirai du prochain rendez-vous.

– *Well*, assura Bruce Hathaway. Je vais faire le point avec le général Tretiakov.

À peine son collaborateur sorti du bureau, il appela le colonel du Cinquième Directorate. Sa secrétaire lui apprit qu'il était sorti, mais qu'il le rappellerait très vite.

***

Malko prenait son breakfast au premier étage de l'hôtel Kempinski, un œil sur la porte, s'attendant à chaque seconde à voir surgir le FSB.

Il avait rendez-vous avec Tom Polgar à l'heure du déjeuner pour le mettre au courant officiellement, ce qui lui assurerait une certaine protection.

Ensuite, il balançait : soit prendre un vol Aeroflot pour Vienne en fin de journée, puisque sa mission était terminée, soit, comme prévu, dîner avec la belle Julia Naryshkin.

Il se dit que si le FSB ne s'était pas manifesté d'ici là, c'est ce qu'il ferait. La rousse aux cheveux frisés et au regard d'acier l'attirait et l'intriguait. Si elle se donnait à lui, ce ne serait pas pour une poignée de roubles. Il sentait chez elle un moteur qu'on rencontrait rarement chez un homme ou chez une femme.

Au fond, il était accroché par une femme qu'il n'avait vue que deux fois, sans le moindre contact charnel.

Le truc le plus dangereux.

***

Rem Tolkatchev était pendu au téléphone depuis plus d'une heure. Essayant de comprendre. Peu à peu, il avait une idée plus précise des faits.

Un : des hommes avaient attaqué le fourgon de la KBM amenant l'IGLA S à Moscou pour piéger le FBI. Impossible à ce stade de savoir de qui il s'agissait, mais cela posait un gros problème : cette affaire étant hermétique, comment avait-on pu monter ce guet-apens ?

D'après le FSB de Kolomna, il s'agissait d'une opération de professionnels et les deux meurtres avaient été commis avec la même arme de calibre 9 mm.

Pourquoi ?

Du coup, le piège contre le FBI s'était effondré comme un vieux soufflé.

Chacun était rentré chez soi. Le FBI à l'ambassade US, Parviz Amritzar à son hôtel et les gens du FSB, à Bolchoia Loubianka.

Attendant des ordres, Rem Tolkatchev se dit qu'il était impossible de continuer l'opération tant qu'il n'aurait pas découvert *qui* l'avait pénétrée.

Dans la foulée, il convoqua Alexander Bortnikov et le général commandant le GRU.

Quelque chose lui échappait : le rôle exact de Malko Linge. Est-ce qu'il n'était pas pour quelque chose dans cette merde ?

## CHAPITRE XIV

– *Choza roudak* ![1] lança d'une voie basse, tremblante de rage, le général Anatoly Razgonov, les traits crispés.

Alexi Somov demeura de marbre. Les deux hommes étaient les seuls occupants du bar du *Métropole*, en cette heure creuse. Le barman avait pratiquement disparu sous son comptoir. Il valait mieux ne pas interférer avec les affaires du GRU.

– Qu'est-ce que tu veux dire ? demanda d'une voix calme Alexi Somov.

Le numéro 3 du GRU faillit exploser :

– *Slovatch* ![2] Les deux types qui ont été séchés à Kolomna, ce n'étaient pas des « *tchernozopié* »[3], mais des bons Russes. Je t'avais dit : pas de bavures.

Une chanteuse folklorique, en longue jupe multicolore, venait de s'installer sur un tabouret à côté du bar et

1. Qu'est-ce que c'est que cette merde ?
2. Salaud !
3. Culs noirs.

le son triste d'une *baian*[1] s'éleva dans le bar. Une vieille mélodie chantant la mélancolie des bouleaux et des plaines à perte de vue. Alexi Somov, à son tour, se pencha au-dessus de la table.

– Tu voulais que l'on apprenne que le fourgon contenait *huit* IGLA S et pas seulement un ?

« C'était le seul moyen. Je le regrette. Désormais, un seul homme sait combien il en est parti de l'usine. Sur ses livres, il a inscrit « un ». Tu m'as dit que tu avais confiance en lui. C'est vrai ?

– C'est vrai.

– *Dobre*. Quand tu auras touché l'argent, tu te sentiras mieux. On ne fait pas d'omelette sans casser des œufs.

En Tchétchénie, il en avait cassés beaucoup.

On l'appelait le « vaporisateur ». Chargé des prisonniers *boivikis* qui devaient disparaître sans laisser de traces. La méthode d'Alexi Somov était simple : on emmenait le prisonnier dans un coin isolé, on l'attachait à un obus de 105 et on faisait sauter le tout… Il ne restait que de tous petits morceaux vite dévorés par les animaux.

Cela s'appelait la vaporisation.

Le général du GRU secoua la tête, toujours fou de rage.

– Je suis convoqué par Rem Tolkatchev. Qu'est-ce que je vais lui dire ?

Alexi Somov eut un sourire ironique.

– La vérité, si tu veux te retrouver dans le troisième sous-sol de la Loubianka…

L'autre ne répondit pas. Le *Baian* continuait à égrener sa tristesse. Soudain, Alexi eut une idée.

1. Accordéon russe.

– Le « pigeon », dit-il, ce Pakistanais, il allait bien acheter l'IGLA S 200 000 dollars. Tu crois qu'il a toujours l'argent ?

– Je ne sais pas, dit le général, pris de court. Pourquoi ?

– Si on pouvait récupérer ces 200 000 dollars, ce serait une bonne pension pour les familles de ces deux types du KBM.

– Comment veux-tu faire ?

– J'ai une idée, assura Alexi Somov. Ça peut marcher.

Sa maîtresse, Anna Polikovska, secrétaire du colonel Tretiakov, lui avait livré innocemment deux éléments précieux : le nom du « pigeon » et le nom de l'hôtel où il séjournait. Cela suffisait pour monter un piège au « pigeon ».

– Tiens bon, conseilla Alexi Somov. Dans une dizaine de jours, tout sera terminé et tu auras gagné de quoi faire marcher ta boutique. Et, si tout va bien, les veuves de ces deux pauvres gars seront à l'abri du besoin.

Les deux hommes se quittèrent froidement. Désormais, ils étaient indissolublement liés.

La nuit tombée, Parviz Amritzar venait de rentrer au *Belgrad*, après avoir emmené Benazir regarder les vitrines de la Tverskaia. Il avait la tête vide et ne savait plus que faire. L'échec du rendez-vous du matin lui avait laissé un goût amer. Il avait à peine pénétré dans la chambre que le téléphone fixe de la table de nuit se mit à sonner. Il courut répondre.

– Parviz ? demanda une voix d'homme inconnue, en anglais avec un accent russe.

– Oui. Qui…

– J'appelle de la part de votre contact. Il a réussi à arranger les choses.

Une vague de bonheur submergea Parviz Amritzar.

– C'est vrai ? demanda-t-il, incrédule.

– Oui, il vous attend maintenant.

– Où ?

– Prenez un taxi jusqu'au coin du boulevard Gogoldine et de la rue Petrovka. On vous attendra là.

– J'arrive.

– Vous avez l'argent ?

– Bien sûr !

À peine le portable coupé, Parviz se tourna vers Benazir.

– J'ai un rendez-vous urgent, je dois repartir.

Elle ne discuta pas. Il se rua dans l'ascenseur. Coup de chance, il tomba dans Smolenskaia, sur un vrai taxi dont le chauffeur parlait un peu anglais.

Les vieux immeubles défilaient comme dans un rêve. Quand le taxi s'arrêta, Parviz Amritzar découvrit un carrefour banal. Il descendit et se planta devant une boutique de fourrures et de chapkas.

Cinq minutes plus tard, un homme de haute taille apparut, sanglé dans un manteau de cuir noir. Il le dépassait de vingt centimètres. Pas de chapka, malgré le froid, des yeux en amande à l'expression de granit, un visage carré.

– Parviz ?

– Oui.

– on vous attend. Vous avez l'argent ?

– Oui.

Il parlait parfaitement anglais.

– Venez.

Il l'entraîna jusqu'à une Mercedes garée en double file où ils prirent place. Durant le trajet, ils demeurèrent silencieux. Puis la Mercedes pénétra dans la cour d'un immeuble et stoppa.

Parviz Amritzar regarda les lieux, inquiet.

– On n'était pas là, ce matin.

– C'est exact, reconnut son interlocuteur. Nous avons dû changer de local. Venez.

Il lui fit descendre l'escalier de fer menant au sous-sol du magasin voisin. Une ampoule pendant du plafond y dispensait une faible lueur. Un homme assis sur un tabouret se leva. De très grande taille, il avait le type caucasien prononcé, n'était pas rasé et avait le regard sournois.

– Arzo va s'occuper de vous, annonça Alexi.

Il ne risquait rien : Arzo ne comprenait pas l'anglais…

– Prenez l'escalier au fond, demanda Alexi.

Parviz Amritzar se dirigea vers le fond du sous-sol, Arzo sur ses talons. Il ne le vit même pas tirer de sa ceinture un pistolet Makarov 9 mm prolongé d'un gros silencieux.

L'unique détonation ne dépassa pas les murs épais du sous-sol. Une balle dans la nuque, Parviz Amritzar s'effondra d'un bloc.

Avec l'aide d'Arzo, Alexi le mit sur le dos et commença à le fouiller. Trouvant très vite l'enveloppe remplie de billets, Alexi l'empocha et lança à Arzo.

– On va le mettre dans du plastique, avec le froid, ça ira. Il partira ensuite avec le matériel. Tu t'en débarrasseras sur la route.

Les forêts du Caucase étaient pleines de tombes contenant des morts inconnus qui ne seraient jamais réclamées…

Les deux hommes se séparèrent. Arzo fouilla de nouveau le mort, trouvant un peu d'argent russe, lui prit sa montre et une bague. Puis empocha son portable : il n'en aurait plus besoin.

Il n'y a pas de petits profits.

***

Alexi Somov avait le cœur joyeux, malgré les embouteillages. Il avait rendez-vous avec sa maîtresse, celle qui l'avait mis sur ce coup juteux, ce qui augurait d'une excellente récréation sexuelle. En plus, il avait tenu la promesse faite au général du GRU. Désormais, il avait de quoi réparer les dommages collatéraux de l'opération.

Il ne distrairait pas un rouble des 200 000 dollars destinés aux veuves et, connaissant l'âme russe, était certain qu'elles ne pleureraient pas longtemps les défunts.

***

Malko monta d'un bond dans la Chevrolet noire de Tom Polgar, arrêtée en bas du pont, sur le quai Sofyiskaya. Le rendez-vous avait été pris cinq minutes plus tôt, pour éviter la préparation d'une filature.

Ils étaient engagés sur le pont Kamenny et avançaient au pas.

– Pourquoi a-t-on tenté de vous tuer ? demanda l'Américain.

– Je n'en sais rien, avoua Malko. À part l'information que je vous ai donnée et que vous n'avez pas exploitée, je n'ai rien fait. À moins que quelqu'un ait voulu profiter de ma présence à Moscou pour me liquider, en raison de mes actions passées. Comme je ne suis sur aucun sujet brûlant, cela pourrait passer plus facilement pour un crime crapuleux…

– *Well* ! fit l'Américain. C'est louche; je pense que le mieux c'est que vous repreniez l'avion. Le plus tôt sera le mieux.

– C'est ce que je compte faire, assura Malko. J'ai pris une résa pour demain soir.

– Je vous enverrai une voiture pour vous conduire à l'aéroport, assura le chef de Station de la CIA. C'est plus sûr. Une telle tentative de meurtre a eu obligatoirement un ordre venant de très haut, du Kremlin. Donc, ils peuvent avoir d'autres mauvaises idées.

– Je ferai attention, promit Malko. Et vous, que se passe-t-il du côté du FBI ?

– Rien. Le calme plat. À croire que leur opération a été annulée. Si elle avait fonctionné, cela serait dans les journaux et les « *gumshoes* » parcourraient les couloirs en se frappant la poitrine.

« OK, je vais vous ramener. C'est la dernière fois qu'on se voit à Moscou. Dans six mois, je retourne à Langley, au desk « Eastern Europa ».

Ils passèrent enfin devant la porte Borovitz et remontèrent le long du Manège, pour contourner la Place Rouge et redescendre de l'autre côté, vers la rive sud de la Moskva.

***

Bruce Hathaway relut, atterré, le mail qu'il venait de recevoir du colonel Tretiakov.

« Nous sommes obligés d'annuler l'opération prévue entre nos deux Services, pour des raisons techniques; nous en sommes désolés. Sincèrement : colonel Serguei Tretiakov. »

Le responsable du FBI murmura quelques jurons puis appela sa secrétaire.

– Appelez-moi Jeff Soloway.

Lorsque le « special agent » pénétra dans le bureau, il lui tendit le mail sans un mot.

– My God ! soupira Jeff Soloway, c'est foutu. Vous pensez qu'on peut les faire revenir sur leur décision ?

– Non, laissa tomber, laconique, Bruce Hathaway. Si c'était le cas, il m'aurait appelé, pas envoyé un mail.

– Pourquoi ?

L'Américain haussa les épaules.

– On le saura peut-être un jour. Ou pas. C'est comme ça avec les Russes.

– Qu'est-ce qu'on fait ?

– On démonte. On rapatrie Parviz. On essaiera aux États-Unis de dealer avec un « Stinger ». Ou un « Blue-Pipe ». Ou même un Mistral français. On en a. Prévenez votre Pak qu'il doit rentrer à la maison.

– Il faudra que je récupère mes 200 000 dollars, remarqua « Youri ». C'est l'argent du Service.

– Je sais. Allez-y.

***

Youri essaya pour la dixième fois le portable de Parviz Amritzar. Il passait directement sur « messagerie ». À la fin, il se résolut à laisser un message lui demandant de le rappeler d'urgence.

Il venait à peine de finir quand un couinement lui apprit qu'il avait un SMS. Il le lut et crut avoir un infarctus. Le SMS avait été expédié trois heures plus tôt du portable de Parviz Amritzar et était très court :

« Merci, je vais au rendez-vous avec votre ami. J'espère que vous serez là. »

Jeff Soloway sentit son cerveau vaciller. Pour une raison inconnue, le SMS était resté bloqué. Il signifiait que le Pakistanais avait été contacté par quelqu'un se recommandant de lui et avait été prendre livraison de l'IGLA S !

Comme un fou, il fonça jusqu'au secrétariat de Bruce Hathaway.

– Il faut que je voie le boss, dit-il à la secrétaire, c'est une *emergency*.

Deux minutes plus tard, il était dans le bureau du chef du FBI.

Celui-ci ne mit pas longtemps à comprendre.

– My God ! Les Popovs nous ont baisés ! Il faut le retrouver coûte que coûte.

– Il ne répond pas à son portable.

– Allez à son hôtel et n'en bougez plus. Ou il s'y trouve, ou il va revenir.

Jeff Soloway en était à son cinquième expresso. Affalé sur la banquette du hall du *Belgrad*, il ne quittait pas la porte des yeux.

En arrivant, il avait appelé la chambre, tombant sur Benazir Amritzar qui lui avait dit que son mari n'était pas encore rentré.

Jeff Soloway avait encore appelé le portable.

Sans plus de résultat.

Totalement impuissant.

Il se sentait recroqueviller à vue d'œil. Telles que les choses se présentaient, les Russes leur avaient fait un tour de cochon. Dieu sait pourquoi.

Désormais, Parviz Amritzar se trouvait dans la nature avec probablement, un IGLA S et l'intention d'abattre l'avion du Président des États-Unis qui arrivait une semaine plus tard. De quoi s'arracher les cheveux.

S'il ne remettait pas la main sur Parviz Amritzar, c'était la catastrophe totale.

## CHAPITRE XV

Malko regarda sa montre : sept heures pile : Julia Naryshkin ne devrait plus tarder. Il avait prévu de l'emmener au Café Pouchkine. Ensuite, cela dépendait d'elle. La journée avait passé lentement.

Il se demanda si le FBI avait bouclé son opération. Là non plus, pas un mot, nulle part.

Son portable sonna et son pouls grimpa au ciel.

C'était le numéro de Julia qui s'affichait !

Forcément pour se décommander.

– C'est Julia Naryshkin, annonça la voix posée de la jeune femme. J'ai un petit souci…

– Lequel ? demanda Malko, sachant déjà ce qu'elle allait répondre.

– Ma voiture est en panne, expliqua la jeune Russe, et je ne trouve pas de taxi. Cela vous poserait un problème de venir jusqu'à chez moi ?

Malko faillit embrasser le téléphone.

– Avec joie, dit-il, si vous me donnez l'adresse. Seulement, cela va me prendre une bonne demi-heure.

– Aucune importance, assura Julia d'un ton léger. Cela va me donner le temps de préparer quelque chose à manger. Voilà mon adresse. Vous prenez Rubianka chaussee jusqu'à Pereekino. À l'entrée, à gauche, il y a une espèce de grande isba. J'habite là, l'appartement n° 6. Vous sonnez et je vous ouvrirai. Si vous vous perdez, appelez-moi.

Il était déjà dans l'ascenseur.

***

La nuit était tombée depuis longtemps et Jeff Soloway avait attrapé un torticolis à force de se déhancher la tête pour surveiller l'entrée du Belgrad. Benazir Amritzar était toujours dans sa chambre et son mari n'avait pas réapparu.

Le « *special agent* » sortit dans l'avenue Smolenskaia et appela Bruce Hataway. Le chef du FBI de Moscou répondit en quatre secondes.

– Il est là ?

– Non.

Lourd silence. Puis Hathaway lança :

– Je vous envoie une voiture, on ne peut pas lâcher la planque et c'est impossible que vous passiez la nuit dans le hall.

Il se donnait jusqu'au lendemain pour sonner le tocsin. Sachant que les conséquences pour la Maison Blanche risquaient d'être catastrophiques.

***

Sur vingt-cinq kilomètres, il n'y avait pas un feu rouge ! La route de Joukovska avait été conçue pour que les convois officiels n'aient pas à ralentir. Tous les grands apparatchiks et même le Président, avaient leur datcha dans le coin.

Heureusement, Malko n'avait pas mis trop de temps à atteindre le MK. Le chauffeur ralentit, ils arrivaient à Revelkino. Malko remarqua sur la gauche un bâtiment massif en bois, éclairé de guirlandes à la mode russe : Noël arrivait;

– C'est là, dit-il au chauffeur.

Un projecteur éclairait le porche et il descendit, puis appuya sur la sonnette du 6. Aussitôt, la voix chantante de Julia Naryshkin répondit.

– Je vous ouvre. C'est l'appartement au bout du couloir, devant vous.

Malko paya ses 2 500 roubles et poussa la porte. Cela sentait le sapin et la peinture. Au fond, un rectangle de lumière. Julia Naryshkin l'attendait sur le pas de la porte. Il fut d'abord frappé par une chose : son parfum. Les femmes russes n'en utilisaient pas beaucoup. Elle s'effaça pour le laisser entrer et leurs regards se croisèrent.

– C'est gentil d'être venu jusqu'ici ! dit-elle. C'est loin.

Elle portait un haut noir fin qui découpait les pointes de ses seins comme la dernière fois, une large ceinture retenant une longue jupe noire, et des escarpins; Peu de maquillage, sauf les yeux soulignés de bleu.

Son appartement était une sorte de loft avec un escalier menant à un demi-étage. Des tableaux partout, des tapis, des lampes, une ambiance cosy.

Julia le guida jusqu'au coin cuisine. Plusieurs plats étaient arrangés sur une table : des harengs, des cornichons, du saumon fumé, des salades, des zakouski et, bien entendu, une bouteille de *Tzarskaia*.

Julia Naryshkin l'ouvrit, remplit deux verres et tendit le sien à Malko.

– Bienvenue.

Ils trinquèrent et il vida le sien d'un trait. À la Russe. La jeune femme sourit.

– Vous buvez comme un Russe ! N'abusez pas.

Sa remarque était à double sens. Malko ne savait pas trop bien comment l'aborder. Ils ne s'étaient même pas touchés et la tenue de Julia était ultra classique, à part l'absence habituelle de soutien-gorge.

Ils s'assirent et attaquèrent les harengs.

Une douce musique folklorique russe baignait les lieux. On se serait cru revenu en arrière : aucun bruit à l'extérieur. Julia Naryshkin était aux petits soins : elle mit dans l'assiette de Malko un assortiment de poissons fumés et remplit son verre de vodka.

– Gocha m'a dit beaucoup de choses passionnantes sur vous, dit-elle; vous devez en avoir à raconter.

Son regard était fixé sur lui, presque avide.

***

La bouteille de *Tzarskaia* avait diminué de moitié et le regard de Julia Naryshkin brillait d'une façon inhabituelle. Malko, désinhibé par l'alcool, mourait d'envie de franchir une étape dans leur relation.

La jeune femme se leva et s'étira.

– Venez, dit-elle, nous allons en haut, je vais vous montrer mes peintures. Vous me direz si vous aimez.

Elle s'engagea dans l'escalier de bois, Malko sur ses talons. En haut, c'était une sorte de bureau, avec des tableaux modernes recouvrant les murs et au fond, un lit assez large. Julia se retourna.

– Lequel aimez-vous ?

Malko ne regardait plus les tableaux mais la poitrine de la jeune femme. De nouveau, leurs regards se croisèrent. Il étendit la main et d'un geste audacieux posa l'extrémité de ses doigts sur le mamelon droit ; aussitôt, il sentit la pointe s'ériger, ce qui expédia dans ses artères une formidable giclée d'adrénaline.

Son autre main fit la même chose. Avec le même résultat.

Julia, apparemment, ne réagit pas mais sa respiration était plus rapide.

Malko commença à promener ses doigts sur le tissu, là où les pointes de seins durcissaient.

Il en avait mal au ventre.

Abandonnant sa poitrine, il posa la main sur sa hanche, crispant ses doigts sur la chair tiède Aussitôt, Julia Naryshkin se laissa glisser en avant, jusqu'à le toucher. Comme s'il y avait de l'électricité statique entre eux, leurs corps furent projetés l'un contre l'autre. La bouche de la jeune femme atterrit dans le cou de Malko, écrasant deux lèvres chaudes contre sa carotide. Cette fois, Malko saisit les petits seins à pleines mains et Julia poussa un bref gémissement.

Les yeux fermés, elle leva le visage vers lui, et, tout naturellement, leurs lèvres se touchèrent. Elle embrassait avec la délicatesse d'un chat, sortant juste un bout de langue extraordinairement agile.

Malko sentit son sexe s'embraser. Il poussa Julia Naryshkin contre le bureau et empoigna sa longue jupe, la remontant jusqu'à la hanche. Découvrant d'abord un bas noir épais, très tendu par une longue jarretelle, qui filait beaucoup plus haut.

D'elle-même, la jeune Russe s'appuya au bureau, laissant Malko achever de remonter sa jupe, découvrant un ventre sans aucune protection.

Lorsqu'il posa son doigt sur son sexe renflé, elle poussa un autre gémissement et eut une secousse, jouissant immédiatement.

Lui était en train de se défaire fébrilement. Dès que son sexe fut à nu, Julia l'empoigna et le serra comme si elle voulait l'écraser. Renversée en arrière sur le bureau, les jambes ouvertes.

Elle fixa Malko, murmurant un seul mot :

– *Setchas* ! [1]

Tout le temps qu'il entra en elle, Julia ne détacha pas ses yeux du sexe qui la transperçait.

Pourtant, Malko avait un mal fou à la pénétrer comme si elle se refusait, ce qui n'était pas le cas. En même temps, c'était formidablement excitant, du quasi viol.

Puis, Julia l'écarta et le prit par la main. D'abord, elle s'agenouilla et le prit dans sa bouche avec naturel. Cela ne dura pas, elle traîna Malko, toujours habillé, jusqu'au lit et le fit s'y étendre sur le dos.

Le temps de faire glisser son pantalon et son slip, elle l'enfourcha avec un sourire gourmand.

– Je suis très étroite, murmura-t-elle. Comme ça, tu vas y arriver mieux.

1. Maintenant.

C’est elle qui, tenant le sexe à pleine main, le plaça sur l’entrée de son sexe. Sans bouger.

Malko comprit le message, il poussa vers le bas et il franchit le premier barrage. Les lèvres serrées, Julia semblait souffrir. Puis cela devint plus onctueux et il s’enfonça centimètre par centimètre. Jusqu’à ne plus pouvoir davantage. Il se sentait serré comme par une petite fille.

Le buste droit, les yeux fermés, Julia respirait rapidement. Elle poussa un petit cri et lâcha :

– Tu y es ! Au fond. Tout au fond.

Elle semblait se régaler de ses propres mots. Ensuite, elle commença à se balancer d’avant en arrière. Jusqu’à ce qu’elle pousse un cri aigu.

Malko sentit sa muqueuse s’assouplir, s’humidifier : elle venait de jouir pour la seconde fois. Ce qui ne lui suffit pas. Elle recommença à se balancer comme un métronome, tandis que Malko tordait la pointe de ses seins. Elle jouit de nouveau. Cela dura encore une fois jusqu’au troisième sursaut, puis elle retomba sur sa poitrine et murmura :

– J’avais très envie de faire l’amour avec toi, depuis que j’ai croisé ton regard, dit-elle. J’avais une boule dans le ventre. Maintenant, cela va mieux.

– Pourquoi ? demanda Malko en souriant.

– Parce que je sens chez toi des choses que j’aime. Mon dernier amant, Magomed, était une brute. Il me défonçait comme un taureau, il se moquait de me faire jouir, mais il représentait un homme fort, dangereux.

« Comme toi.

Tout doucement, elle caressait la poitrine de Malko, jusqu’à ce qu’il sente son sexe s’animer de nouveau.

Julia le sentit aussi.

– Attends, dit-elle, j'ai bien joui. Je vais te raccompagner maintenant.

– Je croyais ta voiture en panne…

Julia eut un sourire angélique.

– Je n'aime pas faire l'amour à l'hôtel et, ce soir, j'avais décidé de le faire avec toi.

Elle s'arracha de lui, embrassa son sexe et lissa ses cheveux frisés, en secouant la tête.

– La prochaine fois, dit-elle, tu me prendras sur le bureau, comme un moujik.

« J'aime ça aussi.

– Tu mets souvent des bas pour faire l'amour ?

Elle sourit.

– C'est Gocha qui m'a dit que tu aimais cela… Je voulais que tu gardes un bon souvenir de moi.

***

Le « *Special Agent* » Jeff Soloway se secoua. Devant lui, la façade du Belgrad se gondolait. Il avait planqué toute la nuit devant l'hôtel, se relayant avec son collègue venu lui apporter la voiture.

Pas de Parviz Amritzar.

Il voulut tenter une dernière chance, appela l'hôtel et demanda qu'on lui passe la chambre 807. Une voix ensommeillée et tendue répondit.

– Je cherche Parviz, dit-il.

– Je ne sais pas où il est, fit Benazir, je suis morte d'inquiétude. Il n'est pas rentré et ne m'a pas appelée. Je vais prévenir la police. Il a dû avoir un accident. Qui êtes-vous ?

– Un de ses amis, fit Jeff Soloway, avant de raccrocher.

Tourné vers son copain, il dit simplement :

– C'est foutu.

La manip du FBI se terminait en cauchemar. Un terroriste se trouvait désormais dans la nature, armé d'un IGLA S et décidé à abattre « Air Force One ».

# CHAPITRE XVI

Rem Tolkatchev regarda la porte de son bureau se refermer sur Alexander Bortnikov, patron du FSB fédéral.

Celui-ci était arrivé avec le dossier complet du vol de l'IGLAS à Kolomna et du meurtre de ses deux convoyeurs. Le missile sol-air n'avait toujours pas été retrouvé.

Apparemment, le FSB n'avait commis aucune faute, appliquant la procédure ordonnée par Rem Tolkatchev. À Moscou, une équipe du FSB attendait la livraison de l'IGLA S au « *Special Agent* » du FBI, Jeff Soloway, « Youri », accompagné de son acheteur, Parviz Amritzar.

Deux arrestations devraient suivre : celle de Parviz Amritzar pour trafic d'armes, et, ensuite, celle de « Youri » par l'équipe du FSB Moscou qui planquait à l'extérieur.

Seulement, rien ne s'était passé.

Un responsable du FSB de Kolomna avait averti du vol de l'IGLA S, les agents du 5^e^ Directorate avaient démonté immédiatement et leurs collègues du FSB Moscou d'en faire autant.

Conclusion : le FBI n'était intervenu en rien, pas plus que l'acheteur de l'IGLA S, Parviz Amritzar. Ce dernier étant retourné à l'hôtel Belgrad, tandis que « Youri », le « *Special Agent* » du FBI, Jeff Soloway, regagnait l'ambassade américaine.

Depuis, rien : aucune trace de l'IGLA S ni de ses voleurs. Le FBI et Parviz Amritzar hors de course, la conclusion était simple : il s'agissait d'une histoire russe, dont Rem Tolkatchev devait trouver les coupables. Il avait donc pris l'affaire en main, cherchant dans toutes les directions.

Interrogeant d'abord le patron de *Rosoboronexport*, qui lui avait confirmé avoir donné un avis négatif à la manip demandée par le FBI, ne se préoccupant plus de l'affaire, sachant que le Kremlin déciderait.

Le GRU avait confirmé avoir demandé à KBM la livraison d'un IGLA S; le missile devait être transporté jusqu'à une adresse communiquée par le FSB, à Moscou.

Ceux-ci, d'après le *modus operandi*, ne pouvaient être que des séparatistes tchétchènes ou dagestanais. Sinon, ils n'auraient pas abattu les deux convoyeurs. Les gens du Caucase haïssaient les Russes, ce qui expliquait leur geste. Désormais, il restait à retrouver cet IGLA S et surtout à déterrer les « sources », dans le système sécuritaire russe, de ces séparatistes non encore identifiés.

Cerise sur le gâteau : Parviz Amritzar, le « terroriste » amené par le FBI, avait disparu de son hôtel, en fin de journée, après le rendez-vous raté de remise de l'IGLA S du matin. Le FSB n'ayant mis aucun dispositif de surveillance autour de lui, on ignorait totalement ce qu'il était devenu. Seule consolation : le FBI ne savait pas non plus où il était passé, ses hommes planquant depuis autour de l'hôtel Belgrad.

Tout ceci n'aurait pas intéressé Rem Tolkatchev si cela ne laissait pas une porte ouverte à une hypothèse désagréable. Parviz Amritzar ne connaissait personne à Moscou, or, juste avant son départ du Belgrad, on lui avait passé une communication téléphonique qui avait probablement déclenché ce départ.

Le FSB avait retrouvé le numéro appelant, attribué à un Dagestanais de Mashkakala mort depuis trois ans...

Comment ce correspondant avait-il connu Parviz Amritzar ? L'hypothèse la plus évidente était que celui-ci avait rejoint des « vrais » terroristes, liés au Caucase.

Un coup de sonnette interrompit sa réflexion. Un « homme en gris » lui apportait un mot du colonel Tretiakov, l'avertissant que le patron du FBI lui avait demandé un rendez-vous urgent. L'Agence Fédérale américaine, chargée de la protection du Président pendant son voyage en Russie, voulait arrêter avec le FSB les mesures de sécurité pour son arrivée.

Cela devenait une affaire d'État. Si un *boïvik* salafiste abattait « Air Force One » avec un IGLA S, c'était d'abord une perte de face inouïe pour le Kremlin et, ensuite, la porte ouverte à un affrontement russo-américain. Tout semblait accuser les Russes d'avoir monté une manip...

Frustré, Rem Tolkatchev rédigea aussitôt une note à l'intention du président, Dimitri Medvedev, afin de l'avertir de la situation.

Il alluma une de ses cigarettes multicolores, se demandant comment il allait remonter la piste de l'IGLA S. Seul moyen de résoudre ses problèmes.

***

Une ambiance lugubre régnait dans le bureau de Bruce Hathaway où étaient réunis ses principaux collaborateurs. Désormais, le Titanic coulait. Benazir Amritzar s'était rendue au 38 de la rue Petrovka [1] pour signaler la disparition mystérieuse de son mari.

Sans pouvoir fournir aucun indice.

Bruce Hathaway, dans un silence de mort, résuma la situation.

– Notre « terroriste », Parviz Amritzar, a disparu. Tout semble montrer qu'il a été abusé par ceux qui ont volé cet IGLA S. Je crains que le FSB n'en sache pas plus que nous, même s'ils demeurent bouche cousue.

« Nous avons donc un ou plusieurs terroristes dans la nature, en possession d'une arme capable d'abattre l'appareil du Président des États-Unis.

Le « *Special Agent* » Jeff Soloway leva la main.

– Est-il possible qu'Amritzar nous ait menés en bateau ? Qu'il ait eu *vraiment* des contacts avec les terroristes qui ont pu le surveiller lorsqu'il était à Vienne ? Cela peut venir de là.

Bruce Hathaway secoua la tête.

– Tout est possible. Je vais secouer les Russes. S'ils ne nous ont pas baisés, ils doivent être sérieusement ennuyés.

Il se tut et un lourd silence retomba, rompu par lui.

– Gentlemen, conclut-il, il est de mon devoir de faire un rapport circonstancié à la Maison Blanche. Ce sera à eux de prendre les dispositions nécessaires.

1. Siège de la police de Moscou.

Autrement dit d'annuler le voyage du président des États-Unis.

Le chef du FBI ne dit pas un mot de plus, mais il était blanc comme un linge : expliquer à la Maison Blanche qu'à cause d'une manip du FBI, il avait lâché dans la nature un terroriste avec l'arme anti-aérienne la plus performante du moment, avait de quoi faire vieillir.

Malko avait dormi tard, ratant le breakfast du Kempinski. Ravie et rassasiée, Julia Narynshkin marquait dans la vie d'un homme… Il se demandait s'il n'allait pas prolonger son séjour à Moscou pour la revoir.

Il l'appela mais elle était sur répondeur. Il préférait ne pas donner signe de vie à Gocha. Cela devenait une habitude de lui piquer ses copines. Il n'était pas certain que le Géorgien apprécierait.

Avant de partir, il décida d'aller faire quelques achats au magasin Elissaieff, sur Tverskaia.

Il venait d'y entrer et contemplait le plafond lourdement décoré lorsque son portable sonna.

– Malko ?

C'était la voix de Tom Polgar, inhabituellement stressée.

– Oui.

– Où êtes-vous ?

– Chez Elissaieff, je fais mes emplettes, mon vol est à cinq heures.

– Vous ne partez plus. Je vous attends à l'ambassade, le plus vite possible : si vous ne trouvez pas de taxi, je vous envoie une voiture.

– Je vais en trouver un, promit Malko, sans poser de question.

Le chef de Station de la CIA semblait totalement affolé. Ce n'était pas dans ses habitudes. Il ressortit et leva la main.

Dix minutes plus tard, il se présentait à la North Gate. À peine eut-il donné son nom au « marine » de garde que celui-ci baissa les yeux sur un document posé devant lui et annonça :

– Vous êtes attendu, sir. On va vous escorter.

Tom Polgar avait sa tête des mauvais jours. Il ferma soigneusement la porte de son bureau et lança à Malko :

– Les « *gumshoes* » ont merdé…

Malko ne put s'empêcher de sourire.

– Ça ne devrait pas vous faire trop de peine…

Le chef de Station de la CIA secoua la tête, visiblement accablé.

– Qu'ils aient envie de se pendre, non, mais la merde retombe sur *nous* ! Je viens de recevoir un message de Langley. Transmettant des instructions à la Maison Blanche. C'est à nous à réparer leurs conneries. Or, celles-là sont *énormes*.

Il lui tendit le document et Malko découvrit le dénouement de l'opération « Vanguard ». Un terroriste et un IGLA S dans la nature, à une semaine de l'arrivée du Président des États-Unis.

Justement la cible de Parviz Amritzar.

– Ce Pakistanais ne paraît pas bien dangereux, remarqua Malko. Il a été fabriqué par le FBI.

Tom Polgar lui jeta un regard de commisération.

– Il n'a pas été fabriqué ! Il les a *baisés* ! Vous ne pensez pas que c'est lui qui a piqué l'IGLA S et qui s'est démerdé tout seul. Il ne connaissait soi-disant personne à Moscou. Or, il a disparu.

« Donc, il avait des complices à Moscou, et maintenant, ils sont tous dans la nature avec leur IGLA S.

– Ce n'est pas *votre* problème, objecta Malko.

Tom Polgar lui jeta un regard désolé.

– Maintenant, ça l'est. Le FBI est en pénitence et, de toutes façons, n'a pas de réseau à Moscou. La Maison Blanche demande au DG de prendre l'affaire en main et de localiser ce putain d'IGLA S.

– Si Parviz Amritzar a trouvé des complices, remarqua Malko, ce ne peut être que des Caucasiens. Les groupes salafistes continuent de harceler le gouvernement russe. Encore, il y a quelques mois, un type s'est fait sauter à l'aéroport de Domododevo. Il arrivait du Dagestan.

« Pas de revendication. De la pure méchanceté.

« Le Caucase est un fourneau infernal. Seulement, si les Russes n'en viennent pas à bout, qu'est-ce qu'on peut faire ?

Tom Polgar lui jeta un regard noir.

– Malko, vous avez déjà fait des miracles ici, vous connaissez des gens. C'est plus facile que vos précédentes missions. Vous ne luttez pas contre le Kremlin...

– Que voulez-vous que je fasse ?

– Secouez le cocotier ! Gocha d'abord et d'autres, si on peut.

Il fit le tour de son bureau, ouvrit un tiroir et tendit à Malko un Glock 26 dans un « *ankle holster* » G.K[1].

Ensuite, il ramassa ce qui ressemblait à un attaché-case et le tendit à Malko.

1. Hoslter de cheville.

– Voilà, ça se déplie comme ça et se transforme en bouclier. C'est G.K. qui fabrique ça en France et on en a acheté quelques-uns. Vous ne serez pas tout nu. À cheval. C'est une putain d'*emergency*.

– Et vous, que faites-vous ?

– Je vais essayer de rencontrer mes homologues. Je connais un colonel du FSB qui parle un peu.

– OK, conclut Malko, j'attaque Gocha.

D'un côté, il n'était pas mécontent de rester à Moscou. Il avait encore le goût de Julia dans la bouche.

Hélas, ce que lui demandait Tom Polgar était une mission impossible…

***

– J'allais t'appeler, dit Gocha Sukhumi. On va dîner ce soir avec Julia, au *Turandot*.

Un restaurant fou où le personnel était déguisé en valets du XVIe siècle, à côté du *Café Pouchkine*.

– Je peux te voir avant ? demanda Malko.

– Viens, je suis à la maison.

Tandis qu'il attendait un taxi au bord du Koltso, Malko appela Julia.

– Tu viens à Moscou ce soir.

– Comment le sais-tu ?

– Gocha. Je peux te voir avant ?

La jeune femme eut un rire de gorge

– Tu es insatiable ! Je n'aime pas beaucoup mélanger les genres. Tu ne peux pas attendre demain…

Elle était gonflée, elle qui se préparait à passer la nuit avec Gocha.

– Je veux te voir pour *autre* chose, insista Malko. Quelque chose qui t'amusera.

Après une courte hésitation, Julia finit par dire :

– *Dobre*. On se retrouve au bar du Calina, à six heures. Là, personne ne me connaît.

Trente secondes plus tard, Malko était en route pour la Maison du Quai.

***

Arzo Khadjiev avait fini d'emballer les huit tubes contenant les IGLA S. Chacun était enroulé dans plusieurs tapis et il fallait s'approcher de près pour deviner la supercherie. Le Dagestanais s'approcha du cadavre de Parviz Amritzar enveloppé dans une toile plastique et se pencha : heureusement, il ne sentait pas.

Pas encore.

Désormais, il n'attendait plus que le feu vert pour charger dans un véhicule les huit missiles et prendre la route de Makhatchkala. Une longue route pour laquelle il recevrait 20 000 dollars, ce qui lui permettrait d'acheter une femme de plus.

Fervent musulman, sous les ordres de Wahla Arsaiev, l'Émir dagestanais du plus important groupe salafiste du Caucase, il faisait sa prière cinq fois par jour, considérait comme un devoir sacré de tuer des Infidèles, mais estimait qu'un bon musulman doit avoir plusieurs femmes. En attendant les *houris* du paradis promises aux *shahids*. Il haïssait profondément les Russes, et lorsqu'il était en Tchétchénie, savourait chaque occasion d'en décapiter un lentement.

Il faut dire que son petit frère de dix ans avait eu deux jambes broyées par une rafale de kalach tirée par un « *spetnatz* » qui essayait de faire avouer à sa mère où se cachait son frère aîné, parti avec les *boiviki*. Arzo Khadjiev rêvait de voir un avion ou un hélico russe abattu par un des IGLA S.

***

Malko trouva Gocha dans son petit bureau, en train de compter des liasses de billets de 5 000 roubles, tirées d'un vieux carton. Au fur et à mesure, la petite servante salope les rangeait dans un coffre qui aurait pu contenir un cadavre.

– *Dobredin* ! lança le Géorgien, je termine.

Malko eut la pudeur de ne pas lui demander s'il avait gagné à la loterie. Entre deux liasses, la petite salope lui jetait un regard humide. Elle aimait bien s'occuper des amis de Gocha.

Quand la dernière liasse fut dans le coffre, ils passèrent dans le grand salon et le Géorgien s'affala dans un vieux canapé au velours taché.

– Je ne voulais pas seulement te voir pour dîner, dit-il. Mon pote du FSB m'a donné une information. Le véhicule qui amenait l'IGLA S à Moscou, à partir de l'usine de Kolomna, a été attaqué par des inconnus. Ils ont flingué le chauffeur et le convoyeur.

– On sait qui c'est ?

– Non. Bien entendu, on soupçonne les Caucasiens. Pas les Tchétchènes, parce que Ramzan Kadyrov, le président « aidé » par Poutine, a liquidé tous les *boïviki*.

– D'où, alors ?

Le Géorgien eut un geste évasif.

– Ingouchie, Dagestan. C'est là qu'il y a des Wahabites. Tous les derniers attentats commis à Moscou sont venus du Dagestan.

Donc, la théorie de Tom Polgar était juste. Le faux terroriste en avait retrouvé des vrais... Ce n'était pas rassurant.

– Rien de plus ?

– Non. Tout le monde est sur le pont. *Dobre*. Je te dis à tout à l'heure.

Le FBI avait mis la main dans un beau nid de vipères ! Si Malko ne trouvait rien, il n'y avait plus qu'à annuler le voyage de Barack Obama. Quitte à provoquer une crise diplomatique.

# CHAPITRE XVII

Julia Naryshkin était déjà arrivée, enfoncée dans une banquette à l'ombre du bar. Le restaurant était évidemment vide et, seule, une pute esseulée mâchait du chewing-gum dans un coin.

Malko posa la main sur la cuisse de Julia, qui, gentiment, l'écarta, avec un sourire.

– Je ne m'affiche *jamais* en public. Dans l'intimité, tu peux me faire ce que tu veux. Si tu as encore envie de moi… Alors, que voulais-tu me demander ?

Après avoir commandé une vodka pour tenir compagnie au thé de Julia, Malko s'avança prudemment.

– Gocha t'a parlé de mes activités ?

– Bien sûr, répondit sans hésiter la jeune femme, sinon pourquoi t'aurais-je ouvert mes cuisses ? Je choisis ce que je me mets dans le corps.

Il ne fit aucun commentaire et enchaîna.

– Tu connais bien le Dagestan ?

– Un peu, sourit Julia Naryshkin. J'ai failli devenir musulmane là-bas. Et le Président était prêt à tuer son rival, l'homme qui était mon amant, Mogomed Chevolev, pour me mettre dans son lit.

– Ce qu'il a fait… remarqua Malko. Ton ami…

– Les Dagestanais sont des brutaux, reconnut Julia Naryshkin, avec un sourire détendu. L'attentat a raté. Après, Mogemed a fait dire au président que s'il m'enlevait, il ferait tuer tous les membres de sa famille proche et lointaine, y compris les animaux domestiques.

« Ce n'étaient pas des paroles en l'air.

« Que veux-tu savoir ?

– Un groupe de terroristes, vraisemblablement dagestanais, a volé un missile sol-air près de Moscou et s'apprête à commettre un attentat.

« Tu as une idée pour les trouver ?

Julia Naryshkin eut un rire de gorge.

– Si je le savais, je serais le chef du FSB et Poutine m'aurait décorée de l'ordre de l'Étoile Rouge ! Et puis, ce n'est pas ton problème, c'est celui du FSB.

– Les choses sont un peu plus compliquées que ce que je te dis... Pourrais-tu m'indiquer quelqu'un qui connaît les Dagestanais de Moscou ?

– Il y a un Iman très grand, qui gère une petite mosquée dans *Tatarskaia ulitsa*. Beaucoup de Dagestanais établis à Moscou viennent le voir. Mais je crois qu'il informe le FSB.

Malko sourit patiemment.

– Ce ne sont pas ces Dagestanais-là qui m'intéressent... Tu le sais bien.

Julia Naryshkin but un peu de son thé, reposa posément sa tasse et laissa tomber.

– Je connais bien une fille qui fréquente les Dagestanais. Une *bliat*[1], Marina Pirogoska.

– Elle est Dagestanaise ?

1. Pute.

– Non, russe. Elle est souvent dans un bar glauque du Koltso, le « *Hot-dogs* ».

– Comment l'as-tu rencontrée ?

– J'étais avec Mogomed. Il accompagnait un de ses jeunes cousins qui venait travailler à Moscou et d'autres Dagestanais lui avaient dit que cette Marina pouvait lui être utile…

– Pourquoi ?

– Elle n'est pas seulement pute. Elle possède plusieurs voitures, des Lada 1 500 surtout, qu'elle loue à des Dagestanais pour vingt-quatre ou quarante-huit heures pour faire le taxi clandestin.

« Ce soir-là, on était restés une demi-heure au bar avec elle et on l'avait laissée avec le cousin de Magomed.

– Tu crois qu'elle est liée à des terroristes ?

Julia Naryshkin retint un sourire.

– Au Dagestan, tout le monde est cousin, plus ou moins lointain, ou le beau-frère de quelqu'un, le membre du même clan, ou de la même famille « élargie ». Parmi tous ces gens-là, il y a évidemment des terroristes. Seulement, au Dagestan, ce n'est pas tout à fait la même chose. Tout le monde pratique l'extorsion de fond, le kidnapping et le meurtre…

« Makhachkala est sûrement la seule ville au monde où les enfants vont à l'école en Mercedes blindée.

Elle jeta les yeux sur sa montre.

– Voilà, je dois y aller. Quand je fais attendre Gocha, il devient jaloux comme un tigre. Fais attention si tu approches cette Marina. Pour rester en vie, elle a sûrement un puissant *kricha*. Sinon, un de ces Dagestanais l'aurait égorgée plutôt que de lui rendre sa Lada 1 500.

Ils sortirent ensemble et Malko l'accompagna jusqu'à son Austin Cooper garée dans une rue transversale.

À peine fut-il de retour sur Novi Arbat qu'il leva le bras et arrêta une voiture.

– *Amerikanski Posolstro*[1], demanda-t-il au chauffeur, 300 roubles.

Tom Polgar allait être comblé.

***

Anna Polikovska était particulièrement sexy, avec un haut rouge moulant sa grosse poitrine et une courte jupe sombre où se perdaient ses bas noirs.

Comme toujours, Alexi Somov, son amant, était en retard et elle avait déjà bu deux vodkas.

Plusieurs hommes étaient venus tourner autour d'elle, la prenant pour une pute. Le bar du *Métropole* était un vivier de créatures sulfureuses et intéressées.

Enfin, la haute silhouette d'Alexi Somov surgit dans la pénombre.

Alexi Somov apprécia sa tenue d'un sourire gourmand et se laissa tomber dans le fauteuil voisin, posant une main sur la cuisse gainée de noir.

Anna Polikovska se tortilla avec un rire gêné :

– Attends ! J'ai des choses amusantes à te dire.

– Quoi ?

– Mon patron, le *podgornik*[2] Tretiakov s'est fait engueuler par le « Tzar » Alexander Bornitkov. Comme c'est lui qui a commandé l'IGLA S à Kolomna, il est sur

1. A l'ambassade américaine.
2. Colonel.

la sellette. Alors, il envoie demain matin une équipe d'enquêteurs du FSB là-bas, pour essayer de comprendre.

Alexi Somov s'était figé. Certes, Anatoly Molov, l'homme qui avait accepté de fournir huit IGLA, en n'en comptabilisant qu'un seul, était un ami de longue date, un fidèle qui avait servi avec lui en Tchétchénie. Un homme qui ne parlerait pas.

Seulement, Alexi connaissait les méthodes du FSB. Lorsqu'on lui aurait arraché tous les ongles et limé les dents, il serait peut-être moins fiable.

Lorsque le FSB était motivé, il devenait particulièrement féroce.

Anatoly Molov représentait un danger immédiat.

– Qu'est-ce que tu as ? demanda Anna.

Alexi avait retiré la main de sa cuisse et regardait dans le vide.

– Rien, dit-il. Je crois que je n'ai pas le temps de rester.

– Non !

Il s'extirpa un sourire.

– Ce n'est que partie remise, *zaika maya* [1].

Son cerveau tournait à 100 000 tours. L'action du FSB signifiait qu'il avait certaines précautions à prendre.

D'abord, accélérer le départ des missiles de Moscou pour boucler l'opération. Ensuite, éliminer tout ce qui permettait de le relier à l'affaire des IGLA S. Heureusement, il n'y avait aucune trace écrite de son intervention. Et, en dehors d'Anna, *rien* ne le reliait à cette affaire.

Il se pencha vers elle et effleura ses lèvres tout en prenant un sein dans sa main.

1. Petite lapine.

– Demain, on fera la fête ! promit-il. Aujourd'hui, j'ai des soucis.

***

Le taxi de Malko longeait le trottoir intérieur du Koltso à petite allure. Ils avaient fait presque tout le tour de Moscou, son chauffeur ignorant où se trouvait le « *Hot Dogs* ».

Soudain, une façade de béton éclairée par des guirlandes d'ampoules, apparut. Plusieurs taxis étaient arrêtés sur le trottoir. Une rampe menait à une porte noire.

– Ça doit être là, fit le chauffeur.

On était dans le quartier de Taganka, juste avant la Moskva.

Malko monta la rampe menant à l'entrée sous une pluie fine et tira la porte, découvrant à sa droite une caisse avec le prix d'entrée : 300 roubles.

Une musique assourdissante venait de l'intérieur plongé dans la pénombre. Il paya et se heurta à deux « gorilles », le front bas et l'air mauvais, qui passèrent sur lui un détecteur d'explosifs avant de le laisser entrer.

Il se bénit d'avoir laissé au Kempinski l'*ankle-holster* G.K. donné par Tom Polgar.

La salle au plafond bas était vide, à part quelques clients alignés le long du grand bar en L. Deux hommes glués à une télé passant un match de foot et trois filles sirotant tristement un soda. Malko se glissa entre elles et commanda une bière. Ici, la vodka risquait de rendre aveugle.

Endroit particulièrement glauque.

Les filles lui jetaient déjà des regards en coin. Au bout d'un quart d'heure, l'une d'elles se rapprocha et demanda :

– *Vni gavarite po russki* ? [1]

– *Da*, fit Malko en souriant.

Il lui offrit une bière et ils entamèrent le genre de conversation qu'on a dans les bars.

La fille n'était pas mal, brune, bien habillée, un visage plaisant, une grosse bouche.

– Comment vous appelez-vous ? demanda Malko.

– Marina. Et vous ?

– Malko.

Son pouls s'était quand même envolé. La chance était avec lui. La fille sentit qu'elle l'intéressait et proposa à voix basse :

– Vous voulez qu'on rentre chez vous ? C'est seulement 1 600 roubles…

Elle avait fait sa proposition avec un grand naturel…

– Ce soir, ce n'est pas facile, mais demain…

Marina ne discuta pas et il termina sa bière. Au moment où il descendait de son tabouret, Marina l'apostropha.

– Vous voulez un taxi ?

Il fit semblant d'être surpris et demanda en souriant.

– Vous faites le taxi ?

Elle éclata de rire.

– Non, mais j'ai acheté plusieurs voitures d'occasion et je les loue à des Caucasiens qui veulent faire le taxi clandestin. Cela vous reviendra moins cher qu'un vrai taxi…

1. Vous parlez russe ?

– Ce n'est pas dangereux ? demanda Malko. Les Caucasiens ont mauvaise réputation.

Marina eut un sourire rassurant.

– Les miens sont très sages… Vous venez voir mon taxi ? Il est dehors.

Malko la suivit à l'extérieur. Un jeune homme à la peau très sombre farfouillait sous le capot d'une vieille Lada 1 500, garée en bas de la rampe, avec une lampe électrique. Marina l'appela.

– Djavatkhan !

Il leva la tête.

Pas rassurant… Les yeux enfoncés, des traits anguleux, pas rasé, une allure de fauve.

– Tu vas reconduire *Gospodine* à son hôtel, ordonna Marina

– *Karacho*.

Il se mettait déjà au volant.

Marina se rapprocha de Malko et murmura :

– Je serai là demain, vers la même heure. Il ne faut pas lui donner plus de 400 roubles.

La banquette de la Lada 1 500 était défoncée mais Malko ne regrettait pas d'être venu au « *Hot Dogs* ». Enfin, il avait un fil à tirer.

***

Alexi Somov regarda sa Rolex en or massif échangée jadis dans le Caucase contre une caisse de munitions. Celui qui le lui avait remise l'avait volée à un fonctionnaire international kidnappé par les *Boïviki* qu'ils avaient finalement égorgé, la famille refusant de payer la rançon.

– Je suis là à cinq heures demain matin, Arzo, dit-il, je laisserai ma voiture dans la cour.

– *Karacho.*

Alexi Somov se glissa au volant de sa Mercedes. Maintenant qu'il avait pris les dispositions nécessaires, il respirait mieux.

Du coup, le goût du sexe revenait. Il se dit que Marina Pirogoska était peut-être au « *Hot Dogs* ». Certes, c'était avant tout une pute, mais une pute intelligente qui baisait tellement bien qu'on l'oubliait. Si elle n'était pas là, il en serait quitte pour se faire sucer par une de ses collègues.

Il avait connu Marina par hasard, en passant une nuit avec elle. Puis, après avoir découvert son « business », il utilisait parfois ses Caucasiens pour des activités limites. En échange, il lui assurait la protection dont elle avait besoin avec ces *Tcheznozotié* qui étaient tous des fauves.

Une demi-heure plus tard, il stoppait devant le « *Hot Dogs* ». Les vigiles s'écartèrent respectueusement. Il aurait pu en étrangler un avec chaque main… En Russie, on avait le culte de la force physique.

Miracle, Marina était au bar en conversation avec un expat. Alexi Somov arriva derrière son tabouret et enveloppa sa croupe mince de sa large main. Elle se retourna comme un cobra, le visage fermé, mais se détendit aussitôt.

– Alexi Ivanovitch !

Prudent, l'expat s'éloigna. Il avait l'impression d'avoir un grizzli en face de lui.

Alexi Somov se pencha à l'oreille de Marina

– J'ai très envie de bien te défoncer, *doucheska.*

– Quand tu veux ! roucoula-t-elle. J'ai l'impression que tu es déjà dans mon ventre.

Elle glissa de son tabouret et ils partirent vers la sortie. Prudent, le barman ne réclama rien.

À peine dans la Mercedes, Marina se lova contre son amant et commença à faire glisser son zip.

– Je veux que tu sois dur comme un canon de Kalach quand on arrivera…

Elle se mit aussitôt au travail. Alexi Somov avait du mal à conduire.

– Arrête un peu ! Si on tombe sur les DSP[1], ils vont nous emmerder.

Marina se redressa, gardant une petite main refermée autour du sexe de son amant.

– Tiens, dit-elle, j'ai un nouveau client pour les taxis. Un étranger.

– Ah bon ! fit Alexi Somov, indifférent.

– Il a besoin de se déplacer dans Moscou. Il parle russe. Djavatkhan l'a déposé au Kempinski. C'est un beau mec, grand, blond, élégant.

– *Bolchemoï* ! murmura entre ses dents Alexi Somov. Si faiblement que Marina entendit à peine.

Il ne croyait pas aux coïncidences. Ce ne pouvait être que l'agent de la CIA signalé par le FSB. Comment était-il arrivé jusqu'à Marina ? En tout cas, il fallait couper tout de suite le fil. Un danger mortel. Il soupira intérieurement. Décidément, les affaires les mieux emmanchées réservaient de mauvaises surprises. Il se remémora le proverbe souvent cité par Staline :

« Pas d'homme, pas de problème ».

Il allait le mettre en action le plus vite possible.

1. *Dozusno Patrolinpyd Slujba* : police de la route.

## CHAPITRE XVIII

Les rues de Kolomna n'étaient pas encore très animées lorsqu'Arzo Khadjev enfila l'avenue Lénine.

– Tourne à droite, ordonna Alexi Somov.

Ils empruntèrent une petite voie bordée de « barres » de quinze étages. Franchissant un passage à niveau. Ils étaient à la lisière de la ville. Cent mètres plus loin, Alexi Somov ordonna.

– Arrête-toi !

Ils se trouvaient devant un vieil immeuble jaunâtre, plutôt décrépi. Trois étages. Le général se tourna vers Arzo Khadjev.

– Donne-moi ton truc.

Le Dagestanais prit dans sa ceinture son Makarov prolongé d'un silencieux et le tendit à Alexi Somov.

– *Razvarot*[1]. Sois prêt à partir, je n'en ai pas pour longtemps.

Il s'éloigna vers la maison en grandes enjambées. Il était sept heures et demie. Anatoly Molov commençait à travailler à KBM à huit heures. Donc, il devait être prêt.

1. Fais demi-tour.

Alexi Somov tapa le code de l'immeuble et s'engagea dans l'escalier désert.

Pas d'ascenseur.

Anatoly Molov habitait au second étage.

Arrivé devant la porte, Alexi Somov appuya sur la sonnette.

Il entendit un bruit de pas à l'intérieur et une voix d'homme demanda :

– *Kto vui khatite* ? [1]

– C'est moi, Alexi Ivanovitch !

Aussitôt, la porte s'ouvrit. Comme il l'avait pensé, Anatoly Molov était déjà habillé, prêt à partir. Il fixa Alexi Somov avec surprise.

– Qu'est-ce qu'il y a ? Pourquoi ne m'as-tu pas prévenu ? J'aurais pu être parti.

– Il faut que je te parle.

Anatoly Molov s'effaça.

– Viens.

Il ne vit pas son visiteur tirer le pistolet de sa poche. Alexi Somov approcha l'extrémité du silencieux sur sa nuque et appuya sur la détente. La détonation fut si légère que le bruit ne franchit pas la cloison. Anatoly Molov partit en avant, propulsé par le choc et s'effondra d'abord à genoux, puis de tout son long. Prudent, son assassin lui tira une seconde balle dans l'oreille, remit son arme dans sa poche et gagna la porte.

Lorsqu'il reprit place à côté d'Arzo Khadjiev, cinq minutes ne s'étaient pas écoulées, et il n'avait croisé personne.

– *Davaï* ! fit-il, on retourne à Moscou.

1. Qu'est-ce que c'est ?

Il ne se détendit vraiment qu'une fois sur la M5.

– Ce soir, annonça-t il au Dagestanais, c'est toi qui vas travailler.

Il restait à liquider celui qui s'approchait un peu trop de quelqu'un susceptible de le démasquer.

***

Les quatre agents du FSB s'étaient présentés à huit heures pile à la KBM. Le directeur, Ivan Babichev, un colosse de deux mètres de haut, pesant 130 kg, les avait accueillis et installés dans son bureau.

– Anatoly Molov, qui gère nos petits stocks, est en retard. Je vais l'appeler.

Ce qu'il fit.

– Il ne répond pas, annonça-t-il, il doit être en route.

Ils reprirent du thé.

Les agents du FSB s'impatientaient.

– On va commencer sans lui, proposèrent-ils.

Ivan Babichev les mena jusqu'à un lieu de stockage et un employé leur remit le livre des sorties et des entrées. Dans un local voisin, se trouvaient des IGLA à différents stades de fabrication.

Les agents du FSB se lancèrent dans leur comptage et le directeur repartit dans son bureau.

L'esprit en paix.

Jusqu'à ce que, juste avant le déjeuner, un des agents du FSB débarque dans son bureau.

– *Gospodine* Babichev, il y a un sérieux problème : d'après vos livres, il ne manque pas qu'un seul IGLA S, mais huit !

Ivan Babichev tombait des nues.

– Vous en avez parlé à Anatoly Nicolaïevitch ?

– Il n'est toujours pas là.

– Il doit être malade, assura aussitôt le directeur, je vais envoyer quelqu'un chez lui.

– Pas la peine, fit l'enquêteur du FSB, donnez-nous quelqu'un pour nous guider, on va y aller.

Le colonel Alexander Tretiakov sentit le sang se retirer de son visage en entendant le rapport de l'équipe envoyée à Kolomna.

– Huit IGLA disparus ! répéta-t-il. Et celui qui les gérait, assassiné…

– Deux balles dans la tête ! précisa son interlocuteur. La *policiya* locale enquête.

– Je préviens immédiatement le patron, annonça Alexander Tretiakov.

Il raccrocha, abasourdi. L'affaire était beaucoup plus grave que ce qu'il avait imaginé. Il s'agissait désormais d'un vrai complot terroriste. Qui ne pouvait venir que du Caucase. En imaginant ce que des gens mal intentionnés pouvaient faire avec des IGLA S, il en avait des sueurs froides. Tous les jours, des centaines d'avions commerciaux décollaient ou atterrissaient à Moscou. Sans aucune protection électronique… C'était un travail de titan de sécuriser les aéroports. Un avion civil russe abattu, ce serait un traumatisme absolu pour la population.

Il appela sa secrétaire.

– Qu'on envoie une équipe chercher la femme de Parviz Amritzar au *Belgrad* et qu'on la ramène ici.

Il ne fallait négliger aucune piste. Peut-être le FBI s'était-il trompé sur Parviz Amritzar. En tout cas, ceux qui avaient volé huit IGLA S et commis déjà trois meurtres n'étaient pas des amateurs.

***

– Je t'attends au *Café Pouchkine*, annonça Gocha à Malko. Dans une heure.

Malko s'apprêtait à partir à l'ambassade américaine, pour rendre compte de son contact avec Marina, mais pensa que le Géorgien ne l'appelait pas *seulement* pour déjeuner…

Lorsqu'il arriva au restaurant, Gocha Sukhumi était déjà installé au bar.

– Je n'ai pas le temps de déjeuner, fit-il, mais j'ai appris un truc énorme, tout à l'heure.

Lorsqu'il le lui dit, Malko en resta bouche bée. On était loin de l'innocente manip du FBI… Quelque chose avait dérapé quelque part. Apparemment, le naïf Parviz Amritzar avait bien baisé le FBI en faisant sa liaison avec d'authentiques terroristes, bien implantés à Moscou, qui avaient volé les IGLA S.

– Que dit le FSB ? demanda Malko.

– Ils sont affolés, ils ne comprennent pas. Le type assassiné qui gardait les IGLA S était sans histoire. On l'a tué pour qu'il ne puisse pas parler. Ce qui veut dire que les terroristes ont été prévenus de la visite du FSB à Kolomna…

« Je crois que tu devrais laisser tomber. Désormais, c'est une histoire *russe*. Le FBI n'y est plus.

– Je te remercie, dit Malko. Je vais voir.

Apparemment, Gocha ignorait ce qu'avait dit Julia Naryshkin et l'existence de Marina et de ses taxis. Qui n'avait peut-être rien à faire avec tout cela.

Après avoir dégusté quelques harengs et deux verres de vodka, il abandonna Gocha et fonça à l'ambassade.

***

– *My God* ! lâcha Tom Polgar, je préviens immédiatement Langley.

– C'est une histoire incroyable !

La manip du FBI débouchait sur un cataclysme potentiel. Si on avait volé des IGLA S, c'était pour s'en servir…

– Vous avez appris autre chose ? demanda le chef de Station de la CIA.

Malko lui raconta le contact avec Marina.

– Cela n'a peut-être rien à voir, dit-il. Je pense qu'à ce stade, il vaudrait mieux démonter. Ce serait un beau geste de prévenir le FSB de cette possible filière caucasienne, à travers cette fille. Ils sont mieux armés que nous pour la gratter… Et ils pourraient nous en vouloir de se mêler de leurs affaires.

Tom Polgar secoua la tête.

– Pas d'accord. Vous avez une piste, suivez-la. On va peut-être découvrir des choses intéressantes. Visiblement, ces terroristes ont des complices dans les Services. Si on découvre *qui*, cela nous fera une éventuelle monnaie d'échange. Continuez.

***

Malko était en train de regagner le *Kempinski* quand son portable couina.

– Je suis à Moscou, annonça la voix chantante de Julia Naryshkin. Je n'ai rien à faire jusqu'au dîner. On peut boire un verre.

– Venez au *Kempinski*, proposa Malko.

– Vous savez bien que je n'aime pas les hôtels… Venez plutôt me retrouver au café *Aist*[1], Lakaya Brasnaia *ulitza,* dans le quartier de « L'Étang des patriarches ». C'est tranquille et ils ont toutes sortes de thés.

Elle raccrocha sans lui laisser le temps de discuter. Il n'avait plus qu'à modifier son itinéraire. Le quartier de « L'Étang des Patriarches », était un des coins les plus chers de Moscou, pas très loin du Koltso.

Quand son taxi s'arrêta devant le *Aist*, Malko découvrit un bâtiment blanc d'un étage, éclairé par des projecteurs, au milieu d'un jardin arboré entourés de guirlandes lumineuses.

Une grande cigogne se dressait en face de l'entrée pavée de grès.

Un endroit visiblement élégant.

Beaucoup de Mercedes noires aux vitres fumées étaient garées devant, en double file, avec des chauffeurs au crâne rasé.

Julia Naryshkin était dans un box au fond, fermé comme une huître. C'était la seule femme. Malko dut passer devant des tables d'hommes qui le regardèrent

1. Cigogne.

curieusement. Des têtes de brutes, moustachus, noirauds, costauds.

Il se glissa à côté de la jeune femme et sourit.

– Nous aurions été mieux au *Kempinski*…

– J'aime bien cet endroit, dit-elle. C'est le rendez-vous des Dagestanais riches lorsqu'ils sont à Moscou. J'y venais souvent quand j'étais avec Magomed.

– C'est un pèlerinage ?

– Non, mais ici, on laisse les femmes seules tranquilles. Il n'y a pratiquement que des Caucasiens… Vous voyez la table de quatre près de l'entrée ? Il y a le maire de Makhashkala en compagnie du directeur de l'aéroport. Des gens riches et dangereux. De lointains cousins de Magomed. Si quelqu'un m'importunait, ils le tueraient. Je fais un peu partie de leur famille.

Si vous avez des problèmes au Dagestan, c'est avec eux qu'il faut traiter.

– À part votre amie Marina, je n'ai rien de commun avec le Dagestan, assura Malko.

– Elle vous intéresse ?

– Peut-être. Je ne sais pas encore.

– Tenez-moi au courant.

– Quand nous voyons-nous ?

Julia fit semblant de réfléchir.

– Demain. Gocha part à Ekaterinbourg.

Décidément, elle était presque fidèle. Cela agaça Malko.

– Vous êtes amoureuse ?

– Non, il m'excite, précisa tranquillement la jeune femme, et il est amoureux, lui. Cela vous gêne ?

Le garçon qui apportait le thé l'empêcha de répondre. Julia semblait à la fois distante et provocante. Quand leurs regards se croisèrent, Malko se dit qu'il prendrait sa revanche la prochaine fois qu'ils feraient l'amour.

Deux hommes venaient d'entrer. Plutôt jeunes, les cheveux longs, des visages burinés, de courtes barbes, des manteaux de cuir. Ils discutèrent avec les quatre déjà installés près de l'entrée, puis lancèrent de longs regards vers la table de Malko.

Soudain, l'un d'eux vint dans leur direction. Julia Naryshkin s'était figée. Malko vit sa main se crisper sur la table. L'homme s'arrêta en face d'eux, dévisagea longuement Malko, puis Julia, avant de plonger la main dans la poche de son manteau.

Il la ressortit, tenant un objet rond et noir qu'il posa sur la table, avant de faire demi-tour sans un mot.

Malko sentit son pouls s'envoler.

C'était une grenade !

Puis, il constata que la goupille était en place et qu'elle ne pouvait pas exploser.

– Qu'est-ce que cela veut dire ? demanda-t-il à Julia Naryshkin.

La jeune femme paraissait quand même troublée.

– C'est Karon, le cousin de mon ancien amant, Magomed, expliqua la jeune femme. Pour lui, j'appartiens toujours à son cousin. Il tenait à me le rappeler. C'est un geste banal, au Dagestan. Là-bas, tout le monde trimballe toujours des grenades, comme celle-ci, des Drakanov 33. Elles font très peu de dégâts collatéraux.

« Il n'avait pas de mauvaises intentions. Ici, nous sommes dans la civilisation. Au Dagestan, il aurait pu avoir envie de vous tuer. Tenez, prenez-la.

Elle avait ramassé la grenade et la tendait à Malko. Celui-ci prit l'engin explosif et le glissa dans la poche de son manteau.

– Vous la jetez dans un égout ! conseilla Julia Naryshkin. Je n'aurais pas dû venir ici avec vous… Je suis désolée.

Malko avait déjà appelé le garçon.

– *Tchott, pajolsk*[1].

– Je n'ai pas beaucoup de temps, fit la jeune femme.

Lorsqu'ils passèrent devant le groupe de Dagestanais, les Caucasiens leur jetèrent de longs regards, pas vraiment sympathiques.

Quand Malko demanda au chauffeur de taxi le prix pour aller au *Kempinski*, Julia ne pipa pas.

Domptée.

***

Il n'avait même pas pris le temps de retirer la grenade de la poche de son manteau. À peine dans la suite du *Kempinski*, Julia s'était coulée contre lui comme pour se faire pardonner, Malko saisit ses cheveux roux frisés, les réunit en queue-de-cheval et lui tira la tête en arrière.

– Tu sais ce qui te reste à faire ! lui dit-il, les yeux dans les yeux.

La jeune femme eut une seconde d'hésitation, brava son regard, puis quelque chose se brouilla dans ses yeux. Avec souplesse, elle se laissa tomber à genoux devant Malko, sur l'épaisse moquette et, comme une hétaïre soumise, descendit le zip de son pantalon, écartant ensuite le slip pour attraper son sexe et le prendre dans sa bouche.

1. L'addition, s'il vous plaît.

Appuyé au canapé, le regard braqué sur le Kremlin, à travers la baie vitrée, Malko sentit une bouche chaude l'envelopper.

Visiblement, Julia Naryshkin voulait se faire pardonner.

Il garda sa natte improvisée dans la main, rythmant les mouvements de sa tête.

C'était délicieux. Comme une séance de dressage où, tout à coup, l'animal rétif se plie à vos ordres. Jusqu'ici, Julia ne s'était pas comportée en femelle soumise.

Maintenant, elle lui administrait une fellation appliquée, l'engoulant aussi loin que possible, les yeux fermés.

Si habilement qu'il sentit la sève monter de ses reins et s'enfonça encore plus dans sa bouche.

Julia eut un mouvement de recul, mais il la saisit par la nuque, violant sa bouche avec son sexe qui explosa quelques instants plus tard. La jeune femme eut une sorte de haut-le-cœur mais avala sa semence, bien qu'il ne lui tienne plus la tête.

Elle se redressa ensuite, le regard brouillé et lui fit face. Toujours avec son manteau et son haut moulant les pointes de ses seins. Sa main droite partit sous sa jupe et ressortit en tirant, le long de sa jambe, un chiffon de dentelle noire.

Sa culotte.

Elle s'accouda ensuite au canapé et releva la longue jupe sur ses hanches, découvrant un triangle roux bien épilé. Malko s'approchait d'elle lorsque le téléphone fixe sonna. Il décrocha.

C'était une voix russe à l'accent caucasien guttural.

– Je suis Gazi-Mohammed, fit l'homme. *Gostnaya* Marina m'a dit de venir vous chercher pour la retrouver.

La veille, Malko avait donné le numéro de sa suite au chauffeur qui l'avait ramené au *Kempinski*. Marina ne le lâchait pas. Cela tombait bien : à travers elle, il pourrait peut-être remonter la piste dagestanaise.

– *Dobre*, dit-il, je descends.

Il remonta son pantalon et fit face à Julia Naryshkin.

– Je suis désolé, dit-il. C'est du business et je crois que tu n'as pas beaucoup de temps.

Elle le fixait d'un regard de tueuse. Lentement, elle laissa tomber sa jupe et dit d'une voix sifflante :

– Tu me traites comme une chienne !

Lorsqu'il claqua la porte, il eut l'impression que le regard de la jeune femme lui transperçait le dos comme un laser.

# CHAPITRE XIX

C'était une Lada grenat qui attendait en double file, à droite de l'entrée. Un seul homme à bord, au volant, qui sortit lorsqu'il aperçut Malko. Jeune, de type caucasien, avec de très grands yeux noirs, des cheveux sales et un tout petit menton triangulaire couvert de quelques poils de barbe.

– *Dobrevece, gospodine*, fit-il avec son accent rocailleux. *Gostnaya* Marina vous attend.

Ce n'était pas l'homme qui l'avait raccompagné la veille. Malko s'installa à l'arrière de la voiture qui démarra aussitôt, prenant le quai Rashkaya. Un peu plus loin ils franchirent la Moskva, filant vers le Koltso.

Ils atteignirent le quartier Tajanga, mais la Lada continua à monter le Koltso, passant devant le « *Hot Dogs* ».

– Où allons-nous ? demanda Malko.

– *Doma*[1].

On roulait mal, dans les embouteillages habituels. Un kilomètre plus loin, le chauffeur quitta le Koltso, en

1. À la maison.

direction de la gare de Koursk. Un quartier assez minable, avec des terrains vagues, peu de lumière. Marina n'habitait pas dans un quartier chic.

Soudain, la Lada eut quelques hoquets, s'arrêta, repartit. Le conducteur jura.

– Qu'est-ce qui se passe ? demanda Malko.

– La pompe à essence, grommela le Caucasien.

Une des faiblesses chroniques de la Lada 1 500. Chaque Russe, jadis, avait une membrane de pompe dans son portefeuille.

La Lada ralentit encore, puis le chauffeur bifurqua pour ralentir à l'entrée d'un terrain vague.

Bizarrement, Malko se sentit mal à l'aise. Le chauffeur avait allumé le plafonnier. Dans le rétroviseur, Malko croisa son regard et, en une fraction de seconde, sentit qu'il était en danger.

La Lada était presque arrêtée. Il y eut une secousse car le chauffeur avait heurté une grosse pierre. Malko fut projeté en avant. Son regard balaya quelques secondes la banquette avant.

Un journal posé dessus était tombé à terre. Découvrant un gros pistolet au canon prolongé d'un silencieux.

Déjà, Malko avait repris sa position initiale. Ignorant si le chauffeur avait compris qu'il avait aperçu le pistolet. Son cerveau bouillait. C'était l'endroit parfait pour une embuscade. La Lada était arrêtée à l'entrée du terrain vague.

Malko vit le chauffeur poser la main sur la banquette. Il n'avait plus qu'à saisir son pistolet, à se retourner et à abattre Malko, à bout portant.

Or, il avait encore laissé le Glock 26 dans son « *anckle holster* » G.K. à l'hôtel. Soudain, il réalisa qu'il n'était pas tout nu. Plongeant la main dans la poche droite de son manteau, il en sortit la grenade donnée par Julia Naryshkin, arracha la goupille, jeta l'engin sur les genoux du chauffeur et plongea par la portière qu'il venait d'ouvrir.

Il était encore à plat ventre lorsqu'il y eut une explosion sourde et une flamme rouge. Toutes les vitres de la Lada volèrent en éclats et les portières avant s'ouvrirent violemment. Des flammes commencèrent à monter de l'intérieur.

Malko se releva et courut vers la voiture. Le corps du chauffeur était à moitié sorti du véhicule. La grenade avait explosé juste devant le Caucasien, l'éventrant ! Il avait la bouche ouverte, son ventre et son bas-ventre n'étaient plus qu'une masse sanglante.

Les flammes commençaient à lécher la carrosserie. Malko allait s'éloigner lorsque les flammes éclairèrent un objet noir tombé à terre, à côté de la voiture. Un portable. Malko le ramassa, le fourra dans sa poche et partit en courant, vers la gare de Koursk. Lorsqu'il se retourna, la Lada flambait comme une torche... Heureusement, la rue était déserte.

Devant lui, il aperçut l'entrée du métro *Kurskobro Volksala* et s'y engouffra. Le temps d'acheter un ticket, il était sur le quai de la ligne n° 3. Une rame était à quai et il s'y installa. Elle démarra quelques instants plus tard.

Tandis qu'ils roulaient vers la station suivante, Theatralnaya, il sortit le portable trouvé près de la Lada et l'examina.

C'était un Nokia. Malko l'alluma et une photo s'afficha aussitôt sur l'écran, celle d'une jolie brune souriante, un foulard sur la tête.

Il mit quelques secondes à réaliser que c'était un visage qu'il connaissait : celui de Benazir Amritzar ! Il avait entre les mains le portable de son mari, Parviz Amritzar ! Trouvé sur un tueur caucasien !

***

Lorsque Malko émergea de la station *Theatralnaya*, du côté de la Douma, il se posait encore beaucoup de questions. Pourquoi le Pakistanais avait-il confié son portable ? Pourquoi cet inconnu Caucasien avait-il l'intention de le tuer ?

Seule, Marina pouvait l'avoir envoyé. Donc, elle était liée à l'affaire des IGLA S. Pourtant, il ne savait *rien*, à part ce que lui avait appris Gocha.

Il se posta au bord du trottoir et, trente secondes plus tard, il embarquait pour le *Kempinski* dans un taxi avec une grosse bonne femme ravie de gagner 500 roubles. Il avait une chose urgente à faire : retrouver Marina, si elle n'avait pas disparu. Sa réaction serait intéressante.

***

Alexi Somov attendait depuis presque une heure dans sa Mercedes, garée en face du magasin de fruits en gros caucasiens. Arzo Khadjiev aurait dû être revenu depuis longtemps.

Ses consignes étaient claires : liquider l'agent de la CIA, abandonner le corps dans le terrain vague et revenir préparer le départ pour le Dagestan des huit IGLA S.

Un des chauffeurs était fourni par Marina, qui ignorait ce qu'il allait transporter. Alexi Somov cloisonnait soigneusement. Voyant Malko Linge tourner autour de la jeune femme, il avait décidé de l'éliminer. Lorsqu'Arzo Khadjiev l'avait appelé en se faisant passer pour un des chauffeurs de Marina, cela ne devait pas éveiller sa méfiance.

Quelque chose avait foiré.

Arzo Khadjiev n'était pas là et ne répondait pas à son portable.

Alexi Somov regarda sa montre : il ne pouvait pas s'attarder trop longtemps. Il reviendrait demain pour organiser le départ des IGLA vers le Dagestan. Sans Arzo, cela allait poser des problèmes.

En démarrant, une pensée désagréable l'assaillit : l'agent de la CIA était toujours vivant et allait s'intéresser à Marina.

Bien sûr, elle ne savait rien, mais c'était *très* ennuyeux.

***

Malko était tendu en franchissant la porte du « *Hot Dogs* ». Après la tentative de meurtre vieille de cinq heures, il y avait peu de chances que Marina soit là. Sauf si elle le croyait mort…

Les deux « gorilles » au front bas l'inspectèrent consciencieusement et, après avoir payé ses 300 roubles, il débarqua dans le bar. Il y avait un peu plus de monde que la veille. Quelques tables occupées.

Et surtout, beaucoup de monde au bar. Dont une silhouette en veste rouge, avec de longs cheveux noirs.

Le pouls de Malko grimpa en flèche : ce ne pouvait être que Marina !

Seule, en face d'un grand verre de Martini blanc avec des glaçons !

Il arriva derrière elle et, mue par un sixième sens, elle se retourna. Accueillant Malko d'un sourire chaleureux. Ses seins légèrement tombants étaient moulés par un haut noir et elle était maquillée avec soin.

– Malko ! lança-t-elle. Je pensais que tu ne viendrais plus !

– Pourquoi ?

– Mon chauffeur a essayé de te joindre tout à l'heure pour venir te chercher, mais tu étais déjà parti de l'hôtel.

La sincérité suintait de tous les pores de sa peau. Son regard était absolument limpide. Malko prit un tabouret à côté du sien et commanda une bière.

Ce n'était pas Marina qui lui avait envoyé le tueur Pourtant, elle seule avait pu fournir les éléments du guet-apens.

– J'ai eu un rendez-vous inattendu, prétexta Malko. Mais, tu vois, je suis là…

Elle lui jeta un regard brûlant.

– Tant mieux ! Je suis contente de te revoir, même si tu n'utilises pas mon chauffeur.

C'était plus qu'un sous-entendu.

Désormais, elle semblait avoir hâte de quitter le « *Hot Dogs* ». Elle termina son Martini, ne laissant que les glaçons.

– Tu as le temps, ce soir ? demanda-t-elle presque timidement.

Il faillit dire « non » puis se ravisa. Marina savait *forcément* quelque chose…

– Alors, *Davaï* !

Ils se retrouvèrent sur le trottoir où il bruinait.

– On va prendre ma voiture, dit la jeune femme.

Elle ouvrit la porte d'une Lada 1 500 grenat, à la peinture écaillée, et le chauffeur que Malko avait vu la veille, se mit au volant. Marina se tourna vers Malko.

– *Kempinski* ?

* * *

Marina regarda le cadre somptueux et s'approcha de la baie donnant sur le Kremlin, avec un cri admiratif.

– Ce que c'est beau !

Elle se tourna vers Malko et ajouta :

– Tu as beaucoup d'argent !

C'était un appel non déguisé. Discrètement, il compta 1 600 roubles qu'elle jeta dans son sac avant de se débarrasser de son haut, découvrant un soutien-gorge rouge en dentelles. Le reste suivit. Son string, rouge également, s'arrêtait juste au-dessous d'une énorme cicatrice d'appendicite. Courante chez les Russes pauvres. Au temps de l'Union Soviétique, les médecins étaient des bouchers…

Les yeux gris-bleu de la jeune femme exprimaient quelque chose d'inattendu chez les putes : un plaisir sincère.

D'un geste rapide, elle se débarrassa de son string, découvrant un sexe totalement épilé, à la russe, et se colla à lui.

– Tu vas bien me baiser ! murmura-t-elle.

Là aussi, cela ne sonnait pas faux.

Elle se jeta sur Malko et commença à lui offrir une fellation qui valait largement les 1 600 roubles. En même temps, elle lui massait le périnée d'une façon extrêmement experte, lui arrachant des cris de plaisir.

Quand il la retourna pour la prendre, elle se cambra au maximum et cria quand il entra en elle. Son bassin bougeait sans arrêt, une sorte de danse circulaire, qui accéléra le plaisir de Malko.

Ensuite, elle récupéra, à plat ventre, puis se redressa.

– *Dobre* ! dit-elle, je vais te laisser. Tu dois être fatigué.

Elle posa sur la table de nuit une carte, puis se rhabilla.

– Voilà mon portable, dit-elle. Si tu as besoin de moi ou d'une voiture, appelle-moi.

Malko ne savait plus que penser. Une pute avec chauffeur, qui louait aussi des voitures. Authentiquement sensuelle et forcément liée à l'Affaire. Un fil délicat à tirer, qui avait déjà failli lui coûter la vie.

Il restait à faire parler le portable de Parviz Amritzar.

Seuls, les Américains pouvaient y parvenir. Jusqu'ici, les éléments qu'il avait trouvés ne collaient pas entre eux : un puzzle auquel il manquait de très gros morceaux.

Et pourtant, sans le savoir, il connaissait des choses.

# CHAPITRE XX

Le colonel Dmitri Volochino, responsable de la section « Enquêtes » de la *Polesiya*, installée 38 rue Petrovka, lisait avec attention le rapport relatant la découverte dans un terrain vague de la gare de Kourk, la veille au soir, d'une Lada 1 500 incendiée avec un corps à l'intérieur, au ventre déchiqueté par une grenade. Les flammes ayant tout dévoré, il était impossible de l'identifier, mais la présence d'un Makarov 9 mm avec un silencieux évoquait le crime organisé.

Il lança des recherches à partir du numéro de la voiture et du pistolet, sans trop se casser la tête. C'était sûrement un règlement de compte de voyous.

À tout hasard, il transmit le rapport au Directorate anti-terroriste de la Loubianka.

***

Karon et Terek, les deux complices d'Arzo Khadjiev, achevaient de charger le vieux camion Oural avec les huit tubes contenant les IGLA S. Une fois qu'ils furent à l'avant, ils entassèrent à l'arrière des cartons contenant des écrans plats de télé, des ordinateurs et du matériel électrique.

Ce qui permettrait, en cas de contrôle, de backchicher en nature. Un militaire garde-frontière n'avait pas les moyens de s'acheter un écran plat et la route jusqu'au Dagestan était longue. Environ trente heures pour un peu plus de mille kilomètres.

Au moment de partir, ils regardèrent le cadavre de Parviz Amritzar, toujours dans son sac en plastique, qui commençait à gonfler. Comme ils n'avaient pas envie de l'emmener, ils décidèrent de le laisser sur place. Personne ne viendrait le chercher. Karon, consciencieux, prit quand même une grenade et la glissa sous le corps. Si on le bougeait, elle exploserait. Petite plaisanterie sans méchanceté, pour punir la curiosité.

Le portable de Karon sonna.

L'homme qu'il connaissait sous le nom de « Pavel », certainement faux. Une voix habituée au commandement.

– Arzo a eu un problème, annonça simplement « Pavel ». Ne l'attendez pas. Je vous retrouverai là-bas.

Karon ne discuta pas. Il était toujours payé rubis sur l'ongle et ce serait encore le cas. Il se doutait bien qu'au Dagestan des IGLA S valaient de l'or… Ils remontèrent dans la cour, cadenassèrent la cave et filèrent vers le MK, afin de prendre l'autoroute M.6 jusqu'à Turbov. Ensuite, ce serait le Caucase : Borislav-Gleask, Volgograd, Astrakhan et enfin Makhachkala.

Ils étaient armés tous les deux. Plus par habitude que par crainte.

On savait qui ils étaient et leur nuire déclencherait de coûteuses représailles…

***

Tom Polgar examinait soigneusement le portable apporté par Malko. Il l'avait rechargé pour examiner la photo, celle de Benazir Amritzar. Il fit défiler les numéros inscrits sur la mémoire des appels. Beaucoup étaient le numéro de l'hôtel *Belgrad.* Un, un numéro américain. Un seul semblait avoir été donné vers un portable russe.

– Je confie le Nokia à la TD pour qu'il le fasse parler, dit l'Américain.

– Vous avez vu les gens du FBI ? demanda Malko.

– Ils me font la gueule. Bruce Hathaway m'a dit du bout des lèvres qu'ils avaient fait une connerie.

– Aucune nouvelle de Parviz Amritzar ?

– Non, Hathaway a rencontré les gens du FSB. Ils prétendent ne rien savoir. Ils ne lui ont pas parlé des huit IGLA S. Visiblement, l'affaire Amritzar ne les intéresse plus. Ils ont un truc beaucoup plus grave sur les bras. Une *vraie* affaire de terrorisme.

– Et Benazir Amritzar ?

– Elle a été interrogée par le FSB sans rien pouvoir leur dire. Bien entendu, ils l'ont relâchée et elle est assignée à résidence à son hôtel, avec interdiction de quitter le territoire russe. Nous lui avons envoyé notre vice-consul. Elle est citoyenne américaine. Elle ne sait rien. J'en suis sûr : le FBI a déclenché une catastrophe, en ignorant les liens entre Parviz Amritzar et des terroristes, eux bien réels, basés en Russie. Voilà pourquoi il voulait tellement venir ici, pour retrouver ses copains.

– On dirait plutôt qu'il a été manipulé, objecta Malko.

– Dans ce cas, il est mort, enchaîna l'Américain. Qu'un Russe utilise son portable n'est pas bon signe…

– L'homme qui le détenait et a essayé de me tuer avait le type caucasien, nota Malko. Marina est liée à des Caucasiens. Cela fait beaucoup de coïncidences.

Je vous répète mon avis : sortons de ce merdier, donnons aux Russes ce que nous avons et laissez-moi retourner à la chasse en Autriche.

– *No way* ! laissa tomber Tom Polgar. Nous sommes impliqués à notre corps défendant. On a essayé de vous tuer, donc vous gênez. Ce n'est ni le FSB, ni les « Organes ». Nous sommes tombés sur un truc beaucoup plus compliqué. Donc, il faut trouver.

« En plus, vous oubliez le point le plus important, Parviz Amritzar, même s'il a été « fabriqué » par le FBI, avait vraiment l'intention de faire exploser « *Air Force One* ». Or, le président arrive ces jours-ci.

« Et ce n'est pas le FBI qui va le protéger…

– Et les Russes ?

– Ils n'ont sûrement pas envie de ce genre d'incident, mais rien ne nous dit qu'ils puissent l'empêcher. Il y a déjà eu des attentats commis par des Caucasiens à Moscou. En toute impunité. Leurs Services sont infiltrés et les Caucasiens ont toujours fait ce qu'ils voulaient. La portée de l'IGLA S est telle – 5 000 mètres en altitude – qu'on n'est pas à l'abri d'un pépin.

– « *Air Force One* » n'a pas de contre-mesures électroniques ? s'étonna Malko.

– Si, bien sûr, mais les Russes jurent que l'IGLA S est capable de déjouer *toutes* les mesures actuellement en service. Ce n'est pas la peine de faire le test.

Un ange passa, volant lourdement à cause des bidules pendant sous ses ailes.

Le chef de Station de la CIA à Moscou avait marqué un point. Le seul moyen de retrouver la tranquillité d'esprit était de mettre la main sur les huit IGLA S disparus.

***

Le général Anatoly Razgonov sortit de la réunion qui venait de se tenir au septième étage de « l'Aquarium », juste en dessous de la piste d'hélicoptères, passablement stressé.

Le patron du GRU avait réuni tous ses proches collaborateurs sur l'ordre direct du Kremlin, afin de les sensibiliser sur le vol des IGLA S.

Une information tenue secrète, évidemment. Mais tous les Services de Russie étaient invités à secouer leurs informateurs pour en retrouver la trace.

Il avait été d'ailleurs fait mention de la menace contre l'avion du président des États-Unis. Pour le Kremlin, ce serait un crime épouvantable que les maudits Caucasiens ridiculisent les Services russes aux yeux du monde. Comme ils avaient fait avec l'affaire du Théâtre *Nord-Ost* et les différents attentats commis au nez et à la barbe de la police.

En tant qu'ancien responsable du Caucase nord, Anatoly Razgonov avait été particulièrement visé.

Il avait manipulé assez de Tchétchènes et de Dagestanais pour avoir gardé des contacts. Justement, on lui avait demandé de se rapprocher du groupe de Wahla Arsaiev, des wahabites parfaitement capables de ce genre d'attentat.

Le général ne se sentait pas à l'aise sur ce terrain : c'était ses acheteurs… Traités par son ami Alexi Somov.

Revenu dans son bureau, il fit mentalement le point. Dans quelques jours, il aurait récupéré huit millions de dollars. Personne ne pouvait le relier au vol des IGLA S. Anatoly Molov était mort et le FSB de Kolomna n'avait rien pu trouver sur son meurtre.

Parviz Amritzar, le faux terroriste, reposait dans la cave du magasin de primeurs.

Le camion Oural qui emmenait les IGLA S au Dagestan venait de quitter Moscou.

***

Alexi Somov ignorait encore ce qui s'était passé, mais craignait le pire… Si Arzo Khadjiev n'appelait pas, c'est qu'il était mort. En soi, cela n'était pas grave. Sauf si, à travers lui, on pouvait remonter jusqu'à Alexi Somov.

Celui-ci avait beau se creuser la tête, il ne voyait pas comment.

Officiellement, il n'avait eu aucune connaissance de la manip FBI qui avait tout déclenché.

Il restait Marina.

Le seul lien. Évidemment, ce n'était pas un délit qu'elle soit parfois sa maîtresse. Il ne l'avait jamais utilisée pour des manips. Donc, inutile de l'éliminer, cela ne pourrait que créer des problèmes…

Il regarda sa montre. En fin de journée, il voyait Anna. Peut-être aurait-elle des tuyaux. Depuis que le « *Glaive et le Bouclier* »[1] était fermé, c'était moins facile de recueillir des informations.

Anna Polikovska, la secrétaire du général Tretiakov, était la seule personne à savoir qu'il était au courant de la demande de prêt de l'IGLA S par le FBI, à l'origine de toute l'affaire. Seulement, elle ne se doutait même pas qu'elle avait collaboré.

Il alluma une cigarette et regarda le ciel gris par la fenêtre. Les recherches sur les IGLA S disparus allaient lui donner une merveilleuse occasion d'aller enquêter au Dagestan. Ce qui lui permettrait de récupérer les huit millions de dollars et de régler le problème des IGLA S. Cela ferait retomber la pression.

***

Rem Tolkatchev ne travaillait pratiquement plus que sur l'affaire des IGLA S. Cela dépassait le cadre d'une action anti-terroriste ordinaire. Si des terroristes arrivaient à frapper le Président des États-Unis en Russie, beaucoup de responsables sauteraient et l'onde de choc serait terrible…

Il récapitula les éléments en sa possession : la disparition de Parviz Amritzar qui avait vraisemblablement rejoint des terroristes caucasiens.

Le vol de huit IGLA S. Une première. À ses yeux, cela signifiait que les Caucasiens avaient l'intention de frapper Moscou. En effet, la Tchétchénie était pacifiée, tous les *boïviki* se trouvant au cimetière, l'Ingouchie ne bougeait pas et les groupes wahabites du Dagestan

1. Restaurant en face du FSB Moscou.

n'avaient pas besoin d'IGLA S, sauf pour se faire plaisir ou les revendre, peut-être hors de Russie. Personne, là-bas, ne leur faisait la guerre. Ils se contentaient d'envoyer quelques kamikazes de temps à autre à Moscou, pour rappeler leur existence.

Pour la première fois de sa longue carrière, Rem Tolkatchev ne voyait pas comment venir à bout du problème. Le FSB, le GRU et la FAPSI le bombardaient de notes creuses qui ne lui apportaient rien.

Il tomba sur le compte-rendu de surveillance de Malko Linge et le parcourut distraitement. Il était loin le temps où il avait voulu le liquider. Une phrase lui sauta soudain au visage. Cet agent de la CIA semblait avoir une liaison avec une certaine Julia Naryshkin, une jolie intellectuelle qui avait été la maîtresse du maire de Makhashkala. On retombait sur le Caucase.

Ce pouvait n'être qu'une coïncidence. Son ex-amant était dans un fauteuil roulant et elle vivait librement. Il nota en marge de faire questionner Gocha Shukumi pour savoir si elle avait encore des liens avec le Caucase.

La note mentionnait également deux visites de cet agent de la CIA au bar à putes au 26 de Zemlanoy Val boulevard, une partie du Koltso. Il en était ressorti avec une fille et l'avait ramenée au *Kempinski*.

Rem Tolkatchev resta le crayon en l'air. Puis, il alla à son coffre, fouilla ses dossiers et sortit celui de l'agent Malko Linge.

Épais comme un Bottin.

Il le feuilleta rapidement. Lorsqu'il le remit en place, il avait acquis une conviction : si au cours de ses divers séjours en Russie, Malko Linge avait eu de nombreuses aventures, il n'avait jamais été avec une pute…

Cela pouvait être une piste…

Il rédigea une note rapide demandant un close-up de la fille, d'urgence. Sans l'alerter.

Quelque chose lui disait que la présence de cet agent de la CIA qui, officiellement, n'avait rien à faire à Moscou, avait une signification.

Laquelle ?

***

Tom Polgar tendit à Malko un message juste décrypté en provenance de Washington. Pas de Langley, mais de la Maison Blanche.

Il était court et précis.

Tom Polgar, en tant que représentant de la CIA à Moscou, avait pour instruction d'obtenir d'urgence une audience avec Alexander Bortnikov, le chef du FSB. Pour lui transmettre un message officiel.

Le State Department demandait aux Services russes de s'engager à retrouver les huit IGLA S dérobés à l'usine KBM de Kolomna, avant la venue du Président Barack Obama à Moscou. Dans le cas contraire, l'ambassadeur américain à Moscou avertirait le Ministre des Affaires Étrangères russe que cette visite devait être reportée.

Pour l'instant, on restait au niveau des Services. De façon à ne pas faire de scandale.

Malko lui rendit le télégramme.

– Qui a parlé des huit IGLA S ?

– Moi, reconnut l'Américain. Je ne pouvais pas me taire.

– Les Russes ignorent que nous savons ?

– Je le pense.

– Cela va tanguer… Ils vont se poser et nous poser beaucoup de questions… Il faut protéger Gocha.

– Je ne brûlerai pas nos sources, affirma l'Américain, et cette décision ne dépend pas de moi. La Maison Blanche a vraiment peur d'un attentat. On les comprend… Vous y allez quand ?

– Dès que j'ai le rendez-vous. Je pense que cela ne sera pas long…

– Vous avez prévenu le FBI ?

– Non. C'est à cause d'eux que nous sommes dans cette merde.

Un ange passa, avec la bannière américaine sur les ailes.

Ce n'était pas l'entente cordiale.

– Qu'est-ce que je dois faire ?

Tom Polgar eut un sourire contenu.

– Je crois que vous allez avoir du travail.

– Comment ?

– Le portable de Parviz Amritzar a parlé grâce à nos archives. Vous savez que nous avons des fiches sur tous les gens importants des Services russes.

– Oui. Et alors ?

– Ce portable a donné un appel inattendu. À un certain Alexi Somov, un ancien du GRU, devenu marchand d'armes pour les opérations « grises ». Il semble que toutes ses opérations soient supervisées par son ancien chef au Caucase, le N° 3 du GRU, le général Anatoly Razgonov.

## CHAPITRE XXI

Malko en resta bouche bée.

Comment un ex-officier du GRU pouvait-il avoir été appelé par le portable de Parviz Amritzar, le « terroriste » dénoncé par le FBI ?

– Comment interprétez-vous cela ? demanda-t-il à Tom Polgar.

L'affaire des IGLA S devenait de plus en plus obscure. Ils savaient déjà que le FSB avait l'intention de piéger le FBI. Et maintenant, le GRU apparaissait. Sans qu'on comprenne son rôle.

– Je ne vois qu'une possibilité, dit le chef de Station de la CIA, ce portable n'était plus en possession de Parviz Amritzar lorsqu'il a été utilisé.

– Cela signifie qu'Amritzar est mort, conclut Malko. Que son assassin a récupéré son portable. Et s'en serait servi pour appeler cet Alexi Somov. Il y aurait donc un lien entre le GRU et les terroristes qui ont volé les IGLA S. Cela paraît invraisemblable…

– Vous en savez autant que moi, soupira Tom Polgar. N'oubliez pas, cependant, les liens troubles entre le Caucase et les Services de Sécurité russes. En 1999, on a soupçonné le FSB d'avoir manipulé les Tchétchènes qui ont fait sauter deux immeubles à Moscou.

Malko secoua la tête.

– Je pense que le mieux serait de communiquer tout ce que nous savons au FSB et de les laisser se débrouiller Nous n'avons pas les moyens d'enquêter sur le GRU.

– C'est exact, reconnut l'Américain, mais ce numéro de téléphone est une bombe. Il faut voir si nous ne pouvons pas en tirer quelque chose.

« N'oubliez pas que notre « agenda » n'est pas celui des Russes. Nous voulons, *avant tout*, retrouver les IGLA S. Là, nous tenons une piste, même si on ne sait pas encore comment l'exploiter.

– Que savez-vous de cet Alexi Somov ?

– Pas grand-chose. Il appartenait au GRU, avec le grade de colonel et servait sous les ordres du général Razgonov, qui était alors le chef du secteur « Caucase nord ». Ils ont été basés à Grozny et à Makhachkala, au Dagestan.

« Depuis, Razgonov est devenu le N° 3 du GRU.

– Peut-on imaginer qu'un officier de son rang ait partie liée avec des terroristes ?

L'Américain hocha la tête.

– En principe, non. Mais nous sommes en Russie...

– Je ne vois que deux personnes capables de nous aider, conclut Malko. Gocha Sukhumi et Julia Naryshkin. Mais il va falloir marcher sur des œufs.

– Allez-y, demanda Tom Polgar. Pour le moment, je ne dis rien à personne.

***

Alexi Somov regarda son billet d'avion pour Makhachkala sur *Avia Linie Dagestan*, la compagnie locale, la seule qui relie Moscou à la capitale du Dagestan. Il lui restait quatre jours avant le départ.

Il était habité par une sourde angoisse. Désormais, grâce aux medias, il avait une vague idée du sort d'Arzo Khadjiev. Ce devait être lui le cadavre carbonisé découvert dans un terrain vague à côté de la gare de Koursk. Que s'était-il passé ?

Normalement, Arzo Khadjiev, tueur expérimenté, n'aurait dû avoir aucun problème à liquider l'agent de la CIA, qui, en principe, ne portait pas d'arme…

En plus, les médias parlaient d'une grenade. Les agents de la CIA ne se baladaient pas avec des grenades… C'était quelque chose de typiquement caucasien…

Alexi Somov n'arrivait pas à comprendre ce qui s'était passé. Il réalisa soudain que, Malko Linge vivant, Marina Pirogoska devenait pour lui un risque de sécurité.

L'agent de la CIA allait forcément chercher à connaître son rôle.

Bien sûr, elle ignorait tout de la manip d'Alexi Somov mais, si elle mentionnait son nom à Malko Linge, c'était une catastrophe.

Bien sûr, les Américains de la CIA ne pouvaient pas enquêter en Russie, mais la peur d'un attentat contre le Président des États-Unis et le désir de se venger pouvaient les amener à communiquer leurs informations au FSB.

Là, c'était la fin.

Une solution douloureuse s'imposait : liquider Marina Pirogoska. Certes, des gens au FSB-Moscou savaient qu'il était son *kricha*, mais ils ne feraient pas forcément la liaison.

C'était une mesure à prendre avant de partir pour le Dagestan.

***

Gocha Sukhumi travaillait chez lui quand Malko l'y rejoignit. Des piles de papiers. Une bouteille de Cognac arménien non loin de lui, le Géorgien semblait euphorique.

– Tu sais, annonça-t-il à Malko, j'ai une grande nouvelle. Julia accepte de m'épouser.

Décidément, c'était un cœur d'artichaut… Devant l'étonnement de Malko, il précisa.

– J'aime beaucoup baiser des putes, c'est vrai, mais j'ai besoin d'avoir une femme. Julia est formidable. En plus, elle veut continuer à vivre à Peredelkino. On fera une grande cérémonie et on continuera à vivre chacun chez soi…

– Très bonne formule ! approuva Malko.

Julia Naryshkin était décidément très forte.

– Qu'est-ce que tu voulais ? demanda le Géorgien.

– Tu connais le général Anatoly Razgonov, du GRU ?

Gocha Sukhumi posa son Mont-Blanc.

– Razgonov, oui, je vois qui c'est. Il était dans le Caucase, non ? Je ne l'ai jamais rencontré. Pourquoi ?

– Simple curiosité, assura Malko.

Gocha Sukhumi n'insista pas.

– Et un certain Alexi Somov, continua Malko, un ancicn du GRU ?

Le visage du G2orgien s'éclaira.

– Ah lui, je le connais un peu. Il m'a vendu des armes pour les Arméniens, que la Russie ne voulait pas céder officiellement. Il commercialise du matos auprès d'acheteurs qui ne veulent pas ou ne peuvent pas se les procurer officiellement. Je sais qu'il ne fait rien sans le feu vert du GRU. Mais ça, c'est du business. Les militaires ont toujours eu besoin d'argent et personne ne vient mettre leur nez dans les affaires.

– Tu ne sais rien de plus sur cet Alexi Somov ?

– C'est un colosse, qui parle plusieurs langues. Il a été, pendant la Guerre Froide, dans plusieurs *rezidentura* du GRU en Afrique.

« C'est un baiseur sympa.

– Tu as son portable ?

Le visage de Gocha Sukhumi se ferma.

– Oui, et je ne te le donnerai pas.

Ostensiblement, il se replongea dans ses papiers et Malko comprit qu'il n'en obtiendrait rien de plus.

– Je te remercie, dit-il.

– Fais gaffe, recommanda Gocha Sukhumi. Les types dont tu me parles sont des gens dangereux. En Tchétchénie, ils assassinaient comme ils respiraient. Maintenant, si tu veux, je t'invite ce soir au *Turandot* pour fêter mes fiançailles, mais on ne parle pas business.

Malko n'attendit pas d'être revenu au *Kempinski* pour appeler Julia Naryshkin. Sans trop d'espoir. Étant donné la façon dont ils s'étaient quittés deux jours lus tôt.

La jeune femme attendit la dernière sonnerie pour répondre.

– *Da*. Qui est-ce ?

Comme si elle ne connaissait pas le numéro de Malko... Celui-ci prit les devant.

– Je te dois des excuses, commença-t-il.

– Ah bon ! fit Julia, d'un ton glacial.

– Je voudrais te les présenter de vive voix, insista Malko. Je peux venir te voir ?

– Non, fit-elle sèchement. Inutile, je viens à Moscou aujourd'hui pour mon émission. Je peux te voir un moment avant.

– Au *Kempinski* ?

– Si tu veux. À quatre heures.

***

Rem Tolkatchev lisait attentivement le rapport qu'un coursier du FSB venait de lui apporter.

Le FSB avait eu l'idée de comparer toutes les expertises balistiques des derniers meurtres commis dans la région de Moscou. Le résultat était saisissant. L'arme trouvée dans la Lada incendiée près de la gare de Koursk avait servi à tuer les deux convoyeurs d'IGLA S et, ensuite, Anatoly Molov, leur gestionnaire !

Un pistolet Makarov intraçable, venant vraisemblablement du Caucase.

Grâce à son numéro de série, le FSB avait aussi réussi à identifier le propriétaire de la Lada. Il s'agissait d'un Tchétchène nommé Karon Bamatov qui l'avait déclarée détruite dans un accident...

La piste s'arrêtait là, mais ramenait au Caucase.

Il ne restait plus que l'identification du cadavre calciné, pratiquement impossible.

Qui avait tué cet homme à l'aide d'une grenade Diakonov 33, un modèle couramment utilisé dans le Caucase ? Là-bas, les gens se promenaient avec des grenades dans les poches, comme d'autres des oranges.

Rem Tolkatchev examina le document suivant. Une note du FSB-Moscou. Un des indics postés au *Kempinski* prétendait avoir vu une Lada grenat stationner devant l'hôtel et y embarquer un étranger blond qui habitait l'hôtel. Lorsqu'on avait montré à cet homme la photo de l'agent Malko Linge, il l'avait reconnu…

Ce qui sous-entendait que, une heure avant sa mort, ce mystérieux Caucasien était venu chercher Malko Linge au *Kempinski*.

Que s'était-il passé ensuite ?

Jamais, Rem Tolkatchev n'avait *jamais* entendu parler d'un agent de la CIA se promenant avec une grenade.

Pourtant, Malko Linge semblait le seul à pouvoir apporter quelques éclaircissements sur ce meurtre.

***

Julia Naryshkin attendait dans le hall du *Kempinski* lorsque Malko revint de chez Gocha Shukimi. À cause des cartes magnétiques nécessaires pour faire fonctionner les ascenseurs, elle ne pouvait pas se rendre directement dans sa suite.

– Tu te maries ? attaqua Malko.

La jeune femme lui jeta un regard étonné.

– Je vois que Gocha est bavard. Oui, il a demandé ma main. Je l'aime bien et il respecte les femmes. J'ai besoin d'un homme dans ma vie.

Devant le regard ironique de Malko, elle précisa aussitôt :

– Pour me protéger, pas pour faire l'amour. Ça, c'est plus facile. Je n'ai pas beaucoup de temps, que voulais-tu me dire ?

– Je me suis mal conduit avec toi, il y a deux jours.

Julia Naryshkin haussa les épaules.

– Les hommes se conduisent souvent mal avec les femmes.

Assise au bord de son fauteuil, les genoux serrés, son manteau boutonné, elle le repoussait de tous ses pores…

– J'espère que tu accepteras de dîner avec moi, que je t'explique ce qui s'est passé. On a voulu me tuer.

– Je suis désolée, répliqua Julia Naryshkin. Tu mènes une vie dangereuse.

Quand même, elle s'était imperceptiblement dégelée. Malko en profita.

– Tu connais un certain Anatoly Razgonov ?

– Celui du GRU ?

– Oui.

– Bien sûr, je l'ai vu au Dagestan, avec Magomed, à des dîners officiels

– C'est tout ?

– Oui.

– Et un certain Alexi Somov ?

– Lui, je le connais mieux ! C'était un des adjoints de Razgonov, chargé de manipuler les groupes salafistes. Une force de la nature. Deux mètres, un très bel homme qui aimait les femmes… Il m'a draguée comme un fou. À tel point que Magomed lui a envoyé son cousin pour lui dire que s'il continuait, il le tuait.

– On menace ainsi un officier du GRU ?

– Pas à Moscou, mais à Makhachkala, c'est le Caucase. L'honneur d'une femme passe avant tout… Alexi Somov s'est tenu tranquille. D'ailleurs, ce n'est pas un vrai Russe. Il a changé son nom. En réalité, c'est un Tatar. Il sait ce que sont les coutumes caucasiennes.

« Il avait réussi à « tenir » les salafistes, dont le groupe de Wahla Arsaiev.

– Il n'était pas chargé de les combattre ?

– Si, mais il leur a tenu le langage qu'ils comprenaient. La Fédération se moquait de leurs activités tant que cela restait au bord de la Caspienne, mais il ne fallait pas qu'ils viennent faire les cons à Moscou. Alors il a prévenu Wahla Arsaiev. Si ses gens venaient commettre un seul attentat à Moscou, il kidnappait sa famille, son vieux père, son fils, les cousins, proches ou lointains et il les liquidait.

– Officiellement ?

– Non, bien sûr, il avait à sa disposition des « spetnatz » qui auraient coupé en morceaux un « *tchernozopie* » pour une bouteille de vodka et le respect de leur chef…

« Et lui, était couvert par ses chefs. Le but étant : ni problème à Moscou, ni Indépendance.

– Il y eut des attentats à Moscou et à Domododevo, pourtant, objecta Malko. Des kamikazes venus au Dagestan.

Julia sourit.

– C'est vrai. Mais ce n'était pas politique, seulement du business. C'était le Président du Dagestan, Rouslan Astanov, qui les organisait. En manipulant un petit groupe de wahabites illuminés. Comme aurait dit le camarade Lénine, des « idiots utiles ».

– Dans quel but ?

– Le Président Astanov voulait de l'augmentation... Tu sais, l'État Fédéral verse tous les ans deux milliards de dollars au Dagestan, pour une population de deux millions d'habitants. Tout l'argent est réparti par le Président. Vladimir Poutine ne veut ni attentat, ni séparatisme. Astanov a parfaitement compris cela : il tolère les salafistes à condition qu'ils se contentent d'appliquer la charia au Dagestan.

« Et qu'ils ne commettent pas d'attentats à Moscou. De temps en temps, il envoie de faux « terroristes » se faire sauter dans le métro de Moscou. Pour rappeler au Kremlin qu'il a besoin d'argent pour juguler *ses* salafistes.

Amusant.

Le Caucase n'était pas un endroit comme les autres.

– Alexi Somov connaît tous ces gens-là ?

– Bien sûr, il traitait avec eux. À la caucasienne. À coups de menaces et d'assassinats ciblés, de kidnappings, de compromissions. Seulement, lui agissait pour le compte du Kremlin. Comme nous disons ici, c'était un « criminel dans la loi ».

Malko était perplexe. Ce n'était pas vraiment la formation de West Point... Quelque chose lui disait que cet ex-colonel du GRU pouvait jouer un rôle dans l'histoire des IGLA S.

– Tu as le portable de ce Somov ? demanda Malko.

– Je pense qu'il me l'avait donné. Pourquoi ?

– Tu pourrais reprendre contact avec lui ?

Elle lui jeta un regard à la fois choqué et excité.

– Je suis sur une histoire très compliquée, expliqua Malko, où il peut jouer un rôle.

– Si je l'appelle, je serai dans son lit deux heures après, précisa suavement Julia Naryshkin. C'est comme cela que cela se passe ici.

– Pour le moment, c'est prématuré, tempéra Malko.

Il n'avait pas vu deux hommes qui venaient de s'arrêter devant eux. Un aveugle aurait reconnu des *siloviki*.

Le premier se pencha vers Malko, exhibant rapidement une carte barrée de tricolore et annonça en anglais.

– Lieutenant Pavel Louchkine, j'appartiens au FSB de Moscou et nous aimerions que vous veniez avec nous.

## CHAPITRE XXII

Karon et Terek, les deux Dagestanais, progressaient sur la M6 en direction de Volgasrod, vers le Caucase. Sans trop de pépins. À un check-point volant de la DPS, il leur avait fallu abandonner un écran plat pour éviter une fouille éventuelle du camion Oural.

Ils avaient décidé d'emprunter l'itinéraire le plus au nord, qui leur évitait de traverser la Tchétchénie, contrôlée par les voyous du Président Kadyrov. Là où n'importe quoi pouvait arriver. Ils n'avaient pas de « *kricha* ».

Il était convenu que la frontière du Dagestan franchie, ils appelleraient « Pavel », à Moscou, pour fixer la date du rendez-vous pour échanger les huit IGLAS contre les huit millions de dollars, et s'assurer que ce n'était pas des faux. Leur travail serait alors presque terminé : ils n'auraient plus qu'à livrer l'argent à Makhachkala.

Plus ils avançaient vers l'ouest, plus la température se réchauffait. Bientôt, ils retrouveraient la douceur de la Caspienne.

Le vieux camion Oural ronronnait sans problème et la route n'était pas trop mauvaise.

Depuis qu'ils étaient dans le Caucase, ils se sentaient plus tranquilles.

***

L'Audi noire, avec son gyrophare sur le côté gauche du toit, donna un léger coup de sirène et les portes du 26 *Bolchaia Loubianka* s'ouvrirent silencieusement. Dès que la voiture fut arrêtée dans la cour, le voisin de Malko descendit et lui tint poliment la portière.

– *Pajolsk, gospodine*[1].

On était loin des arrestations du KGB, avec les suspects emmenés les bras remontés dans le dos, ce qui les forçait à avancer courbés, la position « poulet ».

Encadré par les deux policiers, Malko gagna le hall d'entrée, passant devant une sentinelle figée. Deuxième étage. Un bureau anonyme éclairé par des rampes de néon. On le fit asseoir sur une chaise et ses deux « accompagnateurs » l'abandonnèrent. Depuis son interpellation au *Kempinski*, ils ne lui avaient pas adressé la parole, précisant seulement qu'il s'agissait d'une vérification de routine.

Ils n'avaient prêté aucune attention à Julia Naryshkin, comme si elle n'existait pas.

Malko n'avait pas été fouillé et se demanda s'il allait alerter Tom Polgar. Il n'en eut pas le temps ; la porte venait de s'ouvrir sur un homme de grande taille, les cheveux blonds très courts, les yeux bleus, en civil, un dossier sous le bras. Il s'assit derrière son bureau et demanda :

1. S'il vous plaît, Monsieur.

– *Vni gavarite ho russki* ?[1]

Malko répondit « *da* ». Inutile de compliquer les choses. L'homme qui l'interrogeait savait parfaitement qui il était. C'était un jeu de rôle…

– Je suis le capitaine Fedorovski, expliqua le policier, de la section criminelle du FSB Moscou. Je suis chargé d'enquêter sur un meurtre qui a eu lieu il y a quelques jours et il semble que vous pourriez nous aider à l'éclaircir… Vous êtes entendu par moi, comme témoin, et, si vous le souhaitez, vous pouvez avertir votre consulat, monsieur… Linge.

– Ce n'est pas utile, pour le moment, répliqua Malko. Pourquoi ne pas m'avoir envoyé une convocation ?

Le policier eut un sourire d'excuses.

– Nous sommes pressés.

– De quoi s'agit-il ?

L'officier se plongea quelques instants dans son dossier et releva la tête.

– Il y a trois jours, d'après certains témoins, vous avez reçu un coup de téléphone dans votre suite du *Kempinski*, donné par un individu que nous n'avons pas identifié, vous avertissant que la voiture envoyée par Marina vous attendait.

« Est-ce exact ?

Le pouls de Malko s'était accéléré : il devait être d'une prudence de Sioux. Les Russes l'avaient lié à la mort de celui sur qui il avait jeté la grenade.

– Absolument, confirma-t-il.

– Vous connaissiez cet homme ?

– Non.

1. Vous parlez russe ?

– Que s'est-il passé ?

– La veille, j'avais été prendre un verre dans un bar du Koltso, le « *Hot Dogs* », où j'avais rencontré une femme nommée Marina. Nous avions bavardé et elle m'avait expliqué gérer des taxis clandestins.

Comme il n'y avait que cela à Moscou, cela ne tirait pas à conséquence.

Le policier notait, impassible. Malko enchaîna :

– Elle m'a fait raccompagner à mon hôtel par un de ses chauffeurs pour 400 roubles, et m'a proposé de faire un essai le lendemain avec une de ses voitures. Si cela convenait, cela me coûterait seulement 1 500 roubles pour la journée. Aussi, quand un chauffeur, qui, d'après son accent était caucasien, est venu me chercher, cela ne m'a pas surpris.

– Que s'est-il passé ensuite ? demanda le policier.

– Nous avons démarré en direction du Pont Bolchoï Kamemni. La circulation était très mauvaise. Comme ça n'était pas le même homme que la veille, je lui ai demandé s'il travaillait bien pour cette Marina et il m'a dit que non. Je me suis alors méfié d'une entourloupe et je lui ai demandé de m'arrêter dans Mokavaya *ulitza*. Je l'ai quitté en lui donnant 300 roubles et j'ai continué à pieds jusqu'à Tservskaia. Ensuite, après avoir rencontré un ami, je suis revenu au *Kempinski* avec un autre taxi.

Le policier notait frénétiquement. Il releva la tête.

– À peu près à la même heure, dit-il, la *policiya* de la gare de Koursk a été alertée par l'incendie d'un véhicule. Une Lada 1 500 grenat garée dans un terrain vague, dans laquelle on a trouvé un cadavre et un pistolet automatique muni d'un silencieux.

– De quoi était mort cet homme ? demanda Malko d'un ton égal.

– Ce n'est pas certain, mais les constatations ont montré qu'une grenade avait explosé dans la voiture. Il a été vraisemblablement atteint par les éclats…

Malko sourit.

– Une grenade, ce n'est pas très courant…

– Dans le Caucase, ils utilisent fréquemment cette arme, fit l'officier avec un léger mépris.

Il y avait quelque chose de rassurant dans les propos de l'officier du FSB. Visiblement, il ne croyait pas Malko capable du meurtre. Celui-ci décida de contre-attaquer.

– Je crois que je ne peux rien vous dire de plus. J'ignore totalement ce que cet homme a pu faire par la suite.

L'officier hocha la tête, les yeux dans les siens, puis demanda :

– Vous pourriez l'identifier ?

– Vous me dites qu'il a brûlé ?

– *Da*, mais je voudrais vous montrer des photos de Caucasiens criminels. Il pourrait se trouver parmi eux.

– Si vous voulez, accepta Malko.

Le capitaine appuya sur une sonnette et un planton débarqua quelques instants plus tard avec un énorme album. L'officier du FSB céda sa place à Malko pour le laisser regarder les photos. Une galerie de visages patibulaires, tous caucasiens, d'après leur type physique.

Certains étaient barrés de la mention « mort » ou « appréhendé ». Malko était à la moitié de l'album quand son regard s'arrêta sur deux photos, face et profil. À 95 % c'était l'homme sur qui il avait jeté la grenade…

– C'est lui ? demanda l'homme du FSB debout derrière lui.

Il avait senti l'imperceptible hésitation de Malko, avant de tourner la page.

Celui-ci avait peu de temps pour se décider.

– Cela pourrait être lui, reconnut-il, mais tous les Caucasiens se ressemblent…

Il lut la légende en dessous : Arzo Khadjiev, né à Makhachkala, Dagestan, le 5 janvier 1985. Recherché pour diverses activités illégales.

Le capitaine semblait ravi.

– Vous avez été très coopératif ! affirma-t-il. Je vais vous demander de signer une déposition. Cela sera prêt dans dix minutes.

Il sortit du bureau, l'album sous le bras.

Cela ne dura pas dix minutes, mais une heure. Malko commençait à s'inquiéter. On savait quand on entrait au FSB, jamais quand on en sortait… Enfin, le capitaine Fedorovski revint avec une liasse de papiers. Malko apposa son paraphe sur chaque page et l'officier du FSB lui serra longuement la main.

– Nous allons vous raccompagner à votre hôtel, annonça-t-il.

La même Audi noire attendait dans la cour. Cette fois, Malko était seul à l'arrière…

Quand il débarqua au *Kempinski*, le portier lui jeta un regard particulièrement respectueux.

Bien entendu, Julia Naryshkin avait disparu. Il allait l'appeler quand il se souvint qu'elle était à l'antenne. Du coup, il allait accepter l'invitation de Gocha Sukhumi.

***

Les trois Audi noires aux vitres fumées stoppèrent en double file devant le 57 *ulitza Lisnaya*. Un vieil immeuble en briques rougeâtres de deux étages, avec des fenêtres à guillotine et une entrée donnant sur la cour. À gauche, un bar, le *Fishka-Bar*, à droite, une boutique poussiéreuse à l'enseigne « Vente en gros de fruits caucasiens ».

Plusieurs policiers se répartirent la tâche, entre le bar, les deux escaliers donnant dans la cour et la boutique. Celle-ci était fermée.

D'après la fiche du FSB, Arza Khadjiev habitait à cette adresse. Bien que cela pût être dépassé.

Ils se regroupèrent dans la cour. Dans l'immeuble, personne ne le connaissait. Une « *babouchka* » qui revenait de ses courses écouta leur demande et dit d'un air dégoûté :

– Il y a souvent des « *tchernozopie* » dans la boutique ; il n'y a pas longtemps, ils chargeaient un camion, à partir du sous-sol. Là.

Les policiers dégringolaient déjà l'escalier menant au sous-sol de la boutique de fruits en gros. La porte de métal était fermée par un cadenas.

Un des hommes tira son pistolet et le fit voler en éclats. Puis, armes au poing, ils se précipitèrent à l'intérieur, allumant une ampoule nue.

Le premier s'arrêta net, reniflant une odeur bizarre. Puis il baissa son regard vers le sol et poussa une brève exclamation.

– *Bolchemoï* !

On distinguait nettement une forme humaine dans un sac en plastique.

***

Bruce Hathaway parcourut presque en courant les quelques mètres le séparant de l'ascenseur menant aux étages du FSB Fédéral. Un quart d'heure plus tôt, la secrétaire du colonel Tretiakov lui avait demandé de venir le plus vite possible à la Bolchoia Loubianka.

Il était déjà sept heures et quart.

Quand on savait que les agents du FSB faisaient rarement des heures supplémentaires, c'était étonnant. Il n'avait plus entendu parler d'eux depuis plusieurs jours.

La superbe secrétaire l'introduisit dans le bureau de son patron. Celui-ci arriva quelques instants plus tard, une liasse de photos à la main. Il les posa sur le bureau.

– *Gospodine* Hathaway, reconnaissez-vous cet homme ?

L'Américain réprima un mouvement de recul. C'était un visage gonflé, livide, déformé par une blessure au-dessus de l'œil droit. Une sortie de projectile. Il avait les yeux fermés, mais le chef du FBI de Moscou n'eut aucun doute.

– Je pense que c'est Parviz Amritzar, dit-il d'une voix mal assurée.

– Vous pensez ou vous êtes certain ? demanda sèchement le colonel russe.

– Je peux affirmer que c'est lui, reconnut l'Américain. Que lui est-il arrivé ?

– Il a été abattu d'une balle dans la nuque et son corps se trouvait dans le sous-sol d'une boutique appartenant à des Caucasiens connus pour divers trafics.

« Des terroristes.

Le sang se retira du visage de Bruce Hathaway. Il s'était fait baiser sur toute la ligne. L'innocent Parviz Amritzar, la « chèvre » qu'ils voulaient manipuler, était un véritable terroriste qu'il avait aidé à se procurer une arme fatale.

C'était abominable.

Quand ils n'en avaient plus eu besoin, ses amis l'avaient liquidé. Il jeta un regard brouillé sur le colonel Tretiakov, croisant celui, sévère, du colonel du FSB.

– *Gospodine* Hathaway, dit-il d'une voix cinglante, je suis dans l'obligation de vous inculper de complicité de terrorisme avec l'intention de commettre un attentat sur le sol de la Fédération russe. Sans vous, ces terroristes ne se seraient jamais trouvés en possession d'un IGLA S. Une arme redoutable, comme vous le savez.

Bruce Hathaway semblait transformé en statue de sel. Deux policiers en uniforme apparurent, le visage sévère, et l'encadrèrent.

– Comme il est trop tard pour commencer votre interrogatoire, continua le colonel Tretiakov, vous allez être mis en garde à vue jusqu'à demain. Voulez-vous que je fasse prévenir votre consulat ?

Hébété, l'Américain se laissa entraîner jusqu'à un ascenseur spécial desservant les sous-sols. Ils s'arrêtèrent au second. Un long couloir de briques marrons, des portes d'acier avec des numéros. Ses gardiens s'arrêtèrent à la troisième.

Une cellule carrée, munie d'un bat-flanc, d'un lavabo et d'un seau hygiénique. En entendant la porte claquer, Bruce Hathaway se dit que jamais les officiers traitants de la CIA, pris la main dans le sac, n'avaient été traités ainsi.

Eux étaient sous couverture diplomatique...

***

Alexi Somov arrêta sa Toyota à une dizaine de mètres de l'entrée de la résidence de Marina Pirogoska. La nuit était tombée et l'allée déserte. D'ailleurs, la voiture de sa femme, qui se trouvait à Sotchi, ne se remarquait pas, contrairement à son Audi de fonction.

Il partit à pieds et tapa le code de l'immeuble de Marina Pirogoska.

C'étaient des petites résidences sans ascenseur, peu éclairées. Pourtant, aux yeux de la jeune femme, elle avait fait un grand progrès social. Avant, elle habitait très loin, presqu'au MK. C'était au premier. Alexi Somov s'arrêta sur le palier et écouta attentivement. Une télé donnait les infos et à côté, l'appartement de Marina était silencieux.

Normalement, son chauffeur allait venir la chercher dans une heure pour la conduire au « *Hot Dogs* ».

Alexi Somov enfila des gants noirs assez fins et appuya sur la sonnette. Un timbre rachitique. Presque aussitôt, la voix de Marina lança à travers le battant :

– *Da* ?

– C'est moi, Alexi.

Les verrous claquèrent et le battant s'ouvrit sur une Marina radieuse. Vêtue d'une jupe et d'un haut provocants avec des bas noirs et des bottes à hauts talons.

– C'est gentil de venir ! dit-elle. J'allais partir.

– Je passais dans le quartier. Je me suis dit que je pourrais te conduire au « *Hot Dogs* ».

– Ce soir, je vais au Bolchoï ! annonça-t-elle. J'ai des places pas trop chères.

« On a le temps de prendre une vodka.

Il la suivit, et, alors qu'elle allait ouvrir son freezer, il referma brutalement les mains autour de son cou par-derrière. Elles étaient si grandes qu'elles se chevauchaient. Ses pouces écrasaient les carotides, comme on le lui avait appris à l'école des *spetnatz*.

Marina Pirogoska tenta de se retourner, se débattit faiblement. Les dents serrées, son amant serrait de toutes ses forces. Il sentit soudain que son corps devenait tout mou. Il continua à serrer puis ses mains quittèrent son cou. Marina Pirogoska tomba d'un bloc sur le carrelage de la cuisine.

Alexi Somov regarda autour de lui, écouta, puis retraversa l'appartement. Deux minutes plus tard, il avait rejoint la Toyota. Grâce aux gants, il n'avait laissé aucune trace.

Souvent le code d'accès se détraquait. Donc, n'importe qui pouvait être entré.

Il se glissa au volant, rassuré. Marina Pirogoska n'avait jamais été pour lui qu'une pièce de rechange. Il avait vu assez d'horreurs dans le Caucase pour ne pas être ému.

Dans trois jours, il prendrait l'avion pour le Dagestan et récupérerait huit millions de dollars.

Il avait juste un petit souci : il aurait dû demander à Marina, avant de l'étrangler, si elle avait donné son nom à l'agent de la CIA.

## CHAPITRE XXIII

Gocha Sukhumi se leva d'un bond en voyant Malko franchir la porte du « *Turandot* », tenue par un laquais déguisé en valet Louis XV. Comme tout le personnel. Évidemment, l'addition s'en ressentait…

– Ils t'ont relâché !

Le Géorgien se précipita vers lui comme un grizzli fonce sur du miel et l'étreignit à lui faire cracher ses poumons. À moitié étouffé, Malko croisa le regard de Julia Naryshkin, très élégante dans une robe noire décolletée, et cela le réchauffa plus que l'étreinte de Gocha. Celui-ci le poussa dans un profond fauteuil de cuir et hurla au garçon.

– *Tchornaya ikra ! Mnogo* ! [1]

Dans la foulée, il remplit le verre de vodka de Malko, puis le sien et lança :

– *Nazdarovie* ! [2]

Malko regarda alors l'énorme diamant qui ornait l'annulaire droit de Julia Naryshkin. Le Ko-I-Nor, en plus luxueux. Gocha Sukhumi suivit son regard et proclama :

1. Du caviar noir ! Beaucoup !
2. À notre santé !

– Je te présente ma future femme ! C'est grand plaisir de t'avoir avec nous ce soir ! Maintenant, dis-nous ce qui est arrivé ? Julia m'a fait peur. J'ai appelé mes copains, mais ils ne savaient rien.

– C'était un simple témoignage, avoua Malko. Une erreur du concierge du Kempinski. Les gens du FSB ont été charmants et je ne suis resté que deux heures.

Gocha ricana.

– Quelquefois, c'est deux ans !

Le caviar arrivait dans un bol en cristal. Le garçon se pencha à l'oreille de Gocha Sukhumi qui annonça aussitôt :

– C'est du Beluga du Dagestan. Du *vrai*, pas de l'élevage clandestin. Ils n'ont pas le droit de le vendre.

Il avait déjà éclusé une bouteille de vodka... Ils plongèrent dans le caviar et ce fut un autre monde. Souvent, le regard de Julia Naryshkin se posait sur Malko, avec une expression intense. Il se dit que si Gocha s'apercevait de sa trahison, cette fois, il y aurait du sang sur les murs.

Ils continuèrent : blinis, crème, vodka, caviar... De plus en plus lentement. Personne ne peut avaler plus de cent grammes de caviar sans s'étouffer. Gocha en était à cent cinquante grammes. Julia dégustait le sien comme une chatte avec sa petite cuillère de cristal.

Quand la coupe de cristal fut vide, personne n'avait plus faim. Gocha décommanda la suite et fila vers les toilettes. Aussitôt, Julia se pencha vers Malko.

– J'ai eu peur ! fit-elle.

À son regard, il voyait qu'elle disait la vérité.

– Merci, dit-il. J'espère que je pourrais encore te voir...

– Je suis une femme libre, protesta-t-elle. À propos, j'ai retrouvé le portable d'Alexi Somov. J'espère qu'il est encore bon.

La tête de Gocha apparaissait dans l'escalier menant aux toilettes.

– On en parlera demain, eut le temps de dire Malko.

Il ne restait plus qu'un onctueux *vatrouchka*. Visiblement, Gocha n'avait plus qu'une idée, se retrouver seul avec Julia, en dépit de son amitié toute neuve pour Malko.

Le portable de ce dernier couina. Un SMS. Il l'afficha. Il ne comportait que deux mots : « *broken arrow*. » [1]

Malko sentit son pouls s'accélérer. C'était une vieille expression militaire datant du Vietnam signifiant qu'une unité américaine était en grand danger. On l'employait rarement depuis. Cela ne pouvait venir que de Tom Polgar et c'était forcément grave.

Il tapa un SMS à son intention : « *Tomorrow*, *office 9 :AM* » [2]

Il allait passer une nuit moins agréable que Gocha.

Tom Polgar n'attendit pas d'être revenu dans son bureau pour jeter à Malko :

– Bruce Hathaway a été enchristé hier soir par le FSB ! Il a dormi dans le sous-sol de la Loubianka. Le consul a été le voir ce matin : il est très déprimé. C'est la tuile prévue par votre ami Gocha. Les Popovs veulent nous baiser…

1. Flèche brisée.
2. Demain, au bureau, à 9 heures.

– De quoi l'accusent-ils ? s'étonna Malko. Les IGLA S ne sont jamais arrivés jusqu'à lui.

– Il y a pire. Le FSB a retrouvé le cadavre de Parviz Amritzar, dans le sous-sol d'une boutique occupée par des terroristes caucasiens. Avec une balle dans la tête. Or, ils ont aussi, d'après eux, identifié son assassin : un activiste dagestanais connu, déjà condamné et recherché par la police. Un certain Arzo Khadjiev... Donc, ils concluent que le FBI leur a menti et que Parviz Amritzar était un *vrai* terroriste. Que toute la manip était dirigée contre la Russie.

– Qu'est-ce qu'on dit à Washington ?

– Ils dorment encore. Je les ai prévenus hier soir et ils ont eu le temps d'envoyer l'ambassadeur protester auprès du Ministère des Affaires Étrangères.

« Ce qui ne servira à rien. C'est le Kremlin qui pilote tout.

– Tout ça est de ma faute ! avoua Malko. C'est *moi* qui ai identifié le meurtrier de Parviz Amritzar. C'est l'homme qui avait l'intention de me tuer l'autre soir dans le taxi. Je ne savais pas qu'il avait *aussi* liquidé ce malheureux Pakistanais.

Il raconta à Tom Polgar son interrogatoire au FSB et conclut :

– Ils ont dû remonter jusqu'à lui, par son adresse. Maintenant, qu'est-ce qu'on fait ?

– Je ne sais pas, fit sombrement l'Américain, mais le téléphone va commencer à sonner vers quatre heures. Là, je dois avoir quelque chose à dire. Or, ce n'est pas brillant.

« L'IGLA ou les IGLA S sont dans la nature, on ignore où. Comme ce que veulent en faire ceux qui les détiennent.

« À mon avis, même avec l'identification du meurtrier de Parviz Amratzar, le FSB n'en sait pas plus que nous.

– Cet Arzo Khadjiev était un sous-fifre, dit Malko. Il faudrait trouver le chef, celui qui a monté cette manip. Tout est lié au Caucase.

– Je me fous du Caucase ! grogna l'Américain. Avez-vous des éléments pour identifier cette personne ?

– J'ai des soupçons, avoua Malko, mais rien encore de solide. On devrait donner nos éléments au FSB.

Tom Polgar s'étrangla.

– Vous plaisantez ! Ils vont nous remercier poliment et garder Bruce Hathaway au chaud. Sans parler de la menace contre « *Air Force One* ».

– Dans ce cas, il me faut du temps, dit Malko.

– Qui soupçonnez-vous ?

Malko hésita. Dans l'état où il se trouvait, Tom Polgar était capable de n'importe quelle imprudence.

– Je ne peux pas encore vous le dire, dit calmement Malko. Il me faut un ou deux jours.

L'Américain s'étrangla.

– Vous êtes fou ! C'est pour *nous* que vous travaillez, pas pour…

– Justement, argumenta Malko. J'avance sur des œufs. Pour le moment, c'est un mirage. Il ne faudrait pas qu'il s'évanouisse.

Tom Polgar n'insista pas. Au fond, il comprenait Malko.

– OK, soupira-t-il, je vais prendre un tube de valium. En plus, je dois aller rendre visite à Bruce Hathaway… Il vaut mieux que je ne lui dise pas à cause de qui il est là-bas.

– Rassurez-vous, dit Malko, les Russes savent bien que leur truc ne tient pas judiciairement. Ils font du chantage. Ils vont bientôt vous faire savoir ce qu'ils veulent pour le rendre.

***

Malko tiqua en voyant Julia Naryshkin pousser la porte tournante du *Kempinski*. Elle portait exactement la même tenue que la veille.

Lorsqu'elle s'approcha, il s'aperçut que son maquillage avait coulé.

– Je n'ai pas eu le temps de rentrer chez moi, s'excusa-t-elle. Gocha ne voulait plus me laisser partir. Je peux prendre une douche chez toi ?

– Bien sûr !

Ils remontèrent jusqu'à la suite et Malko s'installa dans le salon tandis que Julia filait dans la salle de bains. Elle en sortit un peu plus tard, drapée dans un peignoir brodé de l'hôtel et vint s'asseoir sur les genoux de Malko, enfouissant sa bouche dans son cou. Son peignoir s'écarta et il aperçut la pointe d'un sein qu'il effleura aussitôt.

Julia sursauta comme si elle avait reçu une décharge électrique, et se serra encore plus contre lui… Enhardi, Malko glissa la main sous le peignoir et continua son exploration.

D'elle-même, la jeune femme défit la cordelière du peignoir qui s'ouvrit, révélant le triangle roux bien taillé. Exceptionnel en Russie ou toutes les femmes s'épilaient.

Il vit les cuisses s'écarter légèrement, comme pour l'encourager. Lorsque ses doigts se posèrent sur le sexe,

Julia poussa un soupir ravi. Encore plus lorsque les doigts de Malko s'enfoncèrent en elle.

Puis elle glissa à terre, se débarrassa du peignoir d'un coup d'épaule et tomba à genoux devant lui. Malko ferma les yeux tandis qu'elle le libérait avec douceur. Après ce qui s'était passé trois jours plus tôt, il ne s'était pas attendu à un tel accueil. Julia semblait avoir repris sa fellation là où elle l'avait laissée.

En baissant les yeux, il pouvait voir les pointes raidies de ses petits seins qui se frottaient à son pantalon.

Lorsqu'elle le jugea assez dur, elle se renversa en arrière sur la moquette, les jambes ouvertes.

– Viens, dit-elle, j'ai envie de toi.

C'était vrai : il s'enfonça en elle comme dans un pot de miel.

Puis, elle se mit à bouger sous lui avec furie, venant au-devant de ses coups de reins, se soulevant pour mieux se faire embrocher, râlant, la bouche ouverte. Jusqu'à ce qu'elle jouisse avec un râle heureux.

Qui se transforma en un cri de douleur lorsqu'il se retira d'elle.

– J'ai mal ! soupira-t-elle.

Elle se releva et se regarda dans la glace : à force de se démener sous Malko, elle s'était écorché la peau du dos sur la moquette !

Malko en avait un peu honte, mais Julia dit seulement.

– Il va falloir que j'explique cela à Gocha…

De nouveau, elle fila dans la salle de bains. Lorsqu'elle en ressortit, habillée, remaquillée, elle lança à Malko, avec un sourire tendre et ironique :

– Tu as encore besoin de moi ?

– Tu as vraiment retrouvé le numéro de cet Alexi Somov ?

– Oui, tu veux que je l'appelle ?

Il hésita à peine.

– Oui.

– Pour lui dire quoi ?

– Tu as retrouvé son numéro, tu voulais reprendre contact…

– Il va se jeter sur moi.

– Tu es assez grande pour ne pas te faire violer.

– Tu ne le connais pas. Un jour, au Dagestan, une fille qu'il draguait vulgairement l'a giflé en public. On ne l'a jamais revue. Il parait qu'il l'a tuée à coups de pieds.

« *Dobre*, laisse-moi seule, je vais l'appeler.

Cela faisait vingt bonnes minutes que Julia Naryshkin se trouvait dans le sitting-room tandis que Malko se distrayait en regardant CNN.

La jeune femme apparut enfin, avec un drôle de sourire, et vint s'asseoir à côté de lui.

– Alexi se souvenait très bien de moi, annonça-t-elle. Il savait aussi ce qui était arrivé à Mogamed. Il a semblé extrêmement touché que je l'appelle et m'a immédiatement proposé de partir avec lui à Makhachkala où il se rend dans deux jours.

Elle ajouta :

– À mon avis, si je pars avec lui, il me sautera avant même que nous ayons atteint Volgograd.

Malko protesta.

– Ce n'est pas exactement ce que je cherche…

– Tu me diras ce que je dois faire, lança Julia. C'est un vrai cosaque, fou de femmes. Lorsqu'il était en poste au Centre anti-terroriste du Caucase nord, il était invité chez tous les chefs de tribus, enfin, ceux qui n'étaient pas salafistes.

« Dans ces fêtes, on faisait danser sur les tables des fillettes de douze ou treize ans, vierges, et on les offrait ensuite aux invités de marque… Alexi n'était pas le dernier à en profiter…

– Je croyais que le Dagestan était un pays musulman, très conservateur, objecta Malko.

– C'est vrai, les vrais musulmans considéraient ces pratiques avec horreur, avoua Julia Naryshkin, mais quelques chefs de tribus s'en accommodaient très bien.

« Un peu moins proches d'Allah…

– Alexi a des couilles, enchaîna Julia. Je me souviens, j'étais à Makhachkala lorsqu'un groupe des terroristes de Wahla Arshaiev avait détourné un Tupolev 134 de la Dagestanair, en prenant les passagers en otages.

« Ils menaçaient de les tuer. Alexi Somov était monté à bord tout seul, pour négocier avec le chef des terroristes.

– Wahla Arshaiev ?

– Non, un de ses lieutenants, un nom qui commençait par K. Je ne me souviens pas ; bref, Alexi a d'abord fait relâcher les vieux qui voulaient faire leur *namatz*, leur prière du vendredi, puis un bébé, puis les femmes.

« Finalement, il a tiré une balle dans le ventre du terroriste et repris le contrôle de l'avion. Le Président Astanov l'a décoré et félicité.

– Il est mort, ce terroriste ?

– Je ne sais pas.

– Voilà, dit-elle, je vais retourner chez moi me faire belle. Tu me diras pour Alexi…

Elle partit sans même l'embrasser.

Malko était songeur. Quelque chose l'intriguait dans le récit de Julia. Qu'il ne pouvait pas éclaircir tout seul.

***

Tom Polgar regarda Malko, étonné.

– Un détournement d'avion en 2003 au Dagestan ? Oui, on doit avoir quelque chose là-dessus. J'appelle le CIC. Ils ont tous les récits sur le terrorisme en Russie.

Vingt minutes plus tard, un boutonneux timide en chemise débarquait dans le bureau du chef de Station avec une pile de dossiers.

– Voilà ce que j'ai en 2003 ! annonça-t-il.

Il tendit à Tom Polgar plusieurs coupures de presse et un rapport « ouvert » du FSB, communiqué à la CIA. Celui-ci expliquait les causes du détournement – la libération de prisonniers politiques dagestanais – et les circonstances. C'était effectivement le colonel Alexi Somov qui avait tout seul résolu le problème.

Abattant le terroriste. Celui-ci avait pu être soigné et le FSB soulignait que, touché par sa foi authentique, le colonel Somov l'avait ensuite fait recruter par la branche spéciale du FSB au Caucase, le *Youg*, afin de lutter contre les *boïviki* tchétchènes. Ce qui ne lui coûtait guère, car les Dagestanais détestait les Tchétchènes presque autant que les Russes.

Malko trouva le nom du terroriste juste en bas du rapport du FSB : Arzo Khadjiev.

Il referma le dossier et se tourna vers Tom Polgar.

– Nous venons d'accomplir un pas de géant, annonça-t-il. Je pense avoir identifié l'homme qui est derrière le vol des IGLA S.

# CHAPITRE XXIV

– D'après le FSB, continua Malko, Arzo Khadjiev est l'homme qui a tué d'une balle dans la nuque Parviz Amritzar dans des circonstances que nous ignorons et il avait l'intention de m'assassiner. Il est donc lié à l'affaire des IGLA S. Or, c'est le même Arzo Khadjiev qui avait détourné en 2003 le Tupolev 134 de la Dagestanair et qui avait négocié avec le colonel Alexi Somov, alors membre du GRU.

– Qui lui a tiré une balle dans le ventre, remarqua Tom Polgar.

– Dans le Caucase, objecta Malko, les gens passent leur temps à se tirer dessus ou à se faire sauter. Les survivants se réconcilient ensuite. Ce qui semble être le cas. N'oubliez pas que le colonel Alexi Somov, au Contre Terrorisme, avait l'habitude de manipuler d'anciens terroristes. Nous savons qu'après le détournement du Tupolev 134, les deux hommes se sont rapprochés, puisque le colonel Somov a fait en sorte qu'Arzo Khadjiev soit engagé au *Youg*. Nous ignorons ce qui s'est passé ensuite.

L'Américain ne semblait pas convaincu.

– Alexi Somov est toujours lié au GRU, remarqua-t-il, et, particulièrement à son N°3, le général Anatoly Razgonov. Les officiers du GRU sont réputés pour leur nationalisme et leur défense des intérêts russes. Je ne vois pas cette « maison » vendre des IGLA S à des terroristes dangereux.

– C'est vrai, reconnut Malko, il manque un morceau au puzzle. Nous ne *savons* pas tout, mais beaucoup d'éléments convergent vers Alexi Somov.

« Nous *savons* qu'il connaît Arzo Khadjiev, qui a tué Parviz Amritzar et tenté de m'assassiner. Grâce au portable d'Amritzar, nous *savons* aussi que Khadjiev a eu un contact avec Alexi Somov, depuis le début de l'affaire. Nous *savons* encore que les IGLA S volés ont transité par le local où on a trouvé le cadavre de Parviz Amritzar.

« Enfin, grâce à Julia Naryshkin, nous *savons* qu'Alexi Somov se rend au Dagestan après-demain.

Cela fait beaucoup…

– C'est vrai, confirma le chef de Station de la CIA, mais les Russes connaissent Somov. Pourquoi ne suivent-ils pas le même raisonnement que vous ?

– Parce qu'il leur manque un fait essentiel, souligna Malko. Le lien *actuel* entre Somov et Khadjiev, grâce à l'appel donné du portable de Parviz Amritzar.

Tom Polgar soupira.

– *Well*, je vais avoir du mal à vendre cette histoire à Washington. En attendant, Bruce Hathaway déprime un max et les Russes le présentent demain au Procureur Général de Russie. Le ministre des Affaires Étrangères a éconduit notre ambassadeur, en expliquant qu'il s'agissait d'une grave affaire de terrorisme et qu'il ne pourrait pas intervenir. Il a quand même garanti que Bruce Hathaway serait bien traité et qu'on veillerait à ce qu'il ne mette pas fin à ses jours…

Malko esquissa un sourire narquois.

– Évidemment, on veille sur les otages ! C'est un objet de valeur.

– Que voulez-vous dire ? demanda Tom Polgar.

– Vous ne pensez pas que les Russes vont envoyer Bruce Hathaway en Sibérie, avec Khodokorski ? Ils demanderont à l'échanger…

– Contre qui ?….

– Je n'en sais rien. Ils le diront. Vous devez bien avoir quelques espions sous le coude…

Tom Polgar allait répondre lorsque sa secrétaire passa la tête à la porte de communication.

– Sir, vous avez le colonel Tetriakov sur la 2. Il dit que c'est extrêmement important.

Le visage de l'Américain s'éclaira.

– Il va m'annoncer qu'il relâche Bruce Hathaway !

Il se rua littéralement sur le téléphone et son visage s'assombrit. Après avoir raccroché, il lança à Malko.

– Il veut me voir, *right away*[1]. J'y vais. Vous m'attendez ? Je ne pense pas qu'il me garde longtemps.

***

Malko avait eu le temps de lire entièrement *Newsweek* lorsque Tom Polgar réapparut, le visage sombre. Malko ne résista pas à un trait d'humour.

1. Immédiatement.

– Vous ne ramenez pas Bruce Hathaway ?

L'Américain lui jeta un regard sans aménité.

– *Don't bullshit me* ![1] On est encore plus dans la merde. Tenez, lisez.

Il tira de sa serviette un document qu'il tendit à Malko.

L'en-tête était celle du FSB, le document rédigé en anglais, signé du chef du FSB, Alexander Bortnikov. Un sceau rectangulaire annonçait « secret ».

C'était un résumé de l'enquête sur Arzo Khadjiev. Le FSB annonçait qu'après avoir découvert sa planque à Moscou, il avait effectué une enquête approfondie chez les voisins de l'immeuble et acquis la certitude que l'IGLA S dérobé avait été entreposé là, avant d'être acheminé en direction du Caucase.

Ce qui excluait toute possibilité d'attentat contre l'avion de Barack Obama.

En conséquence, le patron du FSB demandait au gouvernement américain d'autoriser la venue de *Air Force One* à la date prévue, assurant qu'il n'y avait plus aucun risque d'attentat D'après leur enquête, ce missile était destiné à la Tchétchénie pour abattre des appareils de l'armée de l'air russe.

Malko reposa le document sur le bureau.

– Qu'est-ce que vous en pensez? demanda Tom Polgar.

– À la lueur de ce que nous savons, cela se tient, conclut Malko. Sauf le passage sur la Tchétchénie : depuis l'arrivée du président Khazimov, on ne se bat plus là-bas. Il y a une autre raison à l'expédition de ces missiles vers le Caucase. Probablement le business. Les Russes ont

1. Ne vous foutez pas de ma gueule !

toujours vendu des armes sur le marché « gris ». Pour se faire de l'argent.

Tom Polgar secoua la tête.

– Il faut donc que la Maison Blanche croie les Russes sur parole ! Sans la moindre preuve. Ils n'ont arrêté personne et ne savent même pas où ces IGLA S se trouvent.

« En plus, je dois donner mon avis…

– Évidemment, reconnut Malko, c'est délicat, même si je crois que les Russes disent la vérité, sauf sur le nombre de missiles. Jamais les séparatistes caucasiens ne se sont attaqués à des intérêts américains. Ils visent les Russes et la Russie.

– Ça peut être une première…

– C'est ce pauvre Parviz Amritzar qui voulait abattre *Air Force One*, corrigea Malko. Et nous ignorons toujours comment il a retrouvé ces vrais terroristes qui l'ont tué.

« Si vous ne donnez pas suite à cette note du FSB, les Russes vont dire que vous ne croyez pas à leur parole… Cela ne va pas arranger la situation…

– On est dans la merde jusqu'au cou ! conclut le chef de Station. Je transmets tout à Langley.

– Faites ! conseilla Malko. J'ai encore une carte à jouer. Nous ferons le point ensuite.

***

Malko pénétra sous le porche amenant à l'ensemble des résidences où demeurait Marina Pirogoska, au volant d'une Volkwagen en plaques russes prêtée par l'ambassade U.S. Il passa devant un marchand ambulant installé au bord d'une allée, proposant des morceaux de viande étalés sur un tréteau, puis une petite boutique « Remont ». Quelques stands s'alignaient dans les allées desservant toutes les résidences.

Il s'arrêta non loin de celle de Marina Pirogoska et sortit de la voiture, réalisant qu'il ne connaissait pas le code de son immeuble. Il en serait quitte pour attendre que quelqu'un y entre.

Ce n'est qu'au dernier moment qu'il vit le policier en uniforme devant l'immeuble.

Lorsqu'il arriva à sa hauteur, l'homme tourna sa chapka vers lui et demanda :

– Chez qui allez-vous, *gospodine* ?

– Chez Marina Pirogoska.

Le policier hocha la tête sans émotion.

– Vous ne pouvez pas monter. Elle a été assassinée hier soir. Vous êtes un de ses amis ?

– Oui.

– *Dobre*, adressez-vous au 38 Petrovska *ulitza*. Ils vous donneront d'autres détails.

Il recommença à taper la semelle dans le froid, indifférent. Malko regagna sa voiture. Le dernier indice venait de tomber. Qui aurait pu avoir intérêt à assassiner Marina Pirogoska ? Quelque chose lui disait que ce meurtre était lié à son affaire. Marina Pirogoska savait quelque chose qu'elle aurait pu être amenée à lui dire.

Mais quoi ?

Il était certain qu'elle ne l'avait pas volontairement entraîné dans un piège. Cependant, celui qui lui avait dépêché Arzo Khadjiev au *Kempinski*, pour emmener Malko dans une balade sans retour, *savait* qu'elle devait envoyer un chauffeur à Malko. Donc, Marina le connaissait.

Les portes se fermaient les unes après les autres…

Il ne restait plus à Malko qu'une carte à jouer. Une carte dangereuse et hasardeuse. Un coup de poker audacieux. S'il échouait, c'était foutu. En plus, il ne pouvait pas jouer cette carte seul.

Lorsqu'il eut Julia Naryshkin au bout du fil, elle parut surprise.

– Que se passe-t-il ? demanda-t-elle.

– Je veux te voir. Où es-tu ?

– Chez moi, mais laisse-moi le temps de me faire belle. Dans une heure ?

Juste le temps qu'il lui fallait pour arriver à Paradelkino.

Julia Naryshkin avait remis sa tenue d'intérieur habituelle : pull moulant et longue jupe à fleurs sur des bottes à très hauts talons. Elle entraîna Malko jusqu'à la table basse où trônait un plateau de thé.

– Je suppose que tu viens ici pour une raison précise ? dit-elle.

– Oui, reconnut Malko, je vais te faire une proposition, mais tu n'es pas obligée d'accepter.

– Cela doit être dangereux, remarqua Julia Naryshkin d'un ton calme.

– Non, si les choses se passent comme prévu.

– Ce n'est jamais le cas.

Un ange passa, les yeux bandés. Elle n'était pas tombée de la dernière pluie…

– Voilà, enchaîna Malko, je voudrais que tu rappelles Alexi Somov pour lui dire que tu es d'accord pour partir avec lui au Dagestan, mais que tu veux le rencontrer *d'abord*, ici.

Julia Naryshkin lui jeta un regard glacial.

– Tu tiens à ce qu'il me viole, *ici* ?

– Non, dit Malko, je serai là.

Ce fut au tour de la jeune femme de marquer sa surprise.

– Explique-moi, demanda-t-elle, après un long silence.

– Je veux lui parler, lui faire une proposition.

– Dis-m'en un peu plus.

– Je soupçonne Alexi Somov d'être le responsable d'une manip tordue où il a partie liée avec des terroristes. Je crois qu'il est responsable de plusieurs meurtres et je me demande même s'il n'a pas tué Marina Pirogoska.

Julia Naryshkin marqua le coup.

– Marina ! Elle est morte ?

– On l'a assassinée hier soir chez elle.

– Pourquoi soupçonnes-tu Alexi Somov ?

– Je pense qu'elle pouvait me faire des révélations ennuyeuses pour lui.

Julia Naryshkin alluma une cigarette et croisa ses longues jambes.

– Tu sais que tu me demandes quelque chose qui peut m'attirer de très gros ennuis. Alexi Somov est un homme puissant et on ne plaisante pas avec le GRU, en Russie.

– Bientôt, assura Malko, Alexi Somov ne sera plus un homme puissant. Avec ou sans ce rendez-vous. Donc, il ne pourra pas te nuire. Je détiens une preuve contre lui qui le mènera, au mieux, à Lefortovo.

La jeune femme tirait sur sa cigarette pensivement.

– Il faut que je réfléchisse. Nous avons peu de temps, il m'a dit partir au Dagestan ces jours-ci.

– Je ne te ferai prendre aucun risque, assura Malko. Si cette rencontre se passe mal, je communiquerai immédiatement au FSB mes informations et une heure après, il sera neutralisé.

Il regarda sa montre et se leva. Il restait encore Tom Polgar à convaincre de tenter ce qu'il avait imaginé après la mort de Marina Pirogoska.

– Je te rappelle dans deux heures, dit-il. Tu me donneras ta réponse.

Julia Naryshkin s'était levée, à son tour. Elle eut alors un réflexe inattendu. Au lieu de raccompagner Malko à la porte, elle se rapprocha de lui et noua ses bras autour de sa nuque. Son regard plongé dans celui de Malko, elle dit d'une voix égale.

– Maintenant que tu m'as bien excitée, je veux que tu me baises.

Son pubis dansait une petite danse silencieuse contre lui et il se dit que Gocha Sukhumi n'avait pas de chance avec les femmes.

Tom Polgar attendrait.

***

Le chef de Station de la CIA à Moscou avait écouté l'exposé de Malko sans l'interrompre.

– OK, dit l'Américain. Comment capitalisons-nous là-dessus ?

– Nous avons en notre possession une preuve accablante contre Alexi Somov, expliqua Malko. La trace de l'appel fait par Arzo Khadjiev, considéré comme un des chefs de cette manip par le FSB et coupable de plusieurs meurtres, à Alexi Somov. Si nous communiquons cet élément au FSB, ils vont immédiatement réagir et arrêter Somov. Ils possèdent des moyens de creuser cette histoire que nous n'avons pas.

– Exact, reconnut l'Américain, qu'est-ce que cela nous apporte ?

– Rien, reconnut Malko. C'est pour cela que je préfère mon approche. Au lieu d'avertir le FSB, j'explique à Alexi Somov ce que nous avons comme preuve contre lui.

– Et alors ?

– Il sait qu'il est entre mes mains.

– Il va vous tuer.

– Je ne lui en donnerai pas l'occasion, assura Malko. Et je lui ferai ma proposition. D'abord savoir où sont les IGLA S. C'est notre premier souci, non ?

– Exact.

– Il est, à mon avis, la seule personne à pouvoir nous aider à les récupérer. Ensuite, c'est un peu plus vicieux...

Tom Polgar l'écouta attentivement et conclut.

– C'est *très* vicieux.

– Mais si on réussit, vous aurez la Médaille du Congrès.

– Il y a beaucoup de « si ».

– Il est rare que, lorsqu'un général lance une bataille, il soit sûr de gagner, remarqua Malko.

Il y eut un long silence, rompu par Tom Polgar.

– Il est huit heures à Washington. J'envoie un câble immédiatement. Dès que j'ai la réponse, je vous appelle.

– C'est un tout, rappela Malko. On ne peut pas saucissonner.

Lorsqu'il ressortit de l'ambassade des États-Unis, il avait envie de danser.

Même si affronter Alexi Somov revenait à se battre avec un tigre à mains nues.

***

Rem Tolkatchev relut le texte qu'il avait rédigé lui-même, adressé à Tom Polgar, le responsable de la CIA à Moscou. Ce qu'on appelait un « brouillon » en langage diplomatique. C'est-à-dire un document qui n'avait pas d'existence.

L'offre était simple, bien qu'enveloppée de considérations toutes plus fausses les unes que les autres.

En gros, si les Américains ne souhaitaient pas voir Bruce Hathaway passer en jugement pour espionnage et être condamné, on pourrait envisager un échange « sur des bases humanitaires », entre le chef du FBI de Moscou et le marchand d'armes Viktor Bout, actuellement emprisonné à New York, après avoir été extradé de Thaïlande.

Le Président Medvedev et Vladimir Poutine avaient approuvé le texte.

Viktor Bout n'était pas un personnage de premier plan, mais c'était un ancien agent du GRU et, surtout, il était russe.

On n'abandonne jamais les siens.

Il ne restait plus qu'à faire porter l'offre à l'ambassade américaine.

***

La journée avait passé lentement. Malko regarda sa montre : sept heures et demie.

Aucune nouvelle de Tom Polgar et il n'osait pas l'appeler. Dehors, le Kremlin brillait de tous ses feux. Le beau temps était revenu sur Moscou.

Tom Polgar appela à huit heures et quart.

– On dîne au GQ, au bar, annonça-t-il. Dans une demi-heure.

Il semblait tendu et Malko se dit qu'il avait de mauvaises nouvelles à annoncer.

***

Les filles habituelles, en tenue de combat, hantaient le bar du GQ à l'éclairage tamisé. Malko était déjà installé devant un faux feu de cheminée quand Tom Polgar débarqua. Il avait les traits tirés, semblait chiffonné, épuisé.

– Avant tout, dit-il, donnez-moi une vodka. Pendant ce temps-là, lisez ça.

Il tendit à Malko un papier plié.

C'était un texte neutre dans lequel les Russes réclamaient un échange entre Bruce Hathaway et Viktor Bout... Lorsque Malko le rendit, Tom Polgar avait eu le temps de boire *deux* vodkas à partir d'un carafon enrobé de glace.

– Il fallait s'y attendre, laissa tomber Malko. Qu'en pense Washington ?

L'Américain explosa.

– Il paraît que le Président a dit que c'était « outrageant ». Échanger un haut fonctionnaire irréprochable contre un trafiquant d'armes ! En plus, en année électorale. Les Républicains l'auraient crucifié...

– Donc, ils ont refusé...

Tom Polgar lui jeta un drôle de regard.

– Vous pouvez le remercier ! Parce que c'est à cause de ce blocage qu'ils acceptent votre plan. Du bout des lèvres, mais j'ai le feu vert. Directement de la Maison Blanche. Sans cela, je pense que cela n'aurait pas marché.

Du coup, Malko attaqua à son tour la *Tzarskaia*.

Il héritait d'une responsabilité écrasante et dangereuse. Pas seulement pour lui.

***

Il était près de onze heures quand il appela Julia Naryshkin.

– Tu as réfléchi ?

– Je crois que je vais te faire ce plaisir, dit la jeune femme d'une voix égale. Je viens demain dans le centre pour mon émission. Retrouvons-nous sur Novy Arbat. Au Vesma Cafe, c'est à côté de Radio Moscou. À trois heures.

Cette fois, les dés étaient jetés. Car il y avait peu de chances qu'Alexi Somov refuse le rendez-vous d'une très jolie femme, qu'il mourait d'envie de mettre dans son lit.

# CHAPITRE XXV

Alexi Somov flottait sur un petit nuage rose, dans le bureau qu'il occupait parfois au cinquième étage de « L'Aquarium ». Un bonheur ne venait jamais seul. Dans quelques jours, il allait toucher sa commission sur les huit millions de dollars des IGLA S, en éliminant Marina Pirogoska, il avait acheté sa tranquillité d'esprit, et, maintenant, une femme qu'il n'avait pas pu avoir quelques années plus tôt, se jetait dans ses bras !

Il lui avait bien semblé alors, à Makhachkala qu'il ne lui était pas indifférent mais, à l'époque, elle était en main…

Il regarda sa Rolex en or.

Encore deux heures !

Il quitterait son bureau à six heures dans sa voiture personnelle, sans chauffeur et, grâce au gyrophare, serait à Peradalkino quarante minutes plus tard. Il en salivait d'avance.

À tout hasard, il ouvrit un tiroir de son bureau, y prit une boîte de Viagra et en avala deux d'un coup. Même s'il avait pleinement confiance en sa puissance sexuelle, il voulait écarteler Julia Naryshkin, la fendre en deux, lui laisser un souvenir inoubliable.

Ce voyage au Dagestan allait être un délice. C'était bien la première fois qu'il partait pour le Caucase avec un tel enthousiasme.

***

Malko était arrivé à six heures dans une voiture « neutre » fournie par l'Agence. Avec un Glock tout neuf donné par Tom Polgar. Le chargeur rempli de cartouches à fragmentation. Et un gilet pare-balles G.K. sous sa veste.

Il sourit à Julia Naryshkin, plutôt pâle, extrêmement sexy, dans un haut fuschia sans soutien-gorge et une longue jupe noire stricte et moulante, descendant sur ses bottes à très hauts talons. Le coup de sonnette les fit sursauter tous les deux. Malko sentit l'adrénaline se ruer dans ses artères. Tout allait se jouer dans l'heure qui suivait.

Julia se leva et attendit le second coup de sonnette. S'effaçant ensuite pour laisser entrer un géant au crâne rasé, de près de deux mètres de haut, dans un costume bien coupé. Galamment, il s'inclina sur la main de la jeune femme et lui tendit un bouquet d'œillets rouges.

– Merci, fit la jeune femme, je vais les mettre dans l'eau.

Elle fila vers la cuisine et Alexi Somov avança dans la pièce, découvrant Malko installé dans le divan ! Il s'arrêta net, comme un fauve pris dans un projecteur et grommela une exclamation furieuse.

– *Choza roudok* ? [1]

1. C'est quoi, cette merde ?

– Alexi Ivanovitch, fit Malko, ce n'est pas un piège. Je voulais seulement vous parler. Je suis un représentant du gouvernement américain.

– Je sais parfaitement qui vous êtes ! lança rageusement l'officier russe. Un espion ! Un criminel !

Julia Naryshkin revenait de la cuisine, un vase dans les bras. D'un revers, Alexi Somov balaya la jeune femme et le vase, les expédiant contre le mur.

– *Slovacha* ! [1] hurla-t-il.

Pendant que Julia Naryshkin tentait de se relever, la main du Russe plongea vers sa ceinture.

– Alexi Ivanovitch ! lança Malko, ne touchez pas à cette arme, ou je vous tue !

Alexi Somov s'immobilisa à trois mètres de Malko, le regard fixé sur le canon du Glock braqué sur lui. Il faisait peur : on aurait dit un grizzli prêt à bondir. Malko se dit que s'il se jetait sur lui et qu'il lui vide son chargeur dans le corps, le Russe aurait le temps de l'étrangler !

Cependant, Alexi Somov n'avait pas envie de mourir. Il demeura sur place, les mains le long du corps.

D'une voix blanche, rocailleuse, il lança :

– Je vous ferai fusiller ! Quant à toi je te battrai comme une chienne, jusqu'à ce que tu crèves.

Julia Naryshkin, très pâle, une marque rouge sur le visage, ne répondit pas.

Malko fit signe au Russe de l'extrémité de son pistolet et continua en russe.

– Alexi Ivanovitch, asseyez-vous en face de moi. Je ne suis pas venu me battre, mais vous parler. Ensuite, vous ferez ce que vous voudrez.

1. Salope !

Le Russe se laissa tomber en face de lui, ses énormes mains posées sur les genoux. Ses petits yeux anthracite ne quittaient pas Malko. Un fauve prêt à bondir pour égorger son dompteur. Il était temps pour Malko de reprendre le dessus psychologiquement.

– Alexi Ivanovitch, annonça Malko, j'ai en ma possession un portable qu'Arzo Khadjiev a utilisé pour vous appeler. C'est celui de Parviz Amritzar, le « terroriste » du FBI qui a été assassiné par Khadjiev.

« Le FSB sait désormais que Khadjiev a assassiné Parviz Amritzar, les deux convoyeurs des IGLA S et l'homme qui vous les a fournis... Par contre, le FSB ignore l'appel que vous avez donné sur son portable...

« S'il en connaissait l'existence, vous seriez immédiatement arrêté, en dépit de votre position.

« J'ajoute que ce mobile est en possession du chef de Station de la CIA à Moscou et que, s'il m'arrivait quelque chose, il le remettrait immédiatement en mains propres à Alexander Bortnikov. Voulez-vous écouter ce que j'ai à vous dire ?

Alexi Somov semblait avoir perdu dix centimètres. Ses yeux n'étaient plus que deux traits, il avait la face crayeuse. Si la pensée avait pu tuer, Malko aurait été transformé en poussière.

Le silence se prolongea longtemps. Très longtemps. Julia Naryshkin semblait être partie pour une autre planète. Malko ne lâchait pas le Russe des yeux. Sa haine était telle que, s'il en voyait l'opportunité, il les tuerait tous les deux, sur-le-champ et sans réfléchir...

Il émit enfin une sorte de son caverneux :

– *Yavah slichov* ?[1]

Malko se détendit, intérieurement. C'était comme avec les preneurs d'otages : quand le dialogue s'engageait, le danger s'éloignait.

– Les IGLA S, dit Malko, les huit missiles dont vous avez organisé le vol, à Kolomna. Ils sont susceptibles de s'attaquer à l'avion du président des États-Unis. Où sont-ils ?

– Loin ! laissa tomber Alexi Somov et ils ne s'attaqueront à rien du tout.

Malko insista.

– Alexi Ivanovitch, je ne peux pas vous croire sur parole. Je veux récupérer ces missiles.

– C'est impossible.

– Pourquoi ?

– C'est impossible, répéta le Russe.

De nouveau, les muscles tendus, prêt à bondir. Transpirant la haine.

Malko n'insista pas.

– Bien. C'est votre décision. Je vais donc vous laisser et partir avec Julia Naryshkin. Ce soir même, le FSB sera en possession du portable d'Arzo Khadjiev. À propos, je sais comment vous l'avez connu, lors du détournement d'avion de la Dagestanair. Mais, le FSB en sait sûrement davantage.

Comme le Russe demeurait tassé sur le divan, Malko se leva avec lenteur, sans cesser de le menacer de son arme. Tendu, ne le lâchant pas des yeux une fraction de seconde.

Il avait parcouru trois mètres quand le Russe aboya :

1. Que voulez-vous ?

– Revenez !

Il n'y avait pas que de la menace dans sa voix. Malko fit demi-tour et revint s'asseoir.

– Vous êtes décidé à parler ? demanda-t-il.

– Les IGLA S sont dans le Caucase, dit Alexi Somov. Ils vont être livrés à un groupe séparatistes wahhabite du Dagestan. Ils ne reviendront jamais à Moscou.

– Ce n'est pas assez, objecta Malko. Je veux tout savoir. Comprendre ce qui s'est passé.

Nouveau silence. Il ajouta :

– De toute façon, le FSB va bientôt enquêter sur vous. C'était idiot de tuer Marina Pirogoska. On va découvrir que vous la connaissiez.

Là, il bluffait, mais à l'expression du Russe, il comprit qu'il avait touché juste.

– Alors, vous me dites ce que je veux savoir ?

On aurait entendu voler une mouche. Enfin, le Russe lâcha :

– C'est seulement du business. Quand j'ai appris l'affaire du FBI, j'ai eu l'idée d'en profiter pour me procurer des IGLA S. Je savais pouvoir les vendre très cher au Dagestan.

– À des wahabites ? Vous trahissez votre pays.

– Non, fit sèchement Alexi Somov, sans explication.

Malko le sentait « attendri ». Il porta sa dernière estocade.

– Alexi Ivanovitch, martela-t-il, je veux tout savoir *maintenant*. Sinon, il n'y a pas de deal.

– *Dobre*, fit le Russe. J'ai vendu ces huit missiles un million de dollars pièce. Je vais demain à Makhachkala pour récupérer l'argent.

– Que deviennent ensuite les missiles ? demanda Malko.

– Ils ne serviront à personne, je vous l'ai dit. Je ne suis pas un traître. Ils seront détruits.

L'impasse.

Il n'y avait plus qu'une solution.

– *Dobre*, conclut Malko. Voilà ce que je vous propose. Vous allez repartir d'ici tout à l'heure. Nous ne dirons rien pour l'instant au FSB. Je vous retrouve à Makhachkala et vous me prouvez que les IGLA S sont détruits. Bien sûr, c'est sûrement facile pour vous de me tuer là-bas, mais ce qui vous incrimine sera resté à Moscou.

– Comment vous trouverais-je ?

– Je vous joindrai sur votre portable. Ensuite, vous m'apporterez la preuve que les IGLA S ont été détruits. Alors, nous serons quittes. Nous ne communiquerons pas au FSB ce que nous savons.

Alexi Somov se leva d'un bond. Pendant quelques secondes, Malko crut qu'il allait se jeter sur lui, puis le Russe s'éloigna vers la porte à grandes enjambées. Le battant claqua et, quelques instants plus tard, il entendit le vrombissement d'un moteur et le hurlement des pneus d'une voiture démarrant en trombe.

Julia Naryshkin surgit aussitôt. Elle ressemblait à un hamster avec une joue enflée et bleuâtre.

– Il va me tuer ! dit-elle calmement.

– Non, il n'en aura pas l'occasion.

– Je ne reste pas ici. Il va envoyer des gens pour une *razborka.*

– Tu repars avec moi, à Moscou, dit Malko. Tu vas aller chez Gocha.

– Qu'est-ce que je vais lui dire ?

– Que tu as été agressée, quand tu sortais de la voiture. Qu'on a voulu te voler ton sac...

– Je ne sais pas s'il va me croire.

– Je suis certain que tu vas y arriver, assura Malko. Prépare-toi.

Maintenant, le plus dur restait à faire. Alexi Somov allait tout faire pour se sortir de ce piège. Heureusement que Malko détenait l'arme absolue.

***

Alexi Somov martelait son volant à coups de poing, ivre de fureur. Si Arzo Khadjiev avait été encore vivant, il l'aurait étranglé de ses propres mains. Comment le portable volé à Parviz Amritzar s'était-il trouvé aux mains des Américains ?

Il comprit soudain : l'agent de la CIA qui le faisait chanter avait récupéré le mobile après la mort de Khadjiev. Bien qu'il ne comprenne toujours pas comment Malko Linge s'était débarrassé de lui. Maintenant, il avait une priorité absolue : récupérer l'argent des IGLA S, déclencher la dernière partie de l'opération et prendre une décision. Les IGLA S détruits, le FSB ne pourrait plus lui reprocher d'être un traître, c'était déjà ça...

Soudain, il éprouva une étrange sensation dans le bas-ventre. Il lui fallut quelques secondes pour s'apercevoir qu'une formidable érection se déployait, à son corps défendant.

Alors, il se souvint du Viagra...

Lorsqu'il arriva au centre de Moscou, il en avait mal au sexe et il comprit qu'il ne pourrait pas rester comme ça. Il fonça au *Métropole* et pénétra dans le bar. Il y avait pas mal de monde. Dont des filles seules.

Il repéra la moins moche, une blonde à la grosse bouche trop maquillée, un peu tapée, un peu trop forte, une expression bovine. En temps ordinaire, il ne l'aurait même pas regardée. Quand il se planta devant sa table, elle leva vers lui un regard torve et demanda :

– Tu veux prendre un verre ?

– Non, fit Alexi Somov. Je veux baiser. Viens.

– C'est 3 000 roubles, tu sais.

– *Karacho.*

Il l'arracha à son fauteuil et la poussa devant lui, jusqu'à l'ascenseur.

À peine dans la chambre, il se débarrassa de sa veste et la fille regarda son ventre.

– Dis donc, tu es vachement en forme !

Le Russe se laissa tomber dans le fauteuil, descendit son zip, exhibant un sexe enflé, énorme, impressionnant et lança :

– Tu vas me sucer jusqu'à ce que je ne bande plus !

Il ferma les yeux comme elle tentait de l'engouler, se demandant comment il allait sortir du piège où il était tombé. À commencer par cette chienne de Julia Naryshkin.

Essoufflée, la fille retira sa bouche quelques instants.

– *Bolchemoï !* fit-elle, qu'est-ce que tu es gros !

Alexi Somov lui donna un coup sur la tête du plat de la main, faisant pénétrer son sexe jusqu'à la glotte et elle comprit qu'elle n'avait pas un client facile.

Lorsqu'il était plus jeune, Alexi Somov pouvait tuer un homme du plat de la main.

***

Malko regarda Julia Naryshkin entrer dans la « Maison du Quai », après avoir garé sa voiture. Là, elle était en sécurité. Il repartit, direction l'ambassade américaine, rendre sa voiture et faire le point avec Tom Polgar. Les bureaux étaient presque tous vides, mais le chef de Station l'attendait.

Anxieusement.

– *We are in business* ! annonça Malko.

Lorsqu'il eut tout raconté à Tom Polgar, celui-ci ne semblait pas trop rassuré.

– Il va tout faire pour vous baiser ! avertit-il. Surtout à Makhachkala. Là-bas, on tue comme on respire.

– Dans ce cas, fit Malko avec philosophie, il vous restera l'arme absolue. Il sera arrêté à son retour.

– Vous croyez à ce qu'il vous a dit ?

– Oui, ça tient la route. C'est une affaire de corruption comme il y en a tout le temps en Russie. Il a servi longtemps au Caucase.

– Comment va-t-il « neutraliser » les IGLA S ?

– Ça, je n'en sais rien ! avoua Malko. Je le saurai là-bas.

L'Américain alla au bar et se versa un verre de scotch.

– Si on est sûr pour les IGLA S, c'est bien, mais il reste la seconde partie… Là, vous n'avez pas avancé.

– Vous en voulez toujours plus, protesta Malko. Je n'ai pas dit qu'il y avait 100 % de chances. Maintenant, je vais dormir. Cela m'a épuisé.

– Vous êtes sûr qu'il ne va pas essayer de vous tuer ?

– Je ne suis sûr de rien, fit Malko, mais j'ai sommeil. Il reste beaucoup à faire.

Le voyage au Dagestan c'était comme plonger d'un immeuble sans filet. À Makhachkala, Alexi Somov devait disposer de 10 000 façons de l'assassiner.

# CHAPITRE XXVI

Un 4 × 4 blanc attendait sur le tarmac, devant la petite aérogare de Makhachkala, les vitres teintées, deux hommes athlétiques devant. Dès que le Tupolev 154 de la Dagestanair s'arrêta, le 4 × 4 vint se positionner en bas de la passerelle.

Alexi Somov fut le premier à sortir et se dirigea vers le 4 × 4.

Un des deux hommes l'étreignit chaleureusement.

– *Salam Aleikoum* !

– *Aleikoum Salam* ! répondit Alexi Somov.

Ici, on n'était plus tout à fait en Russie. Cinq minutes plus tard, il franchissait la grille séparant le tarmac de l'extérieur, salué respectueusement par une sentinelle.

Tout le monde savait que cette Jeep 4 × 4 blindée appartenait à Rasul Khisri, le nouveau maire de Makhachkala. Il n'était pas question d'ennuyer un de ses invités.

Le 4 × 4 suivit le bord de mer, traversant la ville pour atteindre la villa du Maire au bord de la Caspienne. Une somptueuse demeure, tenant à la fois de la ville méditerranéenne et du blockhaus. Un petit blindé léger protégeait l'entrée et des rangées de sacs de sable interdisaient à d'éventuels malfaisants de venir assassiner le maire.

Dès que le 4 × 4 se fut arrêté en bas du perron, un homme entièrement vêtu de noir sortit de la villa pour venir à la rencontre d'Alexi Somov. Presque aussi grand que lui, mais beaucoup plus enveloppé. Les deux hommes s'étreignirent et gagnèrent l'intérieur, s'installant autour d'une table basse.

Rasul Khisri déboucha une bouteille de Torkon, le cognac local, et remplit généreusement deux verres.

Dès qu'il eut bu, Alexi Somov s'excusa.

– Je vais faire pipi !

Ce qu'il fit. Le WC de l'entrée était tout en or, comme les dix-sept autres de la villa. Rasul Khisri aimait beaucoup l'or, comme le marbre qui recouvrait à peu près tout dans la villa.

Lorsqu'il revint dans le salon, Alexi Somov vit que son hôte avait posé sur la table basse un superbe Beretta 92 plaqué or... Rasul Khisri le poussa vers lui.

– J'en ai fait faire trois...

Toujours le geste délicat... Pourtant, le Maire de Makhachkala observait son visiteur de ses petits yeux rusés.

– Est-ce que je peux faire quelque chose pour toi ? demanda Rasul Kishri.

Alexi Somov n'hésita pas.

– Oui. Tu as toujours des amis à la base de Borgo ?

Le maire fit la moue.

– Oui, mais c'est très surveillé...

Alexi Somov sourit.

– Rasul... Tu fais ce que tu veux là-bas.

Le maire de Makhachkala avait installé dans les sous-sols de la base militaire une distillerie clandestine de vodka. À l'époque, avec l'aide d'Alexi Somov...

– *Dobre*, admit le Dagestanais. Qu'est-ce que tu veux ?

Alexi Somov le lui expliqua. Rasul Kishri se reversa un peu de cognac et laissa tomber.

– C'est difficile…

– Pour toi, non.

– Cela va coûter beaucoup d'argent…

– Combien ?

– Au moins un million de dollars.

Alexi Somov ne broncha pas.

– 500 000, parce que c'est toi.

Rasul Khisri secoua la tête.

– Impossible.

Court silence, rompu par Alexi Somov. Celui-ci, penché au-dessus de la table, martela calmement.

– Rasul, il suffit que je donne un coup de fil au Représentant de la fédération et tu n'as plus de raffinerie… Je ne vais pas faire cela à un ami…

Rasul Khisri éclata soudain d'un gros rire.

– *Dobre ! Dobre !* On ne va pas se disputer. Tu as l'argent ?

– Je te le donnerai *après*. Je ne peux pas avant.

Courte hésitation, puis le maire sourit largement.

– Pas de problèmes entre nous. Tu vas habiter ici. Tu seras comme un coq en pâte…

Autrement dit, Alexi Somov était kidnappé. Il ne pourrait sortir de cette luxueuse résidence que sa dette payée.

C'était le Dagestan.

– *Karacho* ! lança-t-il, je vais prendre un bain. Dis-moi où tu m'installes.

À tout hasard, il allongea le bras et rafla le Beretta plaqué or. C'était toujours mieux que rien.

***

Julia Naryshkin, installée dans le lit hollywoodien de Gocha Sukhumi, regardait le ciel gris au-dessus du Kremlin. Son visage était encore enflé et toujours douloureux.

En ce moment, Alexi Somov devait être au Dagestan.

Elle n'avait pas eu de nouvelles de Malko depuis la veille. Quant à Gocha Sukhumi, il semblait avoir gobé son histoire d'agression. De toute façon, il était si heureux que Julia s'installe chez lui pour quelques jours, qu'il aurait avalé n'importe quoi.

Elle se demandait comment tout cela allait finir. Même Gocha Sukhumi ne pouvait la protéger de la haine d'un homme comme Alexi Somov.

S'il n'était pas neutralisé, elle n'avait plus qu'à quitter la Russie. Certes, Gocha possédait une propriété à Tbilissi, en Géorgie, mais ce n'était pas la même chose.

Il fallait que Malko tienne sa promesse.

***

Le vieux Tupolev triréacteur 154 de la Dagestanair se posa un peu court sur l'unique piste de l'aéroport de Makhachkala, inondé de soleil. Un des derniers Tupolevs de l'Union Soviétique avec sa peinture rouge et verte rappelant le drapeau dagestanais. La Dagestanair était une des seules compagnies intérieures russes à utiliser encore des Tupolevs dont les derniers exemplaires tombaient les uns après les autres.

Hélas, l'argent destiné à acheter de nouveaux avions avait été régulièrement détourné par le gouvernement dagestanais.

Malko se mêla aux femmes en noir chargées de baluchons, qui constituaient la plus grande partie des passagers, avec quelques hommes mal rasés à l'allure patibulaire.

Aucune formalité : on était toujours dans la Fédération russe.

Il regarda autour de lui : un paysage plat, avec un cirque de montagnes au fond. Comme il n'avait qu'un sac, il se retrouva rapidement devant l'aérogare.

Beaucoup de 4 × 4, des Mercedes dont certaines semblaient blindées, de la poussière et quelques uniformes avachis. Son chauffeur de taxi parlait russe avec un accent guttural.

– Lord Hôtel, dit-il, 16 Prospeckt Pierre 1er.

C'était la réservation qu'il avait faite de Moscou. Un hôtel juste entre l'aéroport et le centre ville. Deux étages, un toit d'ardoises, impersonnel et propre.

À peine installé, il appela le portable d'Alexi Somov et laissa sur son répondeur son adresse et le numéro de sa chambre, 27. Il n'avait plus qu'à attendre. Normalement, le Russe était arrivé la veille à Makhachkala et devait contacter Malko dès qu'il aurait la preuve de la destruction des IGLA S.

Certes, il se trouvait dans une des villes les plus dangereuses du monde, mais son armure se trouvait à l'ambassade américaine : le portable d'Arzo Khadjiev, qui avait enregistré l'appel d'Alexi Somov.

Plus, quand même, le gilet pare-balles extra souple G.K. qu'il avait emporté.

***

Le petit convoi s'engagea sur le vieux pont jeté sur la gorge profonde de la Sulak, une rivière bouillonnante qui se perdait vingt kilomètres plus loin dans la mer Caspienne.

Un vieux camion Oural encadré par deux 4 × 4 blancs, bourrés d'hommes en armes.

Juste après le pont se trouvait une sorte d'esplanade où les véhicules se garèrent. Un barbu massif – 1 m 75, 110 kg – sauta de l'Oural, une Kalachnikov à l'épaule, un chargeur et quelques grenades accrochées à sa tenue camouflée. Il s'appelait Gamzat Azkhanov et c'était l'homme de confiance d'Alexi Somov. Lorsqu'ils luttaient ensemble contre les *boïviki* tchétchènes, c'était lui qui interrogeait les rares prisonniers, en leur arrachant d'abord les ongles, avant de revendre leurs cadavres à leurs familles.

Maintenant, il dirigeait un groupe armé qui obéissait toujours à l'ancien colonel du GRU.

Le Dagestan était un pays où il y avait extrêmement peu d'avocats. Les différends se réglaient à coups d'explosifs. De massacres ou d'enlèvements. C'était toujours bon de posséder une force de frappe.

Gamzat Azkhanov jeta quelques ordres aux hommes descendus des 4 × 4 et, trois d'entre eux, munis de fusils à lunette, escaladèrent la pente et se dissimulèrent dans la broussaille.

Le Dagestanais prit son portable et composa un numéro.

– Je suis arrivé là où tu sais, dit-il. Tu as l'argent ?

Sur une réponse positive, il enchaîna :

– Je t'attends.

***

Deux heures plus tard, un convoi de quatre véhicules, trois 4 × 4 et une Mercedes, sortit de la courbe et s'arrêta en face du camion Oural et des 4 × 4 blancs.

On n'entendait que le pépiement des oiseaux.

Un homme de très haute taille, une longue barbe noire, un visage ascétique, une chemise et un pantalon noirs, une Kalach à l'épaule, émergea de la Mercedes et s'avança lentement, bien en vue, vers Gazmat Azkhanov, tandis que ses hommes se déployaient des deux côtés de la gorge. Les deux hommes se retrouvèrent sur le tablier du pont.

– *Salam Aleikoum*, fit d'une belle voix de baryton Gazmat Azkhanov.

– *Aleikoum Salam*, répondit poliment Karon Abdulahmidov, le numéro 2 du groupe de Wahla Arsaiev, wahhabite le plus virulent du Dagestan, bien décidé à imposer la charia dans tout le Caucase.

Un homme dont on annonçait la mort tous les trois mois, avec une régularité de métronome, afin de pouvoir attribuer des primes au FSB local.

– La marchandise est dans le camion, annonça Gamat Azkhanov.

– L'argent est dans la Mercedes, répondit son vis-à-vis.

Sans même se concerter, ils se dirigèrent vers les deux véhicules. Deux hommes avaient ouvert les portes arrière de l'Oural.

Karon Abdulahmidov fit sortir un des étuis contenant un IGLA S, l'ouvrit et en dégagea le missile, l'examinant sous toutes les coutures. C'était un vrai, tout neuf, sortant d'usine. Il fit de même pour les sept autres qu'on remit dans le camion.

De son côté, Gazmat Azkhanov comptait les liasses de billets de cent dollars, fouillant les sacs jusqu'au fond, afin de vérifier si un malfaisant n'avait pas dissimulé une grenade sous l'argent.

Les deux hommes émergèrent de leur inspection et se rapprochèrent.

– C'est bon ! dirent-ils en chœur.

Deux hommes se précipitèrent, portant les sacs en plastique pleins de billets. Grand seigneur, Gazmat Azkhanov proposa :

– Je te laisse le camion.

Un des hommes de Karon Abdulhamidov alla prendre le volant, tandis qu'on chargeait les sacs de billets.

L'échange n'avait pas duré plus de cinq minutes et les tireurs d'élite redescendaient de leurs planques.

La Mercedes et les trois 4 × 4 firent demi-tour pour retourner vers la ville.

Le camp de Wahla Arzaiev se trouvait au nord de Makhachkala, à Krasnoiarmeskov.

Gazmat Ashkinov, lui, fit demi-tour également, repartant d'où il était venu.

***

Arrivé à quelques kilomètres de la capitale, sous un ciel bien immaculé, avec la Caspienne à gauche qui moutonnait légèrement, le convoi de Karon Abdulhamidov ralentit légèrement pour franchir le vieux passage à niveau d'une voie désaffectée, menant au port.

La Mercedes et le premier 4 × 4 s'engagèrent sur les rails. Au moment où le camion Oural arrivait à son tour dessus, il y eut une formidable explosion.

Celle de la bombe FAB-250 de 250 kilos enfouie la nuit précédente sous les rails grâce à un mini-tunnel creusé en biais sous le talus.

Le camion et sa cargaison furent anéantis, les deux 4 × 4 se disloquèrent dans une gerbe de flammes.

La Mercedes, lancée contre un arbre par le souffle de l'explosion, explosa comme un ananas mûr, projetant un peu partout les morceaux de ses passagers.

Quelques minutes plus tard, une Samara blanche, venant de Makhachkala, s'arrêta avant le passage à niveau. Il en descendit quatre hommes cagoulés, armés de Kalachs, qui arrosèrent rapidement tout ce qui bougeait encore, avant de remonter dans leur véhicule.

Malko avait entendu une sourde explosion venant du nord de la ville, sans pouvoir identifier ce que c'était. Il commençait à se morfondre quand le grésillement du vieux téléphone à la soviétique le fit sursauter.

L'homme de la réception annonça simplement :

– On vous attend.

C'était un 4 × 4 blanc avec deux hommes à bord. On lui fit signe de monter et ils dévalèrent l'avenue Pierre Ier jusqu'à une somptueuse villa devant laquelle stationnait un blindé sur roues, entouré de sacs de sable.

Le 4 × 4 entra dans la cour où se trouvaient plusieurs véhicules similaires.

Un homme de haute taille, le crâne rasé, l'attendait dans un hall au sol de marbre. Alexi Somov.

Le Russe entraîna Malko dans un petit bureau. Sans s'asseoir, il demanda.

– Vous avez entendu l'explosion ?

– Vaguement, dit Malko Qu'est-ce que c'était ?

– Ce que je vous avais promis, laissa tomber Alexi Somov.

Il expliqua à Malko comment les IGLA S avaient été détruits. On ne pourrait jamais identifier la main malfaisante qui avait placé cette bombe.

– Nous sommes quittes, conclut le Russe. Je pense que je peux compter sur votre silence.

– Absolument, confirma Malko. Je ne peux rien promettre du côté du FSB. Ils vont continuer leur enquête.

– Et alors ? aboya Alexi Somov.

– Alors, enchaîna paisiblement Malko, je crains que vous ne soyez arrêté à votre retour à Moscou. Je pense que le déplacement que vous avez fait ici, plus l'attentat qui a détruit les IGLA S, va les conduire à des rapprochements fâcheux pour vous. Vous les connaissez : après quelques semaines à Lefortovo, vous aurez avoué que vous avez étranglé votre mère.

De nouveau, Alexi Somov n'était plus qu'un bloc de haine. Malko voyait ses mains se crisper, comme s'il l'étranglait.

– Je vais vous tuer comme un chien, gronda-t-il.

Malko réussit à ne pas broncher.

– Cela n'arrangera pas votre situation. C'est idiot de terminer à Lefortovo avec huit millions de dollars. Moi, j'ai autre chose à vous proposer.

– Quoi ? jeta Alexi Somov.

– Les États-Unis vous offrent l'asile politique. Vous pouvez vous réfugier, dès votre retour à Moscou, à l'ambassade américaine, avec votre argent. Ensuite, vous recevrez des papiers vous permettant de vous installer où vous voulez.

Visiblement, le Russe ne s'était pas attendu à cette proposition. Il vacilla, comme s'il ne savait plus où il en était, puis lâcha :

– Pourquoi les États-Unis feraient-ils cela ?

– Je pense que votre debriefing pourrait être fructueux pour la CIA, répliqua Malko. De cette façon, vous ne remettrez jamais les pieds en Russie.

Alexi Somov finit par dire.

– Je dois réfléchir. Je repars demain matin. Je serai à Moscou vers dix heures et demie.

– Réfléchissez, recommanda Malko. Je vous attendrai devant la *North Gate* de l'ambassade à partir de midi.

Sans attendre la réponse, il sortit de la pièce et remonta dans le 4 × 4 qui l'avait amené. Il n'avait pas de temps à perdre : son avion pour Moscou partait dans une heure et demie.

***

Tom Polgar regarda sa montre.

– Allez-y, dit-il à Malko.

Il était midi moins dix. Le chef de Station de la CIA l'attendait à l'arrivée du vol de la Dagestanair, la veille au soir.

La nouvelle de la destruction des IGLA S, confirmée par le FSB local, l'avait soulagé. Enfin, un problème réglé. Hélas, Bruce Hathaway était toujours emprisonné à la Loubianka et le Président des États-Unis menaçait de ne pas venir à Moscou s'il n'était pas libéré. On était de nouveau en pleine Guerre Froide.

Malko se leva et gagna la cour intérieure de la North Gate.

Les « marines » de garde avaient été prévenus et ne s'étonnèrent pas de le voir sortir à pieds par la petite porte. La rue donnant dans le Koltso était déserte. Il s'immobilisa sur le trottoir et attendit. Heureusement, la température était plutôt douce.

Tendu, l'estomac noué, il guettait le coin de la rue, calculant combien de chances il y avait pour qu'Alexi Somov écoute son conseil. Il avait un peu noirci la situation : sans le portable d'Arzo, le FSB n'avait pas de preuves contre lui et c'était un homme puissant.

Il ne vit même pas passer le temps tant il était absorbé par son angoisse.

Il était midi vingt quand le museau d'une Audi noire aux glaces teintées tourna le coin de la rue. Elle ralentit et s'arrêta devant la grille. La glace côté conducteur se baissa et Malko reconnut le visage dur d'Alexi Somov.

Immédiatement, il fit un signe au « marine » de garde, qui abaissa la herse défendant l'entrée et fit coulisser la grille.

***

Rem Tolkatchev venait de recevoir une note urgente d'Alexander Bortnikov, le patron du FSB. Un texte étonnant. Le chef de Station de la CIA, Tom Polgar, avait remis au patron du FSB les preuves de la culpabilité de l'ex-colonel du GRU, Alexi Somov, dans l'affaire des IGLA S, protégé par le général Anatoly Razgonov, N° 3 du GRU. En plus du vol des missiles, il avait commis ou fait commettre plusieurs meurtres.

Tout cela pour récupérer huit millions de dollars.

Il s'était réfugié à l'ambassade américaine dans des conditions qui n'étaient pas définies et le gouvernement américain, pour clore cette malheureuse affaire, proposait un échange : on remettrait aux Russes le colonel russe en échange de la libération de Bruce Hathaway.

Même avec son pouvoir, Rem Tolkatchev ne pouvait pas prendre la responsabilité d'une telle décision.

Il appela aussitôt la secrétaire du Président de la Fédération, annonçant son arrivée pour une raison urgente, prit le dossier, sortit et se dirigea vers le deuxième étage où se trouvait le bureau présidentiel.

***

– Nous avons obtenu un sauf-conduit pour vous, annonça Tom Polgar à Alexi Somov. Nous partons pour Cheremetievo dans un quart d'heure. Afin que vous puissiez attraper le vol American Airlines pour New York.

Le colonel russe le regarda avec méfiance.

– Vous êtes certain que ce n'est pas un piège ?

– Vous voyagerez dans la voiture de l'ambassadeur qui est couverte par l'immunité diplomatique. Elle vous conduira jusqu'à la coupée de l'avion. Je serai avec vous jusqu'à la dernière seconde.

Alexi Somov émit un léger grognement, soulagé.

– *Davaï* !

Effectivement, une Cadillac arborant sur son aile avant gauche la bannière étoilée, attendait dans la cour, un chauffeur au volant. On ouvrit le coffre et le Russe y déposa deux grosses valises, dont l'une contenait sept millions et demi de dollars.

Tom Polgar prit place à l'avant, à côté du chauffeur, et Malko s'installa à l'arrière avec le colonel Alexi Somov. Les deux hommes s'ignoraient ostensiblement.

La Cadillac émergea de l'ambassade puis s'engagea sur le Koltso. Cinq minutes après, elle rejoignait Tservkaia à la hauteur de la place Maïakovski, puis prenait à gauche en direction de Leningraskaia, la route de Cheemetievo.

Rien ne se passa pendant dix minutes puis, sur une longue section rectiligne de Leningraskaia, une demi-douzaine d'Audi noires, gyrophares allumés, surgirent derrière la Cadillac, puis l'entourèrent, bloquant la circulation.

Alexi Somov sursauta et se redressa.

– *Bolchemoï* !

Une des Audi s'était rapprochée et l'homme, assis à la droite du chauffeur, faisait signe par la glace ouverte de se rabattre vers une station-service à droite de Leningradskaia. Le chauffeur de la Cadillac obéit.

D'autres véhicules attendaient à la station-service qui avait visiblement été neutralisée, ne comptant pas un seul client.

À peine la Cadillac se fut-elle arrêtée que ses portières furent ouvertes de l'extérieur par des hommes au visage sévère.

L'un d'eux, brandissant un pistolet automatique de la main droite, exhiba de la gauche un insigne du FSB doré sur fond marron, et cria d'une voix de stentor.

– Alexi Ivanovitch Somov, vous êtes en état d'arrestation ! Sortez immédiatement !

Il était évident qu'il mourait d'envie de le truffer de plomb.

Blanc comme un mort, Alexi Somov se tourna vers Malko et laissa tomber un seul mot.

– *Slovatch* ! [1]

Ce n'était pas le meilleur moment de la vie de Malko. Il se tourna vers le Russe et dit simplement :

– Il ne faut pas menacer une femme de la battre à mort comme une chienne.

Déjà, des agents du FSB arrachaient le colonel du GRU de la voiture. Lui tordant les bras dans le dos de toutes leurs forces, ce qui le força à se plier en deux. Ils l'entraînèrent vers une des Audi.

Un autre agent du FSB s'était planté devant le coffre. D'un ton neutre, il lança.

– Les bagages, *pajolsk*.

Les deux valises furent transférées dans une autre Audi.

1. Salaud !

Déjà, le convoi des Audi repartait, coupant la circulation pour emprunter la voie centrale, à coups de jappements de klaxon impérieux.

Tom Polgar rejoignit Malko.

– Un seul mot : bravo ! fit-il. Je n'aurais jamais cru que ça marche. On retourne à l'ambassade. Bruce Hathaway devrait être libéré dans l'heure qui suit.

À peine dans la Cadillac, il eut un sourire égrillard.

– Les « *gum-shoes* » devraient nous lécher le cul pendant cinq générations ! Sans nous, leur chef filait en Sibérie.

Malko eut l'impression que c'est ce qui lui causait le plus de satisfaction. Lui avait hâte de pouvoir aller annoncer à Julia Naryshkin qu'elle ne serait pas battue comme une chienne.

L'ANTHOLOGIE ÉROTIQUE
de
SAS
Les pages les plus brulantes
des aventures du Prince Malko

BLADE
178
La porte de la mort

Éditions
Sirius

Paris

4
DUNKERQUE BAIE des ANGES
DUNKERQUE
BAIE des
ANGES
3
ARSENIC et NUITS ROMANTIQUES
Roger Moiroud
ARSENIC
et NUITS
ROMANTIQUES
AIX-LES-BAINS
Roger Moiroud
RÉGIOPOLICE
POLICE
Éditions
Sirius
Paris

Impression réalisée par

à La Flèche (Sarthe), le 16-03-2012

Mise en pages : Firmin-Didot

ÉDITIONS GÉRARD DE VILLIERS
14, rue Léonce Reynaud - 75116 Paris
Tél. : 01-40-70-95-57

N° d'impression : 67870
Dépôt légal : mars 2012
Imprimé en France